THE GOLDEN PLANET
THIΛΘΘOUBΛ PROPHECY
海奥华预言

典·藏·版

[澳] 米歇·戴斯玛克特（Michel Desmarquet） 著

张嘉怡 译

作家出版社

（京权）图字01-2022-4839

图书在版编目（CIP）数据

海奥华预言：典藏版 /（澳）米歇·戴斯玛克特著；
张嘉怡译 . -- 北京：作家出版社，2022.8（2023.2 重印）
ISBN 978-7-5212-1873-2

Ⅰ. ①海… Ⅱ. ①米… ②张… Ⅲ. ①长篇小说 -
澳大利亚 - 现代 Ⅳ. ①I611.45

中国版本图书馆CIP数据核字（2022）第056109号

海奥华预言（典藏版）

作　　者：［澳］米歇·戴斯玛克特
译　　者：张嘉怡
责任编辑：杨兵兵
装帧设计：**奇文雲海 Chival IDEA**
出版发行：作家出版社有限公司
社　　址：北京农展馆南里 10 号　　邮　　编：100125
电话传真：86-10-65067186（发行中心及邮购部）
　　　　　86-10-65004079（总编室）
E-mail:zuojia@zuojia.net.cn
http://www.zuojiachubanshe.com
印　　刷：三河市紫恒印装有限公司
成品尺寸：142×210
字　　数：184 千
印　　张：9.125　　　　插　　页：20
版　　次：2022 年 8 月第 1 版
印　　次：2023 年 2 月第 2 次印刷
ISBN　978-7-5212-1873-2
定　　价：68.00 元

相信还不够

你需要知道

我收到指令，奉命写下这本书。书中记录了我亲身经历的一系列事件——是我的亲身经历。

我估计对一些读者而言，这非同寻常的故事就好像一本科幻小说——一个完全编造出来的故事，但我并没有编造这样故事的想象力。这不是本科幻小说。

我从新朋友那里带来讯息，传达给地球上的人们，有心的读者们将会从我带来的讯息中找到真相。

这些讯息虽然多处涉及种族和宗教，但绝对不代表作者对任何种族或宗教抱有任何偏见。

米歇·戴斯玛克特（Michel Desmarquet）

1989年1月

下列图片经过米歇·戴斯玛克特认证，根据他在海奥华的经历所绘。（All Illustrations © OR-RAR-DAN，1998）

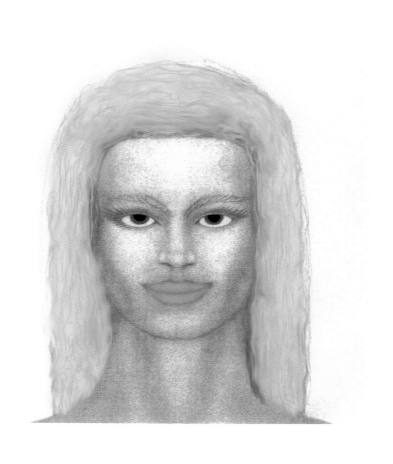

图一：涛

涛是居住在金色星球海奥华的高度进化且雌雄同体的人类。

图二：来自海奥华的飞船

米歇和涛站在载着他们到达海奥华的球形宇宙飞船外。

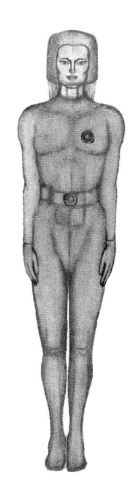

图三：涛的工作服

涛在宇宙飞船上穿的工作服。

图四：计算机系统

海奥华宇宙飞船上的飞航系统之一。

图五：毕阿斯特拉

毕阿斯特拉是海奥华宇宙飞船的总指挥官。

图六：拉涛利
涛的船员之一。

图七：数字

海奥华的数字系统：我们所知道的阿拉伯数字是源自海奥华。

图八：飞行器

"拉提沃克"是涛用来带着米歇（图中戴面具者）到海奥华各个地方的飞行台。然而，主要的旅行方式仍是借助塔拉和利梯欧拉克，即类似腰带的装置与手持遥控器搭配运用。

图九：七圣贤

涛拉：海奥华上的七位大师。他们是海奥华进化程度最高的
人，他们充满活力的光环在周围延伸了数百米。

图十：姆大陆

姆大陆是地球上最伟大的文明，是距今25万—1.45万多年以前的事。图为姆大陆的首都萨瓦纳萨宫。萨瓦纳萨的大金字塔高约440米，是埃及最大、最古老的吉萨金字塔（又称胡夫金字塔或契奥普斯金字塔）的三倍。而那些高达50米的雕像是在位于我们现在复活节岛的采石场所建造，也是姆大陆的最后遗迹。留在复活节岛上的摩艾雕像，是为了向在那段时间访问姆大陆的海奥华人致敬而建造的。

图十一：冥想

一位海奥华人正在冥想。

图十二：金色都扣

这是海奥华最大的都扣，也是神圣之地。

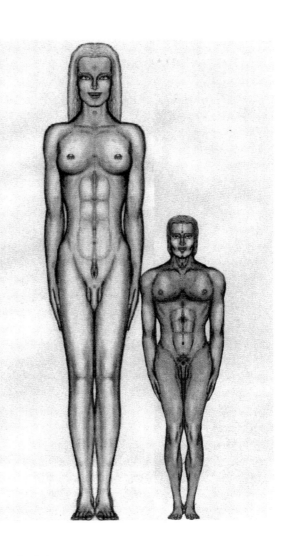

图十三：涛与男人的对比

海奥华人的身高有3米。

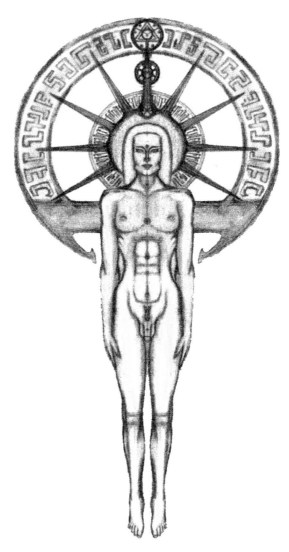

图十四：雕像

海奥华的雕像之一。

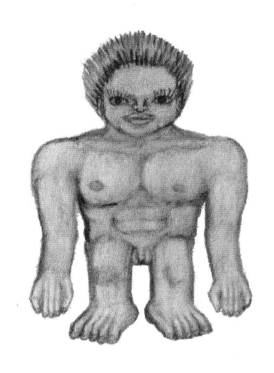

图十五：阿尔奇

阿尔奇是米歇在海奥华所遇的一位天外来客，他来自一个与地球处于同一进化水平的星球，但远比我们先进。

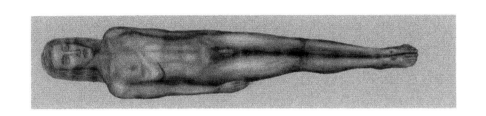

图十六：耶稣

耶稣基督的身体：保存在悬浮状态中，是在神圣"金色都扣"中所保存的近150个身体之一。

他们有眼却不见，有耳却不闻……

——《圣经》

目　录

序 非凡的经历，非凡的奇书

灵性的知识与心灵的觉醒

知识就是力量。有了灵性知识，人们就可能会体验到心灵层面上的觉醒。

小时候，我一直梦想能通过某种独特的方式，甚至是快捷的方式来获取知识。我认为地球上的科学进步得太慢了，无法满足我当时探索宇宙的目标。所以，我就想，既然外星人曾经拜访过我们，而他们拥有比我们更先进的技术和文明，我们为什么不从外星人那里获得知识和技术呢？

在二〇一四年末，我偶然发现了一本名为《海奥华预言》的书，作者是米歇·戴斯玛克特（Michel Desmarquet）。出于对作者际遇的好奇，我立刻从图书馆借到此书，翻开后爱不释手，因为我知道这本书记录了作者真实的经历，而书中传递的讯息也在我心里产生共鸣，并且解答了我从小到大一直得不到满意答案的问题，包括但不限于以下：

为什么有些有特异功能的人可以物化某些物件？

为什么通灵的人能够看到"灵"并与它们沟通，同时可以获取一些除当事人以外他人无法知道的讯息？

埃及金字塔是如何建造的？用途为何？

为什么在百慕大三角有如此多的船只和飞机离奇失踪？平行宇宙是真的吗？

复活节岛的雕像是如何建造的？是为了谁而建造的呢？

真的有鬼吗？转世轮回和濒死经历究竟是什么样子的？

未来会发生什么？我们能回到过去，看看过去的世界吗？真的有转世吗？

有些人有超感知能力或通灵能力，我们如何开发此类能力？

过去地球人与外星人的经历或互动是什么样子的？

耶稣基督是谁？究竟发生了什么事情？为什么他在三十岁左右突然能够显示神迹，而在他年轻的时候却没有这样的文献记录？

月球来自哪里？恐龙是如何灭绝的？

做坏事的人真的会下地狱吗？世界上有这么多因宗教而导致的冲突，难道不应该有一种普世的信仰，或者真正反映真理的灵性知识吗?

整本书的内容合情合理,但其中亦包含非常前卫的知识。也许这本书最重要的主题是人生的意义——人以肉体形式存在,唯求精神发展之目的。许多通过催眠进行前世回溯的案例也间接证明如此。此外,这本书告诉我们,没有精神知识的物质技术正导致全球性灾难的发生。因此,我们的科学技术应该协助精神发展,而不是(像现在这样)在货币体系和物质世界中限制和奴役人们,因为货币体系和物质世界都是暂时性的。

由于我对此书如此着迷,我决定拜访作者米歇·戴斯玛克特,以了解书中未写入的内容。对我来讲,毫无疑问,此书的真实性是不容置疑的。我希望拜访作者的原因是由于作者在后记中提到,他和涛(拥有高度文明的外星人)"还有许多其他对话并未写入书中",并且"还了解到比这卷书中的内容更不可思议的事情",但他不被允许讨论那些内容,"因为我们还远远不能理解"。这许多并未写入书中的对话引起了我的好奇心,我决定在见到作者后刨根问底,寻个究竟。

通过在网络上搜索,我找到了一个见过米歇的人的网站,他在网站上发表了对本书的分析和想法。但是,当我发信给他后,他并没有告诉我作者当时所在的城市。然而我并不死心,做了进一步的搜索,发现了几位访问过越南并偶然遇到作者的游客的网站。我联络了他们,但他们拒绝向我提供作者的确切位置，因为据他们说，作者并不想透露他的具体位置。因此，我决定碰碰运气，先去作者所在的城市，到了之后再看看是否可以找到他。

对我来说，这是一个重大的决定，因为我是一个节俭甚至可以说是吝啬的人。除非必要，我绝不会支付无意义的机票及旅行相关费用。此外，在不知道作者确切位置的情况下就前往作者所在的城市，意味着我的整个行程可能会是空手而归的。然而，我十分坚定，认为此事意义重大，所以我订了航班，带着先前所提游客张贴在网站上的作者的平房旅馆照片，于二〇一六年三月二十四日抵达了作者所在城市。

作者所在城市位于越南一座非常特别的岛屿，也是越南唯一一个游客不需要签证就可以旅游的地方。飞机落地后，我向出租车司机出示了以前见过作者的游客在网站上所提及之作者与他人下棋的酒店地址，还有作者平房的照片。幸运的是，在第二次尝试时，我就抵达了作者经营的平房旅馆。我兴奋不已，非常期待与这本书的作者，这位有如此非凡经历的人见面。

我付了在作者平房旅馆居住几天的房费，随后等待作者的出现。我被告知他正在午睡。经过几个小时的等候，米歇出现了，他似乎有些生气，因为我阅读了他的书后找到了他。我问了他一些有关此书内容的问题，他显得很不耐烦，要我重读这本书。他还说我问的问题并不重要。我决定晚餐时尝试让他告诉我书中没有写的内容。

到了晚餐时，当我问到可否请他告知书中没有写的内容时，他十分坚定地告诉我："不能！"我再次提出请求，他再次坚定地回答："不能！"我之后最后一次尝试，他还是告诉我："不能！"我非常失望，决定等他心情好的时候再试一次，并利用这段时间享受我在那里的时光。

米歇非常喜欢下国际象棋。他棋技高超，赢了我好几盘。在下棋的时候，我曾试图不经意问他几个问题，但他仍然没有提到任何关于书中没有写的内容。在之后的一次晚餐时，他告诉我，涛曾告诉他我要去拜访他。我再次向他确认，他证实了这一点。但当我试图让他进一步解释时，他拒绝了。随后，他将话题转向了他想与我分享的一些事情上，比如他得知飞行员不被允许飞越埃及大金字塔，因为这样会破坏飞机上的仪器设备，等等。他还讲了很多笑话。总的来说，我与他在一起十分开心，而且我也认识了他的侄女兼助手，他称赞她特别聪明，有十分敏锐的思维。

就在我即将离开之前，米歇给我看了一份合约，是他与中国某家出版社签订的。那家出版社向他支付了版税，以取得在中国出版此书的版权。米歇告诉我，在他收到款项后，这家出版社再也没有与他联络过，好像失踪了一样。我把合约拍了照，答应他尝试联络交涉，并跟进此书在中国的出版事宜。

此后，我通过米歇的侄女与米歇保持联络，让他们了解该书在中国出版的进展情况。在二〇一七年三月五日，我收到了来自米歇的电子邮件。内容如下：

亲爱的 Samuel：

　　重大新闻。涛通过心灵感应与我沟通，我不知道她怎么知道你为我的书在中国做了什么。她很高兴，并授权可以向你揭示书中没有写的重要信息之一。如果你还记得，她是禁止我向任何人透露的。她说，如果你能成功地将《海奥华预言》在中国出版，那么当你来拜访我时，我会告诉你这个非常重要的信息。我很惊讶，完全震惊了！

　　想必你应该会感到满意。收到请确认。谢谢。

　　致上我最诚挚的问候和感谢。

米歇

　　收到这封电子邮件后，我感到非常高兴和惊讶，立即给他作出了积极回应，并更加努力地推动本书在中国出版。

　　机会终于在二〇一八年三月来临了，而此书已确定由作家出版社在中国出版。我邀请了我的朋友与我一起拜访米歇。在我第二次与米歇见面的时候，他的精神很好，还讲了很多笑话给我们听，解读了我们的气场，讲述了他的人生经历。而我在我的网站上也揭露或提示了书中没有写的一些内容（关于海奥华预言和米歇·戴斯玛克特的常见问题 https://www.chinasona.org/Thiaoouba/questions-cn.html）。

我们所爱之人的离去

米歇于二〇一八年七月九日在越南过世。在他去世前，他仍表示渴望再次与涛接触并离开这个世界。他对我说："我必须不断地讲笑话。否则，地球上的世界将会令我更加沮丧。"他的去世对他本人来说是一种解脱，但他也留下了许多我们未能得到答案的问题。然而，此书为我们指引了一个方向，以便我们可以进一步探讨一些我们可能感兴趣的话题。对于细心的读者来说，本书中的每个句子都有可能为其打开一个全新的世界。

而今，我正在承担着一个巨大的责任，就是尽快让尽可能多的人阅读此书，尤其是年轻人。为了达到此目的，我通过华颂基金会设立了一个名为"美好世界"读书进步的奖学金（请访问https://www.chinasona.org/scholarship.html）。如果您喜欢此书，请帮忙宣传，以让尽可能多的人了解到这本书。

同声传译　Samuel Chong

第一章　深夜空降的"涛"

沉睡之中，我突然醒来，不知道自己睡了有多久。我一下子头脑清醒，感觉敏锐，是完完全全地醒过来了。现在是几点？莉娜依旧在我身旁，两手握拳，安睡着，一如往常。

而我此刻睡意全无。估计已经是清晨，应该有五点了吧？我下了床，走到厨房，看了一眼钟。什么？才十二点半，还是凌晨！在这个时间醒来，我还是头一次。

我脱下睡衣，然后换上衬衫，穿好裤子。为什么？我也不知道。而且，我莫名其妙地走到书桌旁，拿起纸和笔，开始写起字来。我的手好像非常清楚自己要写什么，根本不用我指挥。

> 亲爱的，我要出趟门，十天左右。不用担心，我
> 不会出什么事的。

我把纸条留在电话旁边，推开门，来到走廊。昨晚的棋局还留在桌上没有收拾，被将死的白色国王依然困在原地。我绕

过桌子，轻轻推开门，来到花园。

今天的夜色不同往日，明亮得出奇，肯定不是星星的缘故。月亮应该快升起来了，我下意识地在心里数着月相。在澳大利亚东北部，也就是我现在居住的地方，夜晚总是很清澈明朗。

我下了台阶，向院子里的露兜树走去。平日的这个时候，蟋蟀和青蛙早就叫个不停了，热闹的音乐会能唱个通宵。可现在呢，四下里却是一片沉寂，这让我不禁诧异。

我又往前走了几步。突然，藤树的颜色变了。墙壁的颜色，还有露兜树的颜色，都变了。好像周围的一切忽然间被罩上了一层蓝色的光。脚下的草坪起起伏伏，露兜树扎根的地面也跟着波动。藤树扭动躯干，墙壁变薄，如纸片一般在风①中摆动。

我感觉到有点不对劲，转身准备回屋。可就在这时，我的双脚慢慢从地面上抬起，带着我整个人缓缓上升。一开始升得很慢，越过藤树后升得越来越快，脚下的房子越来越小。

"这是怎么回事？"我忍不住惊叫起来，完全摸不着头脑。

"一切都好，米歇。"

竟然还有声音传到我耳畔，我肯定是在做梦了。这时，我面前出现了一个身材高大的人，"她"穿着连体衣，还戴了一顶干净透明的头盔。她面带微笑，向我投来友好的目光。

---

① 作者在一次公共演讲中使用了"热气"这个词。

"这不是梦。"她又说话了，好像知道我心里的疑问一样。

"你当然会这么说，"我回答，"梦可不就是这样，结果最后摔在地上，再把脑袋撞出个大包。"她被我的话逗笑了。"另外，"我接着说，"你跟我说的是我的母语，也就是法语。我们现在可是在澳大利亚，我在这儿说的是英语！"

"英语我也会。"

"总之这就是个梦，就是那种荒诞离奇的梦。要不然，你怎么会站在我家的地盘上？"

"我们不是在你家的地盘上，准确地说，是在你家上空。"

"天啊！看来这还是个噩梦。那我就让你看看，我才是对的，现在我就掐一下自己。"我边说边掐了自己一下，"哎哟——"

她又笑了。"米歇，现在你相信我了吧？"

"如果这不是梦，为什么我会坐在这块石头上？远处的那些，打扮像上个世纪的那群人，都是什么人？"

透过依稀的微光，我分辨出不远处有一群人影。他们有的在交谈，有的在四处走动。

"还有你，你又是谁？你的身高怎么跟正常人不一样？"

"我的身高是正常的，米歇，在我的星球，大家的身高都是这样。别急，这些事情你慢慢就会明白，我的朋友。你不介意我这么称呼你吧？就算现在还不是，我相信很快我们就会成为好朋友了。"

她就这样微笑着站在我面前，脸上闪烁着智慧的光芒，全身散发着美好的气息。与她相处，有一种我从没体会过的轻松自然。

"当然不介意，你想怎么叫我都行。能告诉我你的名字吗？"

"我的名字是涛（Thao）。不过我们首先要明确一件事，这不是梦。这一切从头到尾都不是梦，而是一次非同寻常的经历。很少有地球人能踏上这样的旅程，近些年来，更是少之又少。至于你被选中的理由，之后我会告诉你。

"你和我此刻身在地球的一个平行时空。为了让你进来，当然还有我们自己，需要使用一种'时空锁'。

"现在，时间对于你来说已经静止。就算你在这里待上二十年，甚至五十年的地球时间，等你再返回地球，也像什么都没有发生一样。你的身体也不会发生任何改变。"

"那这里的人都在干吗？"

"他们就是在这里，你慢慢也会知道，这里的人口密度很低。只有自杀或者发生意外才会导致死亡。时间在这里止步。除了男人和女人，这里还有动物，按地球时间算，它们已经活了三五万年，甚至更久。"

"但是，他们为什么会在这里？是怎么来的？他们的出生地是哪里？"

"他们来自地球……之所以会出现在这里，纯属意外。"

"意外？什么意思？"

"说来简单。你听说过百慕大三角吗？"我点了点头。"其实不难理解，在这里，还有一些不太为人所知的地方，你的时空和平行时空发生交叉，中间自然出现了一个时空扭曲。

"无论是人、动物，还是物体，只要靠近这个扭曲，就会被吸进去，所以才会发生那些离奇事件，比如整个船队在几秒内消失。有些情况下，一个人，或者几个人，会在几小时、几天或者几年后回到地球。但更多的情况是，他们再也回不去了。

"就算这样的人真的回到地球，说起自己的遭遇，众人也不会相信——如果坚持自己的说法，很可能会被当成疯子。所以，通常这个人只能闭口不提，因为他知道，在别人看来，这一切过于荒唐。也有些人回去之后会失忆；就算恢复了一些记忆，也不是关于平行时空的记忆，人们对那里发生的事情仍然一无所知。"

涛接着说："在北美有个典型的进入平行时空的事例。有个年轻人离开家去几百米以外的井边打水，中途竟然凭空消失。大约过了一个小时，他的家人和朋友开始搜寻。由于刚下了一场大约二十厘米厚的雪，找到他应该很容易——跟着他的脚印走就行了。但走着走着，脚印在雪地中央消失了。

"四周没有树木，也没有能跳上去的石头——没有任何异样——脚印就是消失了。有人说他被飞船带走了，这是不可能的，稍后你会明白为什么。其实，这个可怜的人是被平行时空吸走了。"

"我想起来了，"我说，"我确实听说过这个事例。不过，你是怎么知道的？"

"这个嘛，之后你就知道了。"她的回答中透着一种神秘。

我还来不及思考，突然，面前出现了一群人。这群人的外表实在怪异，让我忍不住又以为自己是在做梦。十几个人从距离我们约一百米的石头堆后面走出来，其中一个看上去像是女性。这些人古怪至极，好像是从史前历史书中跳出来的。他们像大猩猩一样走路，手中挥舞着巨大的木棍，如果是现代的人，这样的木棍拿都拿不起来。这些奇丑无比的生物迎面朝我们扑来，还发出野兽一样的咆哮。我下意识地向后退了一步，但涛告诉我不用害怕，待在原地就好。她把手放在腰带扣上，转身面向这些人。

只听咔嗒几声，五个看上去最凶猛的人就倒在了地上，一动也不动了。剩下的人立刻停下脚步，一边哀号，一边向我们拜倒在地。

我又望向了涛。她沉稳得像一座雕塑，面容淡定。她牢牢盯着这些人，好像在给他们催眠一样。后来我才知道，她当时是在通过心灵感应向其中那位女性传达信息。只见这个女人突然起身，我看她似乎是通过喉咙的声音向其他人发出指令，然后这群人就开始搬运倒在地上的那些尸体。他们背起尸体，朝原来的石堆走去。

"他们在干什么？"我问涛。

"用石头把死去的人掩埋起来。"

"是你杀了他们？"

"我没有别的选择。"

"什么意思？刚才真的很危险？"

"当然。这些人留在这里已经有一万年或一万五千年，这谁知道呢？我们没时间去确认这个，何况这根本无关紧要。不过，这倒是能让你更好地理解我刚才跟你解释的事情。这些人在某个时间来到这里，然后就一直被困在当时当刻，直到现在。"

"太可怕了！"

"我也是这么觉得。但是，这是自然，当然也是宇宙的法则。而且，他们是危险的，因为他们的行为更像是野兽，而不是人类。他们无法和我们对话，也无法和这个平行时空里的其他人对话。首先他们之间无法沟通；而且，对于自身的处境，他们了解得比任何旁人都少。刚才情况危急，并不是我夸张，但我刚刚确实帮了他们一个忙，就是让他们从中解脱。"

"解脱？"

"别这么吃惊，米歇。你应该很清楚我的意思。

"他们本来被困在肉体中，现在终于能够解脱，像所有生灵一样，重新步入正常的轮回。"

"如果我没理解错的话，这个平行时空就是个诅咒，像地狱或者炼狱一样？"

"想不到你还有宗教信仰！"

"我这么比喻只是想表达我在努力理解你说的话。"我一边回答，脑袋里一边好奇，她怎么会知道我信不信宗教。

"我当然明白，米歇，只是想调侃你一下。你把这里理解成某种炼狱没错，但这纯粹就是个意外。其实，自然界的意外远不止这一个。白化病、四叶的三叶草、阑尾，这些都是意外。你们的医生到现在还搞不清楚阑尾对人体有什么作用，答案是没有任何作用。通常，在自然界中，任何事物都有存在的理由，所以我才说，阑尾也是自然界的'意外'。

"在这个时空里的人无论肉体还是精神，都不会感觉到痛苦。比如我打你一下，你不会感觉到疼。但如果足够用力，虽然不疼，却还是能被打死。这可能很难理解，但事实就是这样。这里的人对我刚才给你解释的这些一无所知。好在他们会尝试自杀，可惜就算在这里，自杀也一样不能解决问题。"

"那他们吃什么？"

"他们不吃也不喝，因为他们并不知道饥饿，也不会口渴。记住，时间在这里静止，就连尸体也不会腐烂。"

"真是可怕啊！这么说来，最能帮到他们的，应该就是终结他们的生命吧。"

"你说到了重点。其实这是两种办法中的一个。"

"另一个呢？"

"送他们回到他们来的地方，但这通常会引发更大的问题。我们能够利用时空扭曲把很多人送回你们的时空，这也能让他们获得解脱。但你肯定也能想到，大部分人回去之后会面临巨大的问题。我跟你说过，有人在这里已经待了几千几万年。如果他们发现自己回到了那个自己离开已久的时空，会发生什么呢？"

"可能会疯吧。毕竟，他们什么都做不了。"涛见我认同她的话，笑了。

"米歇，我们果然没找错人，你的行动力的确很强。不过也别着急下结论，你要看的东西还多着呢。"

她稍稍弯下身子，将手放到我肩膀上。当时我还不知道，涛其实有两米九，这绝对不是普通人的身高。

"就我现在亲眼所见到的这些，我知道我们选对了人。虽然你脑筋灵活，但我现在还不能把一切都解释给你听，原因有两点。"

"哪两点？"

"首先，现在时机还不成熟。我的意思是，有时候我需要做些铺垫才能解释后面的事情。"

"明白。第二点呢？"

"第二个原因就是我们该出发了，他们在等着我们。"

她轻轻拨了我一下，将我转过身。顺着她的目光，眼前的景象让我目瞪口呆。在离我们一百米左右的地方，有一个巨大的球体，球体外围泛着蓝色的光晕。球的直径有七十米，这我是后来才知道的。大球外圈的光并不稳定，而是微微闪烁，有点像炎炎夏日的沙漠，在阳光照耀下散发的热气。

这个微光闪烁的大球大约距离地面十米高。没有门窗，也没有梯子，外表看上去像蛋壳一样光滑。

涛示意我跟着她，于是我们一起朝这个大机器走去。当时的场面我记得非常清楚。迈向大球的短暂路途中，我实在太激动了，根本无法控制自己的思绪。一连串的画面在我脑海里闪过，就像有人按了电影里的快进键。我仿佛看见自己正在告诉家人我的这些经历，还有我在报纸上看过的关于UFO的文章。

我还记得，一想到我深爱的家人，我忽然伤感不已；我看到自己像被困在一个陷阱里，说不定再也见不到他们……

"别怕，米歇，"涛说，"相信我，你很快就能和家人重逢，而且是毫发无伤地回去。"

这又让我大吃一惊，而且当时我一定张大了嘴巴，不然不会惹来涛的大笑。她的笑声十分悦耳，在地球上应该很难听得到这种笑声。她又读懂了我的心思，这已经是第二次了；第一次我还觉得是巧合，但现在我确定了，这绝对不是巧合。

到了大球附近，涛让我站到她对面约一米远的地方。

"任何情况下都不要碰我，米歇，无论发生什么。我说的是任何情况下，明白吗？"

她严肃的命令让我一下子很不适应，不过我还是点了点头。

之前我就注意到她的左胸上别着一个胸章，现在她把一只手放在了胸章上，另一只手从腰带上解下一个像大圆珠笔一样的装置，然后握住。

她把"圆珠笔"举过头顶，指向大球。我印象中自己当时是看到了一束绿光，但我不能确定。接着，她又把"圆珠笔"指向我，另一只手还是按住胸章不动，我们忽然间升高，朝着机器的外壁飘去。眼看就要撞上的时候，外壁突然凹进去了一块，就像个大气缸中间的活塞。我们面前出现一个椭圆形的入口，大约三米高。

我和涛在飞船的内部安全着陆。她松开了胸章，又把"圆珠笔"别回腰带上。看她操作得如此娴熟，可见这是她的惯常动作。

"来吧，现在我们可以触碰对方了。"她说。

她把手搭在我的肩上，领着我朝一小束蓝光走去。这束光非常刺眼，我的眼睛只能睁开一半。这种光的颜色我在地球上从没见过。光束在一面墙上，就要走到它下面的时候，墙突然就"让我们穿过去"了。我只能这样描述。要是真的沿着我这位向导带领的路线，我的脑袋肯定得撞出个圆滚滚的大包，但我们竟然从墙上穿了过去，就像幽灵一样！我一脸震惊，逗得涛开怀大笑。她的笑让我记忆犹新，那是一种如清风般沁人心脾的笑，让满心紧张的我顿时放松下来。

我以前常跟朋友谈到"飞碟"，而且我相信它们是真实存在的——但当你亲眼看到飞碟的时候，心中又有太多疑惑，脑袋里也会塞满问号。当然，我内心深处是十分高兴的。从涛对我的各种关照中，我感觉到自己没什么可害怕的。但这里不止她一个人：其他人会是什么样子呢？我不禁好奇。我虽然已经爱上了这场奇幻之旅，但还是不免怀疑，自己还能不能和家人团聚。就在几分钟以前，我还在自家的花园里，而此刻，他们却好像远在天边。

我们在地面上"滑行"，穿过了一个像隧道一样的走廊，然后来到了一个小房间。房间的墙壁是刺眼的黄色，晃得我睁不开眼睛。四周墙壁弯成一个拱顶，我感觉自己特别像被装在一个倒扣的大碗里。

涛给我戴上了一顶透明的头盔。我尝试睁开一只眼睛，发现光竟然没那么刺眼了。

"感觉怎么样？"涛问。

"好多了，谢谢。但是这里的光线——你怎么能受得了呢？"

"这不是光，只是墙壁现在的颜色。"

"为什么是'现在'？你带我来，是让我重新粉刷墙壁的吗？"我开玩笑地说。

"墙上没有油漆，米歇，那是振动。你还以为自己是在地球的世界，但你其实早就离开了。现在你是在我们的超远距飞船上，飞船的飞行速度可以高出光速很多倍。我们马上就要起飞了，可不可以请你躺在这张床上……"

屋子中央有两个箱子——倒像是没有盖子的棺材。我在一个箱子里躺下，涛进了另一个。我听见她讲话，这种语言虽然陌生，但听上去和谐悦耳。我想略微抬身，结果发现自己无法动弹，好像被什么看不见的力量牢牢绑住一样。墙壁的黄色逐渐淡去，慢慢变成了蓝色，亮度不减。看来是又被重新粉刷了一遍啊……

房间的三分之一忽然暗下来，出现了一些像星星一样闪烁的光点。

涛的声音在黑暗中清晰可闻。"米歇，这些是星星。我们已经离开了地球的平行时空，马上会离你的星球越来越远。我要带你去我们的星球。我们知道，你一定对这次旅行，还有我们的离开充满好奇。为了你着想，我们会大大放慢启程的速度。

"现在你可以看看面前的屏幕。"

"地球在哪儿？"

"现在还看不到，因为我们在地球正上方一万米左右……"

这时我突然听见有人说话，讲的是涛刚才说的语言，涛简短回答了几句。接着，这个声音开始对我讲法语，而且十分标准，语气也比正常的更加悦耳。这是在欢迎我上船。这种问候语跟航空公司那种"欢迎您乘坐本次航班"基本类似，当时我还觉得很有趣，仿佛忘记了我所处的环境有多么非同寻常。

与此同时，我感觉到空气轻微流动，周围凉下来，像开了空调一样。眼前景象开始快速变化。屏幕上出现了太阳，应该只能是太阳。起初我们掠过了地球的边缘，准确地说是南美，这我是后来才知道的。我又怀疑自己是在做梦了。美洲在一点点缩小。还看不见澳大利亚，因为阳光还没照到那里。现在，我已经能分辨出地球的轮廓了。我们好像是在绕着地球飞行，最后来到了北极上方。在这里，我们改变方向，以不可思议的速度离开地球。

可怜的地球，大小已经变得跟篮球差不多，然后是桌球大小，最后终于消失——在屏幕上几乎难以分辨。眼前一片茫茫宇宙，那种蓝色深邃幽远。我转身面向涛，期待她给我更详细的解答。

"怎么样？"

"很美妙，但是飞得好快——真能达到这么高的飞行速度吗？"

"这不算什么，我亲爱的朋友。我们'起飞'得很慢，现在刚开始全速前进。"

"速度有多快？"我插了一句。

"是光速的许多倍。"

"光速的许多倍？到底多少倍？我真不敢相信！那光障呢？"

"我非常理解，这对你来说确实难以置信。你们的专家也不会相信，但事实就是这样。"

"你说是光速的许多倍，到底多少倍？"

"米歇，在这次旅行中，我们会主动向你透露很多事情——非常多的事情。但还有一些细节是不能让你知道的，飞船的准确飞行速度就是其一。我知道，无法一一满足你对所有事情的好奇难免会给你带来失望，对此我感到抱歉。但是，你能看到和了解到的新鲜有趣的事物还有很多，就算有被蒙在鼓里的时候，也千万不要介意。"

她都已经这么说了，我也只好就此打住。如果再追问前面的话题，似乎是显得太没礼貌了。

"看。"她对我说。我看到屏幕上出现了一个彩色的圆点，圆点正在快速变大。

"这是什么？"

"土星。"

亲爱的读者们，如果我的描述没有你期待的那样仔细，还请谅解，因为我的感官还没有完全恢复。如此短暂的时间里一下子见识了这么多事情，我多少会有点"发蒙"。

随着距离拉近，我们的土星在屏幕上快速变大。它的颜色也太美了——地球上所见的任何颜色都无法与之媲美。有黄色，红色，绿色，蓝色，橙色——每一种色调中又包含了无数个有细微色差的颜色，时而交织，时而离散，明暗交替，形成了最著名的土星光环，所有颜色都被扣在光环里……

眼前的壮观景象在屏幕上铺开，越来越大。

我发现自己不再受到力场的束缚，于是想要摘下头盔，好好看看这些颜色，但是涛示意我不要轻举妄动。

"它的卫星在哪儿?"我问。

"你能看到两个卫星，在屏幕右侧，几乎是并排出现的。"

"我们离它们有多远?"

"大约六百万公里，或者更远。当然，驾驶舱里的人肯定知道具体数据，不过为了给你一个更准确的估算值，我需要知道我们的'摄像头'是不是等比缩放的。"

忽然，土星从屏幕左边消失了，眼前又充满了空间的"颜色"。

我清楚记得，就在那一刻，我感受到了前所未有的激动。我突然意识到自己正亲身体验一次非凡的奇遇——但为什么是我呢? 我从没奢望去拥有这样的经历，更没有想过这种奇遇真有发生的可能。谁又敢想呢？

涛起身了。"你也可以起来了，米歇。"我按照她的指示从箱子里起来，发现我们又并肩站在了这个小屋的中央。这时我才意识到，涛已经摘掉了她的头盔。

"你能不能给我解释一下，"我问她，"为什么刚才我们在一起的时候你戴了头盔而我没戴，现在我戴着你却摘了？"

"这很简单。我的星球与地球上的细菌环境不同，因此地球对我们来说简直就是细菌的培养基。为了与你接触，我必须做好最基本的防护。之前你对我来说很危险，但现在没事了。"

"我还是不懂。"

"我们刚进这间屋子的时候，你发现颜色刺眼，所以我给了你这个头盔。这个头盔是专门为你设计的。其实，我们早就预料到你会有这样的反应。

"在很短的时间内，房间从黄色变成蓝色，你体内百分之八十的危险细菌都被消灭了。之后你可能感觉到有些清凉，好像开了空调一样，这是另一种消毒方式，怎么说呢……我们就叫它放射线吧，虽然这个名字并不准确，但地球上确实没有与之对应的说法。消毒过后，我身上的细菌已经全部清除，但你仍然携带一些细菌，这些细菌会对我们造成巨大伤害。我会给你两粒药，三小时后你基本就跟我们一样'纯净'了。"她边说边从床边拿出一个小瓶子，取出药，然后递给我，还给了我一管液体，我猜应该是水。我掀开底下的面罩，把液体和药都吞了下去。接着……一切都发生得很快，而且相当奇怪。

涛抱着我，把我放回床上，摘下了我的面罩。这些是我在离我身体两三米的地方看到的！没有做好心理准备的读者们可能很难理解这本书里提到的一些事情，但我确实是在一段距离之外看到了我的身体，而且我可以凭意念在房间里四处走动。

涛的声音从耳边传来。"米歇，我知道你能看到我，也能听到我的声音，但是我看不到你。所以，我讲话的时候没办法看着你。你的星光体（astral body）已经和身体分离。放心，你不会有任何危险。我知道这种情况对你来说是第一次，有的人会害怕……

"我刚才给了你两种药，一种可以清除你体内所有对我们有害的细菌，一种可以让你的星光体脱离身体。你身体的消毒还需要三小时，我正好可以带你去参观我们的飞船，这样既不会产生细菌污染，又不会浪费时间。"

她的话听上去奇怪，但我却觉得顺理成章——于是从容地跟在她的身后。真的太不可思议了。她每走到一个门前，门就滑动着打开，我们就这样穿过一个又一个船舱。每次我都是在涛后面有一段距离，但即使门在我过去之前已经关闭，我也能轻松穿过去。

最后我们来到了一个圆形的房间，房间直径约有二十米。这里至少有十几名"宇航员"，都是女性，身高跟涛差不多。有四个人坐在了巨大的扶手椅上，这些椅子排成一圈，看上去非常舒服。涛走了过去，在一把空椅子上坐下来。她刚坐好，四个人就带着疑问的表情望向她。她却好像存心让她们多等一会儿，然后才不紧不慢地开口说话。

我又一次被这种语言迷倒了——我从来没听过这种韵律，和谐悦耳的语调就像歌唱。她们似乎对涛的汇报很感兴趣。我猜她们应该说到了我，毫无疑问，她们此行主要任务与我有关。

涛刚停住，她们就抛来一大串问题。又有两个宇航员加入了热烈的讨论中，气氛越来越热闹了。

至于她们说的内容，我是一个字也听不懂。我留意到有三个人坐在大屏幕前面，屏幕上正在展示色彩丰富的三维图像，我走了过去，这里一定就是飞船的控制室了。别人看不见我，这就更有意思了。大家都在自己的岗位上专心工作，没人会被我的旁观打扰。

有一块屏幕比别的都大，我在上面看到了一些光点——有大有小，有明有暗。这些光点都沿着设定的路线稳步移动，有的向左，有的向右。

光点不断加速，在屏幕上也显得越来越大，最后消失不见了。它们通常是绚烂缤纷的，有的颜色沉静内敛，有的又像太阳般金黄耀眼。

我很快意识到，这些光点就是我们路过的行星和恒星。它们这样在屏幕上无声地穿梭，让我完全陶醉了。也不知道我盯着屏幕看了多久，忽然房间里传来一声怪响，虽然奇怪但很柔和，而且一直在持续。同时，许多灯跟着闪烁起来。

这个信号的效果很明显。和涛在交谈的宇航员们都来到控制台，每个人坐在了似乎是她们专属的工位上。所有人的眼睛都紧盯着屏幕。

在这些大屏幕中央，我看到了一个难以用语言描述的巨大物体。我只能说它是一个蓝灰色的圆形物体，这个物体在每个屏幕的中央静止不动。

房间内鸦雀无声。大家的目光都聚焦在了三个正在操控设备的宇航员身上。这几台设备是长方形的，有点像我们的计算机。

突然，一幅巨大的画面盖住了差不多舱室的一整面墙，我大吃一惊。是纽约吗？不，是悉尼！我自言自语着。但是这座桥有点不一样，这是桥吗？

我实在是太惊讶了，忍不住向我身边的涛求助。不过我忘了，我已经不在我的身体里，别人也听不到我讲话。我能听到涛在和其他人谈论眼前的景象，但我根本听不懂她们的语言，所以还是摸不着头脑。不过我能确定，涛之前说我们早已离开地球，她肯定没有骗我。而且她之前也跟我说过，我们的飞行速度是光速的许多倍……更何况，后来我们还路过了土星，还有一些行星和恒星——我们难道又回来了？到底是怎么回事？涛开始大声用法语讲话，吸引了所有人的注意。

"米歇，我们在阿勒莫（Arèmo）X3星上方，这颗行星大小约是地球的两倍。你在屏幕上应该已经看到了，这里跟地球很像。

"现在我必须去跟她们一起执行操作了，所以暂时不能跟你详细解释我们的任务，不过稍后我一定会一五一十说给你听。我可以先告诉你一个大概的方向，我们的任务和你们地球上说的核辐射有关。"

大家似乎都完全投入其中：每个人都清楚自己在什么时间做什么事情。飞船停止了飞行。大屏幕上出现了城镇中心的景象。亲爱的读者们，这个大屏幕其实跟一个巨大的电视机屏幕没什么分别，但是上面的场景却非常逼真，就像透过高楼的窗户向外面看到的那样。

我注意到，还有两位"女主人"在监视一块比较小的屏幕。我们的飞船就在这块屏幕上，它的样子我已经在平行时空中见过了。再仔细点看，我惊讶地发现在我们飞船的正下方竟然抛出了一个小球，有点像母鸡刚下的蛋。小球刚离开飞船就加速朝下面的星球飞去。这个小球消失，下一个小球又在同一位置出现，然后再下一个。每个小球消失后都在一块单独的屏幕上出现，由专门的宇航员监视。

现在，在那块大屏幕上可以清楚地看到小球下降的过程了。距离这么远，这些小球本来应该很快消失的，但是屏幕上居然还能一直显示。我猜摄像头的变焦能力应该相当强大，甚至能看见第一个小球从屏幕右边消失，第二个小球从左边消失。现在只能看到中间的那个小球了，我能看到它下降到地面的全过程。小球停在了一个大广场的中央，周围全是高楼。它盘旋在广场上空，好像是在地面上方几米。剩下的两个小球也看得清清楚楚，一个在一条穿过城镇的河流上方，另一个在城边一座小山的上空。

没想到的是，屏幕上这时又呈现了一个新场景。现在可以看清一些公寓楼房的门，或者说门口。这里本来应该是门，但现在却是一个张开的大缺口。

我清楚记得，即便到那一刻，我也没有意识到这个城镇的诡异之处……

所有的东西，一动不动……

第二章　被核战争毁灭的世界

此刻，屏幕上出现的画面可以说得上是"荒凉"。破败的街道上，堆满了一个又一个隆起的"小鼓包"。有的堆在一旁，有的挡在了大楼开口的正中央。摄像机在不知不觉中慢慢推到近景，我很快发现，这些"小鼓包"应该是一种交通工具，一种外形类似平底船的车。

周围的宇航员正在桌子旁边专心致志地工作。一根长长的管子从每个小球底部探出来，慢慢伸向地面，最后在与地面接触时扬起一小团灰尘。我发现，这些小车上面也盖了一层厚厚的灰，所以根本无法分辨外形和模样。在河面上方的小球把管子伸进了水里。我目不转睛地盯着屏幕，被眼前如此逼真的景象深深吸引，好像我真的就在街道上一样。

在一个大型建筑的入口处，一块黑漆漆的地方吸引了我的注意。我发誓我真的看见有东西在动……

我感觉到宇航员中间有一丝骚动。突然，那个"东西"抖动了几下，然后进入了我们的视线。这真把我吓了一大跳。不过，我的"女主人们"好像并不怎么惊讶，只是快速说了些话，还发出几句感叹而已。你可知道，屏幕上看到的，是一只可怕的大蟑螂，这只蟑螂足足有两米长，八十厘米高！

在我们地球上，你肯定见过这些恶心的小虫子，尤其是在天气炎热的时候，它们就喜欢在橱柜和潮湿的地方出没。

想必你也认同，蟑螂确实令人厌恶。可是，最大的蟑螂也不过五厘米长。想象一下，如果是我刚才说的那种大小，该会是什么样子。简直令人作呕。

小球开始回收伸出的管子，但在离地面一米高的地方，这只大蟑螂朝管子扑了过来。不可思议的是，它停下了。这时，在大楼下面，又有一大窝大蟑螂蜂拥而出，一波盖过一波。突然，小球发出了一束刺眼的蓝光，蓝光对蟑螂发起扫射，将它们瞬间化成炭灰。只剩下黑烟一团，挡住了大楼的入口。

我更好奇了。我看了看其他的屏幕，并没有什么异样。河流上方的小球正在返回，山上的小球也收起了管子，抬高了一点之后又伸向下面。小球上方还有一个圆筒。我猜，宇航员们应该是在收集土壤、水和空气的样本。当然这都是猜想。现在我是在星光体中，没办法向涛提问；而涛也似乎在忙着跟另外两个"女主人"交谈。小球在升高，准备返回我们这里，很快就会被飞船重新"吸收"。

操作完成后，涛和那两名宇航员回到她们各自桌子对面的位置上。大屏幕和那些小屏幕上的画面也立刻发生了变化。

每个人都回到了各自的座位，看来我们要继续上路了。我观察到，所有的宇航员坐在椅子上的姿势好像都差不多，这一点让我略为好奇，后来我才知道，这些椅子可以用一种力场把人扣紧，就像地球上将特技演员牢牢绑住的安全带一样。

太阳的光透过泛红的雾照亮这个星球。我们已经离开了，我推测应该是沿着这颗星球的外圈行驶的，高度保持不变。我们其实还能看到下面像沙漠的一片地方，河床在其中纵横交错，有的刚好交叉成直角。我忽然想到，这些可能是运河，或者起码是人造的什么河。

大屏幕的画面俨然一幅城镇景象，接着又消失了，变成一片空白。飞船飞过这个星球的时候明显是提速了，因为小屏幕上的画面只是一闪而过，那好像是湖泊或者内陆海。突然，我听见了一些感叹声，我们马上开始减速。大屏幕又亮了起来，是湖的特写。飞船停了下来。

我们能看清楚一部分海岸线。在湖边一些巨石后面，能分辨出一些方块形的构造，应该是居住场所。飞船一停下，小球就开始重复之前的操作。

有一个在沙滩上方飞行的小球，大概离地面有四十到六十米，探出的管子一直伸到岸上，传回了非常清晰的画面。那里有一群人……应该是人……起码乍看上去，他们跟地球上的人没什么区别。

我们正在近距离观察他们。大屏幕中间出现了一个女人的脸，年龄不详。她的皮肤是棕色的，头发乌黑，一直垂到胸际。在另一个屏幕上可以看到她的全身，原来她什么都没穿。她面部扭曲，应该属于蒙古人种。

我看到她的时候，并没有意识到她的面部是畸形的，只是单纯觉得我们要打交道的这群人跟我们不太一样，就像科幻小说里写的那样——扭曲的脸，大大的耳朵和一些奇怪的特征。还有一些其他的画面，画面里的男人和女人很像波利尼西亚人种。显然，这些人里多半不是面部畸形，就是像患有麻风病。

他们正望着小球招手，看起来非常躁动。更多的人从方形建筑里走了出来，这里应该是他们住的地方。我来给各位详细描述一下。

这些建筑物非常像"二战"时期的掩体，上面还加了厚厚的烟囱（我猜是专门为了通风设计的），烟囱离地面只有一米左右高。这些掩体朝向一致，里面的人都从阴影一边的开口出来……

毫无防备之际，我像被什么东西拉住，离大屏幕越来越远。我飞快地穿过几个房间，然后回到了我身体所在的那个屋子。我的身体还是平躺在床铺上，跟我离开的时候一样。

突然，我眼前一片漆黑。之后那种感觉，我可是记得再清楚不过了！我一动也不能动，胳膊和腿像灌了铅，无论怎么努力，都像瘫痪了一样，丝毫动弹不得。我不知道这是什么原因。我必须承认，当时我是有点慌了，心底强烈祈求星光体能再次离开身体，却不见有任何效果。

不知道煎熬了多久，屋子里慢慢填满了让人心平气和的蓝绿色光。涛终于出现了，穿了一套新的工作服。

"抱歉让你等了这么久，米歇，但在身体召唤你的时候，我还不能过来帮你。"

"没关系，我完全理解，"我打断了她的话，"但是，我觉得我遇到了点问题——我不能动了。一定是哪里掉线了。"

她笑了，把手伸到我的手旁边，一定是操作了什么控制系统，眨眼间我就活动自如了。

"米歇，我要再次向你深表歉意。我本该提前告诉你的，安全系统的控制开关就在这个位置。所有座位、床或者铺位都由开关控制，哪怕有一丝丝危险的可能，开关都会自动开启。

"飞船抵达危险区的时候，会有三台安防计算机锁定这种力，专业术语叫力场。等到危险一过，力场会自动解除锁定。

"不过，如果我们真的想在危险区解除锁定，或者单纯想变换一下姿势，只需要把手，或者一根手指也行，放到开关前面，就可以解除锁定。等我们回到座位，保护会自动开启。

"现在，麻烦你去换下衣服——我告诉你怎么走。在更衣室，你会看到一个打开的箱子，你可以把衣服放到里面。除了眼镜，所有的衣物都放进去。然后换上我给你准备的工作服，再出来找我。"

涛弯下腰，把我拉了起来。我全身都是僵硬的。我走到她指的那个小屋，脱掉身上的衣服，穿上了那套工作服，居然正合身，这让我有些吃惊。虽然我身高一米七八，但跟我的"女主人"相比，就是个小矮人。

回到原来的屋子后，稍过片刻，涛给了我一个像手环一样的东西，打开一看，原来是一副大眼镜。

这副眼镜有点像骑摩托车戴的那种护目镜，镜片颜色很深。涛让我把眼镜戴上，不过我得先摘掉自己的眼镜才行，不然它们肯定会被这副大的压碎。大眼镜跟我的眼窝完美贴合。

"接下来是最后一道防范措施了。"她说。

她抬手指向隔板，应该是启动了某种特殊的机制。于是，房间再次被强光笼罩，我在眼镜后面仍然能感觉到光线之强烈。身边又是一阵凉气。

接着，所有的强光都消失了，凉气也感觉不到了，但不见涛有任何举动，她好像是在等待着什么。终于，一个声音传来，她才摘掉我的大护目镜。我重新戴上自己的眼镜，按涛的指示跟在她后面。我们走的还是她之前引领我星光体的路线，于是再一次来到了控制室。

涛领着我来到大屏幕前的一个座位，让我留在这里。一个年龄更大（我虽然说"年龄更大"，但其实准确来说是"更严肃"，因为她们的年龄看起来差不多）的宇航员向涛做了个简单的手势，她就赶紧加入了同事们的队伍，看来她们是真的很忙。

而我在一边，开始试着把自己从力场中解放出来。看着自己一坐下就被牢牢固定在椅子上，真是不爽。

于是我轻轻摆了下手，果然，又自由了。只要我的手在开关前面，我都可以自由活动。

大屏幕上已是另一番景象。大约五百个人站在岸上，离掩体很近。我们的摄像机真是厉害，居然能让我们观察到如此细微的景象。他们无论男女老少，都赤裸着身体。我又看到了他们的脸，不是畸形，就是露出难看的伤疤。小球在收集沙子和土壤的样本，他们都在朝小球挥手，但是没人上前。看上去最强壮的男人们手里都握着类似砍刀或者军刀的武器。他们好像是在观察什么。

我感觉到有什么东西搭在我肩膀上，转身一看，原来是涛。我清楚记得，那是我第一次欣赏她美丽神圣的面庞。

我之前就提到过她那金色的长发。丝滑的头发垂到肩际，标准的椭圆形脸蛋镶嵌其中。她额头饱满，略向前突。蓝色和淡紫色混合的眼睛上面，飞扬着卷翘的长睫毛，地球上的女人看了该有多羡慕啊。她的眉毛上扬后自然弯折，就像海鸥张开着翅膀，为她的魅力更添了一份独特韵味。一对明眸，打趣的时候目光闪烁，下方是挺直的鼻子，大小正好，末端收平，衬托出极具诱惑的双唇。她笑的时候，会露出完美的牙齿，这种完美简直让人不敢相信（我真的会大吃一惊）。她的下巴轮廓精美，略带棱角，散发出男性的刚毅果断，但又丝毫不影响她的女性魅力。一缕毛发在她上嘴唇的上面带过，留下些许阴影，如果换成其他任何颜色都会破坏这张完美的面容，但刚巧是金色，刚好让她拥有了十足的完美。

"看来你已经知道怎么摆脱力场了，米歇。"

我刚要回应，突然，周围发出一片惊叹，我们赶忙望向屏幕。

沙滩上的人疯狂朝住所跑去，逃进一个大灌木丛。一群男人有的手持军刀，有的拿着木棍，站成了一排。在他们面前，是我绝对想象不到的"东西"。

这是一群红色的蚂蚁，每一只都有一头牛大小，正从岩石后面拥向海滩。它们比飞奔的骏马还快。

拿武器的人一直望向后方，好像是在看剩下的人能不能在红蚁到来前撤退到安全的地方。但红蚁越来越近了，就在眼前了……

这群斗士毫不畏惧，但眨眼间，第一只猛兽就发动了攻击。我们可以很清楚地看到它的嘴巴，每一张嘴都有那群人的胳膊那么长。一开始，红蚁虚张声势，让挥舞军刀的男人劈了个空。接着，大红蚁的嘴巴直接钳住了这个人的腰，将他截成了两段。跟着又来了几只，帮第一只继续撕扯，剩下的红蚁则开始追击那些逃命的勇士，一下子都追上了，真是太快了……

就在这群红蚁扑到这群人身上的时候，小球发出了一束极强的蓝色电光。电光精准打在红蚁身上，一击毙命，红蚁一个接一个倒下。被烧死的红蚁在地上冒出一团青烟，巨大的腿还在抽动，用尚存的一息无力地挣扎。

电光还在红蚁中扫射，这些大虫子眨眼间就全军覆灭。它们自知不是这种近乎超自然力量的对手，也只能逃命去了。

这一切发生得如此迅速。涛仍然在我身边，没有发怒，只是面带厌恶和悲伤。

接着，大屏幕上出现了新的画面，一个小球正在追击落荒而逃的红蚁。小球不仅带着摄像机，还有那致命的电光。剩下的红蚁，有六七百只，统统被杀了个精光。没留一个活口。

小球又回到了先前沙滩上方的位置，伸出一种特殊工具，在红蚁的尸体中来回拨弄。我看到一个宇航员坐在桌子前跟计算机讲话，于是我就问涛，她是不是在监督当前任务的完成情况。

"现在是，因为这项工作本来不在我们的计划之内。我们正在采集这些生物的样本，主要是肺的样本，是为了对它们进行分析。我们认为是某种辐射导致这种生物发生变异。正常情况下，蚂蚁是没有肺的，它们突然变成这种巨物，只有一个解释说得通……"

涛突然停住了。摄像机正在传送新的画面，一些人正从他们的避难所中走出来，朝着小球激动地打着手势。他们敞开双臂，跪在地上不停地行礼。

"他们能看到我们的飞船吗？"我问涛。

"不能，我们身处海拔四万米的高空，更何况我们和下面的星球之间还隔了三个云层。不过，他们能看到我们的卫星，所以我猜他们是在对卫星表达感激。"

"也许他们把小球当成了拯救他们的神。"

"很有可能。"

"你能告诉我到底发生了什么吗？这些究竟是什么人？"

"米歇，要解释清楚需要很长时间，而且飞船现在要执行的任务很多。不过为了满足你的好奇心，我还是可以给你简单解释一下。

"从某种意义上讲，这些人跟现在生活在地球上的一些人拥有共同的祖先。事实上，二十五万地球年以前，他们祖先中的一些人就曾经在地球的一块大陆上生活。他们在这里建立了更先进的文明，但由于内部产生的巨大政治矛盾，导致他们在一百五十年前用核武器毁灭了自己。"

"你是说——他们全面发动了核战争？"

"是的，通过连锁反应引起的核战争。我们时不时会过来采集样本，是为了研究各地现存的辐射水平。有时候我们也会帮他们一把，就像刚才那样。"

"这样一来，他们肯定是把你们当成上帝了！"

涛笑着点了点头。"是啊，正是这样，米歇。他们把我们当成了神，就像在地球上一样，你们的祖先也曾经把我们当作神明。他们现在还会提到我们……"

我的表情肯定是惊讶得太夸张了，涛好像被我逗笑了。

"我刚才说过，只能简单解释。我们会有充足的时间再谈论这个话题的。而且，这也是你现在和我们在一起的原因。"

接着，她礼貌地转身离开，又回到了"屏幕桌"前面的位置。大屏幕上的画面飞速切换。小球正在上升，我们能看到整个大陆，上面有些绿色和棕色的地块。小球再次返回飞船，我们继续起航。

我们用不可思议的速度飞过了这个星球，我呢，乖乖地让力场把自己固定在扶椅上。

屏幕上出现了海洋的画面，眼前一片茫茫海水。看得出来，我们正离一个岛屿越来越近。

这看上去是个低矮的岛屿，不过要想估算出它的大小，对我来说是真的很难。

又是一系列的操作，跟之前描述的一模一样。我们停在了海岸上空，这一次，有四个小球离开了飞船，降落在岛上。从大屏幕上，我能看到摄像机正在扫描一个海滩。

沿海一带放着一些厚木板，周围聚集着裸体的人，跟之前的人是同一类。他们似乎没有注意到小球，虽然小球传回的特写镜头距离前所未有之近，但我猜想，这一次，我们的海拔应该更高。

从屏幕上，我们看到这些人正把木板拖到海浪里。木板浮上水面，就像软木筏一样。这些人爬上木板，拿起巨大的桨，开始熟练地划水，划到了开阔的海面。离开岸边相当一段距离后，他们抛出了钓鱼线。几乎是转瞬之间，他们就钓上了一条大鱼，完全超乎我的想象。

看着这些人如何求生，并且像神一样在他们需要的时候施以援手，实在太神奇了。

我解除了力场，想去看看其他的屏幕在接收哪些画面。我刚想离开座位，突然收到一条指令，但是没听到任何声音："待在原处，米歇。"我吓得一愣。这声音仿佛是从我脑海中传出来的。我望向涛，她正在向我微笑。我决定试着回应，于是努力地想："心灵感应还不错吧，涛？"

"当然了！"我脑海里又收到她的回答。

"真是太好了！你能告诉我现在下面什么温度吗？"

她查看了一下工作台上的数据。"你们的二十八摄氏度。白天的平均温度是三十八摄氏度。"

看来，即使我变得又聋又哑，也能跟涛像正常说话一样交流，我暗自想道。

"没错，亲爱的。"

我看着涛，还是不免惊讶。我只是自己在心里想了一下，她就知道我在想什么。这让我有点不痛快。

她给了我一个大大的微笑。"别担心，米歇，我只是在跟你闹着玩，原谅我吧。

"通常，只有在你问我问题的时候，我才会读你的想法。刚才嘛，我只是想给你展示在这个领域可能办到的事；我不会再这样了。"

我也朝她笑了笑，然后又把注意力转移到屏幕上。我看到海滩上有个小球，小球离一群人很近，不过没人发现。这些小球正在离这群人十米左右的地方采集沙子的样本。我通过心灵感应问涛，这些人为什么看不见小球。

"因为现在是晚上。"她回答。

"晚上？那我们怎么能看得这么清楚？"

"因为我们的摄像机很特殊，米歇，有点像你们的红外线。"

这下我明白了，为什么我们现在接收的画面没有之前的那么"亮"。不过这些特写画面依旧很清晰。就在这时，大屏幕上出现了一张脸，显然是个女性。这是一张可怕的脸。这个可怜的人左眼处不是眼睛，而是一个巨大的伤口。她嘴巴在脸的右边，下巴中间有点开裂，嘴唇像是粘在了一起。她头上只有一小撮头发，单薄得可怜。

现在我们看到了她的胸部。那儿本应该是圆润可爱的乳房，可其中一个却在侧面有个化脓的伤口。

"从乳房看，她应该是一个年轻的女性？"我问涛。

"计算机显示年龄是十九岁。"

"这是辐射搞的？"

"没错。"

其他人也出现了，有些人外表完全正常。其中有些身材矫健的男性，看上去二十几岁。

"最大的年龄是多少？你知道吗？"

"目前，我们记录中最大的不超过三十八岁。在这个星球上，一年有二百九十五天，一天有二十七个小时。现在，如果往屏幕上看，你能看到一个特写镜头，就是那个英俊健硕的年轻男人的生殖器官。正如你所见，这些生殖器官是完全萎缩的。通过之前的考察，我们已经知道，他们很少有人具备生殖功能。但是，这里的孩子却不少。尽快生殖繁衍，这是所有物种生存的本能。所以，最直接的方法就是将有生殖能力的男性作为'种公马'。我想，这个人应该就是个'种公马'。"

确实，画面上出现了一个三十岁左右的男性，从身体素质来看，应该具备生育能力。

在画面上，我们还能看到许多孩子围着篝火跑来跑去，篝火上正在烹煮食物。

这些男人和女人围坐在篝火旁，把煮好的食物分给孩子们。篝火应该是用木头生起来的，但我不能确定，因为燃料的形状似乎更像是石头。

在篝火后面，堆放着像之前的木筏一样的厚木板。厚木板被搭成了小棚子的形状，好让他们歇息，看上去非常舒服。

摄像头的可见范围里没有树——可能树确实存在，因为早前飞过这个星球上方时，我留意到有绿色的地带。

几只黑色的小猪从两个茅屋中间窜了出来，三只黄狗在后面疯狂追赶。小猪迅速消失在了另一个茅屋后面。这些场景让我目瞪口呆，我不禁怀疑，自己在俯视的是否真的是另一个星球。这些人看上去跟我差不多——只不过更像是波利尼西亚人——这里也有猪和狗。一切都越来越让我吃惊……

这个小球返回了，其他的小球自然也一样。剩下的小球都由别的屏幕监控，从我这里是看不见的。"返回飞船"的操作一启动，所有的小球就会被飞船"重新吸收"，不会出任何差错，跟之前完全一样。

我猜想我们又要动身了，所以在座椅上舒服地坐好，固定在力场中。

过了片刻，这颗星球的恒星出现了，总共有两颗。然后，一切都开始飞快变小，跟离开地球的时候一样。又过了一会儿，应该没多久，力场就解除了，我明白自己可以下地自由活动了。这种感觉还不错。我看见涛向我走来，她身边还有两个

"年长的宇航员"，暂且这样描述。我站在座位旁，面向这三位宇航员。

我看涛的时候就已经需要仰视了。当她用法语把我介绍给其中一个"更年长的"宇航员的时候，我感觉自己更矮了。这名宇航员比涛还高出一头。

这个人叫毕阿斯特拉。她跟我说话时，居然用了标准的法语，尽管语速很慢，我还是彻底被震惊了。她把右手搭在我肩膀上，对我说：

"很高兴你能登上我们的飞船，米歇。希望你一切都好，以后也是。现在请让我为你介绍拉涛利，她是飞船的副指挥官。这艘飞船名字叫阿拉托拉（Alatora）[1]，我是这里的总指挥官。"

她转向拉涛利，又说了几句自己的语言，然后拉涛利也把手放在了我肩膀上。她给了我一个善意的微笑，然后慢慢重复了几遍我的名字，好像在努力克服一门新语言的发音困难一样。

她的手一直停留在我的肩膀上，这让我全身被幸福感贯穿，一种绝对流动的幸福感。

我的表情可能太过于陶醉，她们三个都大笑起来。涛读懂了我的想法，解释道：

"米歇，拉涛利有种特别的天赋，不过这在我们当中并不

---

① "阿拉托拉"在他们的语言里是超远距飞船的意思。（作者评注）

罕见。你刚才感受到的，是一种有益的磁性液流，这是从她身上散发出来的。"

"真的是太棒了！"我惊呼道，"请替我赞美她。"接着我对这两名宇航员说："感谢你们的欢迎，但我必须承认，现在经历的一切都太让我震惊了。这次旅途对我这样的地球人来说是一场最不可思议的冒险。虽然我一直都相信其他星球上可能居住着像人类一样的物种，但我还是很难说服自己，相信这不是个神奇的梦。

"我经常跟地球上的朋友们讨论心灵感应、外星人，还有飞碟这些事情，但那不过是无知的妄言和空谈。一直以来，我都相信平行时空的存在，人有身心二元性，还有一切其他未解的现象，现在我终于有了证据。过去几个小时的经历实在太让人激动了，我简直兴奋得喘不过气。"

拉涛利对我的话非常满意，说了一些我听不懂的话，涛马上就给出了翻译。

"拉涛利完全明白你现在的心情，米歇。"

"我也是。"毕阿斯特拉补充道。

"她怎么会明白我在说什么？"

"你说话的时候，她通过心灵感应'探'到了你的内心。你要知道，心灵感应是不会被语言障碍影响的。"

我诧异的表情让她们觉得好玩，她们的嘴上总是挂着微笑。毕阿斯特拉对我说：

"米歇，请跟我来，我来为你介绍飞船上的其他成员。"她扶着我的肩膀，带我来到最远处的一张桌子旁，三名宇航员正在这里监控仪器。之前我从没来过这里，星光体分离的时候也没有，更没注意到这些计算机上的读数。终于有机会瞧了一眼，我整个人彻底呆住了。我眼前的数字竟然是阿拉伯数字！读者们肯定跟我一样惊讶，但事实果真如此。这些屏幕上显示的1、2、3、4……那些数字，都跟地球上的一样！

毕阿斯特拉注意到了我的诧异。"对你来说，意外的事情还真是接连不断，是吧米歇？我们绝对不是故意拿你开心，你所有的不可思议我们完全能够理解。等到时机成熟了，一切困惑都会得到解答。现在，请先让我为你介绍那奥拉。"

第一名宇航员起身面向我，也像毕阿斯特拉和拉涛利一样，把手放在了我的肩膀上。我忽然意识到，这个动作可能相当于我们的握手。那奥拉用她们的语言向我问好，将我的名字重复三次，就像要永远记住它似的。她跟涛差不多一样高。

毕阿斯特拉每介绍我一次，同样的礼节就重复一次。至此，我与飞船上的全体成员都正式认识了。她们有惊人的相似之处。比如她们的头发，不同的只在长短和颜色，从暗铜棕色到浅金黄色，各种深浅都有。有的鼻子更长或者更宽，但所有人的眼睛都是浅色，不是深色，而且都有利落精致的耳朵。

拉涛利、毕阿斯特拉和涛请我在几把舒服的椅子中挑一把就座。

我们全都舒服地坐好后，毕阿斯特拉的手在椅子扶手旁边一挥，空中竟然飘来四个圆形的托盘。每个托盘里放着一个装有黄色液体的容器，还有一碗白色的东西，质地有点像棉花糖，不过是颗粒状的。还有个扁扁的小"夹子"，相当于叉子。托盘稳稳落在了我们的座椅扶手上。

我又好奇了。涛示意我学她，这样才能享受眼前的美味。她从"杯子"里抿了一小口，我也照着抿了一小口，还挺好喝的，味道跟蜂蜜水很像。她们几个用"夹子"吃碗里的食物，我也第一次尝到了地球人说的"吗哪"。它跟面包差不多，但是非常轻，没有任何特殊味道。碗里的食物吃了一半，我就饱了。我吃得很满足，也忍不住好奇，这种质地的食物居然也能把人喂饱。我喝光杯子里的东西，结束了用餐。虽然这一餐没有多么讲究，却让人感到幸福，而且不渴也不饿了。

"可能你还是更喜欢法国菜吧，米歇?"涛问我，嘴上挂着微微笑意。

我只是笑了笑，毕阿斯特拉倒是哼了一声。

这时，屏幕上出现了新情况，我们都朝那边望去。屏幕中央是一个女人的头部特写，这个女人跟我的"女主人"很像。她语速很快。我的同伴们在椅子里稍微转了转身，好听得更清楚些。那奥拉在桌旁和屏幕上的人开始对话，就像地球上的电视采访一样。不知不觉中，镜头变成了更广角的特写，画面上有十二个女人，每个人面前都有一张桌子。

涛扶着我的肩膀，带我走到那奥拉那里，让我坐在一个屏幕前面。她在我旁边坐下，开始跟屏幕上的那些人说话。她用悦耳的嗓音快速说了一会儿，其间频频转向我这边。可见，她们的话题是围绕我展开的。

她说完之后，屏幕又切回了那个女人的特写，她简短回答了几句。让我惊讶的是，她的目光停留在我这里，然后笑了。"你好，米歇，祝你到海奥华一路顺利。"

她在等待我的回应。等从惊讶中回过神，我连忙向她表达了衷心的感谢。摄像机又切换到了广角，我看到，她们对我的回答表示惊叹，大家正在纷纷议论。

"她们能听懂吗？"我问涛。

"通过心灵感应，她们当然听得懂，但能听到其他星球的人说他自己的语言，她们还是很兴奋。这对她们大部分人来说都是非常少有的经历。"

涛说了声"失陪"，然后又去跟屏幕上的人交谈，我猜应该是技术方面的事情，毕阿斯特拉也加入了她们。最后，屏幕上的人朝我笑了一下，说了句"一会儿见"，然后画面就切掉了。

我说切掉，是因为屏幕没有忽然间空白一片，而是呈现出一种柔和美好的颜色，绿色和靛蓝色的糅合，让人心旷神怡。过了一分钟左右，这种颜色就慢慢褪去了。

我转向涛，问她这是怎么回事。我们是和其他飞船在空中相遇了吗？她说的那个海华还是海欧拉的，究竟是什么？

"是海奥华，米歇，这是我们星球的名字，就跟你的星球叫作地球一样。我们的星际基地已经与我们取得联络，再过十六小时三十五分钟，我们就将抵达海奥华。"她边说边瞥了一眼最近的那台电脑。

"那些人是你们星球上的技术人员喽?"

"是的，他们是我刚刚提到的星际基地里的技术人员。

"基地持续监视我们的飞船，如果我们因为技术故障或者人为因素出现问题，百分之八十一的情况下，他们都能保证我们安全回港。"

因为我知道他们是更高级的物种，他们的技术水平自然也超出我的理解范围，所以这并没有让我太过吃惊。但我忽然发现，不仅是这个飞船，就连星际基地也由女性掌控，地球上这种全女性的阵容可实在少见。

我好奇海奥华上是不是只有女人……就像亚马孙女战士族一样。这个画面让我忍不住笑了一下。相比男性，我一向更喜欢有女性做伴；如果真是这样，也挺让人高兴的不是……

我也没绕弯子，直接问涛:"你的星球上只有女人吗?"

她显然为这个问题感到意外，然后又露出了那种被逗笑的表情。这多少让我有些担心。我说了什么蠢话吗?她又把手搭在我肩膀上，让我跟着她。我们离开了控制室，直接来到一个小房间（名叫哈里斯），这里的氛围让人很放松。涛告诉我，在这里，没人会打扰我们，因为出现在这个房间里的人会自动获得绝对隐私的权利。她让我在许多座位中选一个坐下。

有的座位像床，有的像扶手椅，还有的像吊床，或者像后背可调节的高脚椅。在这些椅子里要是再选不出一个称心的，那我也太挑剔了。

我在一把扶手椅上舒坦地坐下，看着对面的涛。我发现，她的表情又严肃了起来。她开始说道：

"米歇，这个飞船上一个女人都没有……"

如果她告诉我的是，我此刻不是在一个飞船上，而是在澳大利亚的沙漠里，这我都会相信。看到我难以置信的表情，她补充道："不仅没有女人，男人也没有。"这下我是彻底蒙了。

"那，"我的嘴巴都不听使唤了，"那你们是什么？机器人吗？"

"不是，我想你误会了。其实，米歇，我们是雌雄同体的物种。我相信你肯定知道什么是雌雄同体吧？"

我点了点头，还在惊愕中发呆，接着问道："你们星球上居住的人都是雌雄同体吗？"

"是的。"

"但你们的相貌和举止还是偏女性化一些啊！"

"确实可能看上去是这样，但相信我，我们真的不是女人，我们是雌雄同体。我们这个人种一直都是这样。"

"我得承认，这一切实在太令人困惑了。自打我跟你接触以来，就一直把你当成女人，现在让我把你们也当成男人确实有点困难。"

"你不用刻意去联想，我的朋友。我们单纯就是如此：其他星球上的人跟你们生活在不同的世界。我明白，按一个地球人和法国人的思路，你自然想把我们定义成某种性别。也许你可以用中性的它来称呼我们。"

她的提议把我逗笑了，但我还是不太明白。就在不久前，我还以为自己被亚马孙女战士包围了。

"但你们怎么繁衍后代呢？"我问，"雌雄同体可以繁殖吗？"

"当然可以，就跟你们地球上的繁衍方式一样。只不过，在生育这件事情上，我们可以全权掌控——不过这要另当别论了。你迟早会明白的，现在，我们该回到其他人那里了。"

我们回到了控制室。我发现，这次再看到这些宇航员，我的视角跟之前完全不同。比如，有一个宇航员的下巴就比之前看上去更有阳刚之气。一个人的鼻子显然是男性化的，还有一些人的发型也很有男子气概。原来如此，我们看到的人的样子，取决于我们对他们的认知，而不是他们真正如何。

为了减少我的尴尬，我给自己定了个规矩。一开始我就觉得她们更女性化，我也已经把她们当成了女人；那干脆还把她们当女人，看看这样能不能行得通。

从我这里能看到中间的大屏幕，随着我们前行，繁星就在我们身边穿梭。距离它们有点太近，也就是几百万公里距离的时候，它们看上去巨大无比，光芒刺眼。有时还能看见颜色奇特的星球。我记得有一个是翡翠绿的颜色，仿佛一颗巨大的宝石，晶莹剔透，十分惊艳。

涛过来了，我借机问她屏幕底下的一条光带是怎么回事。这条光带像是无数个小爆炸组成的。

"这些是我们的——地球上可以叫反物质枪导致的，确实是爆炸。以我们的飞行速度，哪怕是再小的陨石，碰到飞船也会把我们撞碎。所以，我们留了几个舱室，在超高压环境下储存特定形式的尘埃，装载到我们的反物质枪中。你可以把我们的飞船想象成一个粒子加速器，粒子束加速后发射出去，就能分解漫游在飞船周边和远处的各种极微小的物质。这样我们才能像现在这样高速行驶。我们会在飞船周围建立自己的磁场……"

"等等，别说那么快。涛，你是知道的，我没什么科学背景，如果你说粒子加速器、加速粒子什么的，我可能就跟不上了。原理我明白，当然是很有意思的，但我不太擅长专业术语。不如，你来告诉我，屏幕上那些行星的颜色为什么是那样的？"

"有些是它们周围大气层导致的，有些是因为周边的气体。屏幕右边有一个五颜六色的光斑，带着尾巴那个，看见了吗？"这个"东西"正飞速朝我们靠近。每过去一秒，我们都越能欣赏到它的美。

这个"东西"好像一直在爆炸，形状不断改变，颜色幻化万千。我朝涛望去。

"这是一颗彗星，"她说，"它绕恒星一圈大概需要你们的五十五个地球年。"

"我们距离它多远？"

她瞄了一眼计算机："四百一十五万公里。"

"涛，"我说，"你们怎么会使用阿拉伯数字呢？你说'公里'的时候，你是给我换算过来了，还是你们本来就用这种度量单位？"

"不，我们计数用的是卡托（Kato）和塔其（Taki）。之所以用你说的阿拉伯数字，是因为这本来就是我们的体系，是我们把它带到地球的。"

"什么？请给我仔细讲讲是怎么回事。"

"米歇，距离海奥华还有几个小时的路程。现在可能是在某些事情上对你正式'教学'的最佳时机。如果你不介意，请跟我一起回到哈里斯，就是之前去过的那个房间。"

我跟着涛，满心的好奇，胜过以往任何时候。

第三章　地球人起源

　　我们回到之前提到的休息室哈里斯，舒舒服服地坐好之后，涛开始将这些神奇的故事娓娓道来。

　　"米歇，一百三十五万年以前，半人马星座中有一颗巴卡拉替尼星。经过无数次的会议讨论和侦察探险，星球的领导人决定，用飞船将居民转移到火星和地球。

　　"理由很简单：他们的星球内部正在变冷，不出五百年的时间，星球将不再适宜居住。他们认为，最好将居民转移到同等级但是更年轻的星球上，理由很充分……"

　　"你说'同等级'，什么意思？"

　　"这个我之后会解释，现在还不到时候。回到刚才的话题，我要告诉你，他们是人类，智力水平很高，而且高度进化。黑种人厚嘴唇，扁平鼻，卷发——这些特征跟现在地球上生活的黑人相似。

　　"他们在巴卡拉替尼星上已经定居了八百万年，跟他们一起的，还有黄种人。

　　"准确地说，黄种人就是你们地球上说的中华民族，他们比黑种人早约四百年定居巴卡拉替尼星。两个种族在这个星球上定居期间，经历了无数次革命。我们努力为他们提供了救济、援助和指导，但即便如此干预，战争还是会不定期爆发。在战祸和天灾的双重打击下，两个种族的人口日渐减少。

"最终，核战争大面积爆发，整个星球都笼罩在黑暗之中，气温降到了你们的零下四十摄氏度。原子辐射已经为星球带来了灭顶之灾，寒冷和饥饿最后又彻底清扫了战场。

"记录显示，七十亿黑种人和四十亿黄种人中，幸存者只有一百五十个黑种人和八十五个黄种人。这是他们开始繁衍前和停止互相残杀后真实记录下来的幸存者数据。"

"互相残杀？什么意思？"

"我来给你详细解释一下当时的情况，这样你就明白了。

"首先，可能跟你想的有些出入，幸存下来的，并不是那些在特殊避难所里保护周全的领导人。

"幸存者中有三群黑种人和五群黄种人。他们有的来自私人避难所，有的来自大型公共避难所。当然，战争期间避难所里远不止这二百三十五人，据实际统计，避难人数有八十余万。经历了黑暗的幽闭，又挨过严酷的寒冬，他们终于鼓起勇气，向外迈出了脚步。

"先出来的是黑种人，他们发现，大陆上所有的草木走兽都已销声匿迹。这群人被隔绝在山里的避难所，最先学会了吃人。因为食物短缺，体弱的人死了就会被吃掉；后来，为了吃，他们只能彼此杀害。这是他们星球上最残忍的灾难。

"还有一群人在海边，靠星球上仅剩的那点活物为食，也就是一些污染不太严重的软体动物、鱼类和甲壳动物。幸好他们有非常先进的装置，可以深入地下取水，所以能喝到未受污染的水。

　　"当然，因为星球上的致命辐射，加上吃的鱼类中也有辐射，很多人仍没逃过一劫。

　　"黄种人的情形也差不多类似，所以就像我刚才所说，最后只剩下了一百五十个黑种人和八十五个黄种人。终于，战争带来的死亡告一段落，人们又开始繁衍生息。

　　"实际上，他们之前早已收到各种警告，但这场悲剧仍然未能避免。在这场几乎全球性的毁灭前，黑种人和黄种人都达到了非常先进的技术水平，人民安居乐业。有人在工厂工作，有人在私营企业或者政府部门工作，跟你现在的星球一样。

　　"他们热衷于金钱，对有的人来说，金钱意味着权力，更明智点的，认为金钱意味着幸福。他们每周平均工作十二小时。

　　"巴卡拉替尼星上一周有六天，每天有二十一个小时。他们关心物质，而不是生存的精神层面。同时，他们还由着政客和官僚体系玩弄，被人耍得团团转，就跟现在地球上一样。为了满足自己的贪婪和虚荣，领导人们用空谈愚弄无知的民众，领导着全民走向没落。

　　"日复一日，这两个伟大的民族开始互相嫉妒。你可知道，嫉妒与憎恨之间仅有一步之隔。最终，他们对彼此恨之入骨，矛盾无处不在，灾难就此爆发。双方都拥有先进的武器，结果只能是两败俱伤。

"我们的历史记录显示，当时幸存的二百三十五人中，有六名是儿童。这些数据是灾难后五年记录的，他们靠吃人和一些海洋生物得以存活。

"他们开始繁衍，但并不顺利。生下来的孩子不是严重头部畸形，就是有那种会渗出液体的丑陋脓疮。原子辐射带给人类的苦果，他们必须自己承担。

"一百五十年后，黑种人数目达到十九万，其中包括男人、女人和孩子。黄种人有八万五千。我跟你提起这一百五十年，是因为在此期间，两个种族重新开始繁衍生息，我们也能够为他们提供物质上的帮助。"

"什么意思？"

"几个小时以前，你也看到了，我们的飞船停在阿勒莫 X3 星球上空去采集土壤、水和空气的样本。是这样吧？"我点点头。"接着，"涛继续说，"你也看到了，在一大群巨型蚂蚁攻击村民的时候，我们轻而易举就消灭了它们。"

"是这样。"

"这种情况下，我们是通过直接干预来帮助他们。你有没有看出来，他们生活在一种半原始的状态？"

"是啊，那个星球发生了什么？"

"原子战争，我的朋友。同样的故事总是在历史中循环上演。

"别忘了，米歇，宇宙是一个巨大的原子，万物都受到原子的影响。你的身体就是由原子构成的。我想说的是，在每个星系，每次在星球上的定居，在进化过程中的某个阶段，总会发现，或者说重新发现原子。

"当然，发现原子的科学家们很快就意识到，原子的分解可以成为厉害的武器。不一定什么时候，领导人就想启动这种武器；就像拿着一盒火柴的小孩，总会忍不住要在一捆干草上放火，看看究竟会发生什么。

"不过，咱们还是回到巴卡拉替尼星。核灾难过去一百五十年后，我们想要对这些人施以援手。

"他们最迫切的需要当然是食物。当时，他们的食物仍然以海洋生物为主，偶尔渴望满足杂食欲望的时候，只能选择吃人。尽管这样能维持生命，但他们还是需要蔬菜和肉类。蔬菜、果树、谷物、动物——所有能吃的东西，都从这个星球上消失了。

"星球上只剩下不能吃的植物和灌木，勉强够用来补充大气中的氧气。

"同时，一种跟你们的螳螂有点类似的昆虫也幸存了下来。由于原子辐射导致的突变，它们进化出了巨大的体形。它们长到大约八米高，给人带来极大危险。更要命的是，这种生物没有天敌，繁殖速度惊人。

"我们在星球上空飞行，想要确定这些大昆虫的位置。自古以来，我们就掌握各种技术，所以这件事相对容易。一旦发现这些虫子，我们就一举将其歼灭，于是，短时间内，我们就将它们彻底灭绝了。

"接下来就是为这个星球重新引进牲畜、植物和树木，我们已经知道了灾难发生前哪些物种能适应特定地区的气候，所以这对于我们来说也比较简单……"

"这肯定花了你们多年时间吧？"

涛嫣然一笑。"只花了两天——二十一小时制的两天。"

涛看我如此难以置信，忍不住大笑起来。她，或者说他笑得那么开心，我也跟着笑了起来。一边笑，我还一边奇怪，她是不是言过其实了？

至于是不是言过其实，我又怎么能知晓？一切所闻都太神奇了！也许是我的幻想，也许我是被下了药，也许，我很快就会在自己的床上醒来？"不是的，米歇，"涛读懂了我的想法，打断我说，"我希望你不要再这样怀疑了。光是心灵感应这一件事，就足以说明一切了。"

她说出这句话的时候，我突然想到，哪怕是最精心编排的骗局，也很难把这么多超自然的元素拼凑在一起。涛能像打开一本书一样阅读我心中的想法，而且是一而再，再而三地证明了这一点。拉涛利只是将手轻轻放在我肩上，就让我产生了超乎寻常的幸福感，我必须承认这是实实在在的证据。毫发无伤的我真的在经历一场非同寻常的冒险之旅。

"好极了，"涛出声表示赞同，"我可以继续了吗？"

"请继续吧。"我想听她讲下去。

"于是，我们就为这些人提供了物质上的帮助；但，通常在我们介入的时候，不会让他们知道我们的存在，原因有以下几点。

"首先是安全问题。其次是心理因素；如果这些人知道了我们的存在，并且意识到我们是来帮助他们的，他们肯定会一边自怨自艾，一边被动等待我们的帮助。这会削弱他们的生存意志。你们地球就有这样的说法：自助者，天助之。

"最后是第三个原因，也是最重要的一点。宇宙法则早已确立，而且必须一丝不苟地执行，就好像行星只能围着恒星转一样。犯了错误就要接受惩罚——惩罚可能即刻到来，也可能是十年甚至几百年后，但终究是要为过错付出代价。所以，我们可以，或者说被建议施以援手，但我们被严格禁止'把饭喂到他们嘴里'。

"于是，我们用了两天的时间为他们的星球引进了一些成对的动物，又让数不清的植物重新生长，从此人们可以饲养动物，种植作物，培育树木。他们需要从零开始，但我们会通过梦境或者心灵感应指导他们的发展。有的时候，我们化作'天上传来的声音'；也就是我们从飞船中发出的声音。但对于他们来说，这声音就是从'天上'传来的。"

"他们肯定把你们当成神了！"

"正是如此，传说和宗教就是这样产生的；但在这种紧急情况下，一切以结果为重。

"几百年后，这个星球终于差不多恢复到了核灾前的样子。一切回到原点，不过受影响较大的地方还是变成了沙漠。其他受影响较小的地方，动植物很容易就繁衍起来。

"十五万年后，他们的文明取得了高度成功，不过这一次，不仅仅是技术上的成功；可喜的是，他们吸取了教训，在灵性和精神层面同样高度进化。黑种人和黄种人都是这样，而且结下了深厚友谊。

"于是，星球上的人和平共处，有传说为证；很多历史有书面记载，这样他们的后代就能准确了解到是什么引发了核灾难，后果有多么不堪设想。

"就像我之前说的，人们知道，不出五百年，他们的星球就会变得无法居住。他们也知道，在这个星系里，还有其他已经被居住或者可能适宜居住的星球，就这样，他们踏上了最认真的探索之旅。

"最后，他们来到了你们的太阳系。他们先造访了火星，因为他们知道火星的环境适合居住。当时，火星上确实有人居住。

"那时火星上的人类没有技术，但他们的精神文明高度发达。火星人很矮，身高在一米二到一米五之间，是蒙古人种。他们以部落为单位群居，住在石头屋里。

"火星上的动物种类稀少。有一种矮小的山羊，一些像巨大野兔的生物，还有一些鼠类，最大的动物像水牛，但头却像貘。火星上还有一些鸟类和三种蛇类，其中一种蛇有剧毒。那里植被也很贫乏，树木都不出四米高。他们那里有一种能吃的草，可以理解为你们的荞麦。

"经过调查研究，巴卡拉替尼星人发现火星同样在以一定的速度冷却，四五千年内也将无法居住。火星上的植被和动物也实在称不上丰富，仅够现有居民勉强存活，更别提再加上巴卡拉替尼人的大批移民。而且，火星对他们没什么吸引力。

"于是，两艘飞船朝着地球飞去。他们第一次着陆地点是现在的澳大利亚。这里我要解释一下，那时的澳大利亚、新几内亚、印度尼西亚和马来西亚都在同一块大陆上。那里有一条海峡，宽约三百公里，就是现在泰国的所在地。

"那个时候，澳大利亚有一个很大的内陆海，汇聚了几条河流。有趣的植被和动物在这里栖息，种类相当丰富。经过整体评估，宇航员决定，将这里作为第一个移民基地。

"我需要更加明确说明，是黑种人选择了澳大利亚，而黄种人呢，则是定居在了现在的缅甸一带——这一带野生动植物也很丰富。黄种人很快在孟加拉湾沿海建立了基地，黑种人也在澳大利亚内陆海的海岸建立了第一个基地。后来，他们又在现在的新几内亚建立了更多基地。

"他们的飞船能以超光速飞行，约五十个地球年后，三百六十万黑种人和同样数量的黄种人被运送到了地球。两个种族下定决心在一个新的星球上探寻生路，和平共存，此次移民就是他们互相理解和团结一致的证明。他们达成共识，将年老和体弱者留在巴卡拉替尼。

"巴卡拉替尼星人在定居前已经对地球进行了全方位的考察，结果使他们确信，这里此前没有出现过人类生命。他们有时以为发现了一种类似人类的生命形式，但仔细观察后，发现这些生命其实是某种大型的猿。

"地球上的重力比他们的星球大，一开始，两个人种都感觉非常难受，但最终还是完全适应了。

"还好巴卡拉替尼物资丰富，在地球上建立城镇和工厂的时候，他们就从那里运来一些轻便但很结实的材料。

"我还没有说，那时候，澳大利亚位于赤道上。地球的自转轴也跟现在不同——那时候，地球自转一周需要三十小时十二分钟，公转一周需要二百八十天。赤道气候也跟现在不同，比现在更加湿润；因为地球的气候早已发生了变化。

"成群的大斑马在国土上自由飞驰，还有可以吃的大鸟，叫作'渡渡鸟'。有非常大的美洲虎，和一种将近四米高的鸟，被你们称为'恐鸟'。有些河里有十五米长的鳄鱼，二十五至三十米长的蛇。有时候，新来的物种能让这些猛兽大快朵颐。

"无论是从营养还是从生态角度，地球上的很多植被和动物都与巴卡拉替尼星上完全不同。为了让向日葵、玉米、小麦、高粱、木薯和其他植物更加适应地球环境，他们建立了许多实验农场。

"这些植物，要么是地球上压根儿没有，要么就是存在状态过于原始，根本无法食用。巴卡拉替尼星人还引进了他们格外偏爱的山羊和袋鼠，他们在自己的星球上大量以这两种动物为食。他们尤其喜欢在地球上饲养袋鼠，虽然困难重重，但最后终于驯化成功。其中一个最主要的问题就是食物。在巴卡拉替尼星上，袋鼠以一种精细耐寒的草为食，这种草叫'阿里露'，在地球上完全没有。巴卡拉替尼星人屡次种植，又屡次失败，每次它们都会被肆意疯长的微小真菌吞噬。于是，他们只好人工饲养袋鼠。几十年过后，袋鼠们终于适应了地球上的草类。

"黑种人坚持不懈，终于在这种草的种植上取得了成功。可惜这耗费了太长时间，袋鼠们早已习惯了新的牧草，而不再需要它了。又过了很久，一些阿里露终于扎稳了根，因为得不到动物的青睐，它们就在澳大利亚肆意蔓延。

"现在，它们的植物学名称叫黄万年青，俗称'草树'①。

"地球上的'阿里露'比巴卡拉替尼星上的高得多，也茂密得多。从其他星球上引进植被的时候，这种情况经常发生。它就是远古时代留下的少有的遗迹。

"这种仅在澳大利亚发现的草和袋鼠，说明巴卡拉替尼星人在地球这一区域驻留了很长时间，之后才去开拓其他的地区。我接下来要讲的就是这个，不过我想先借用袋鼠和黄万年青的例子，希望你能更好地理解这些人在适应新环境时需要克服的种种困难；当然，在所有的困难中，这只是九牛一毛罢了。

"之前我说，黄种人定居在了孟加拉湾的内陆地区。大部

---

① "草树"，原文为"黑小子"（Blackboys），现在这个词在澳大利亚被禁用了，因为有种族歧视的嫌疑。（原文编辑评注）

分人聚集在缅甸，并在那里兴建了城市和实验农场。他们对蔬菜格外感兴趣，于是从巴卡拉替尼星运来卷心菜、生菜、香芹、香菜和其他蔬菜。他们还引进了樱桃树、香蕉树、橘子树等其他果树。香蕉树和橘子树很难养活，因为那时候的气候比现在冷。于是他们把一些树给了黑种人，结果黑种人在种植上取得了巨大成功。

"同样，在小麦种植上，黄种人远比黑种人成功。从巴卡拉替尼运来的小麦结出了像咖啡豆那么大的谷粒，穗子有四十厘米长。黄种人种植了四种小麦，短时间内创下极高产量。"

"水稻也是他们带到地球的？"

"不是，完全不是。水稻是地球上土生土长的植物，不过黄种人对它进行了改良，水稻才有了现在的样子。

"接着上面的说，他们建造了储存粮食的大筒仓，两个种族之间开始了商业交易。黑种人出口袋鼠肉、渡渡鸟（当时很多产）和斑马肉。驯化斑马的时候，黑种人培育出了杂交的品种，味道堪比袋鼠肉，且营养价值更高。交易中使用巴卡拉替尼的飞船运输，各地建起了飞船基地……"

"涛，你说地球上的第一批人是黑种人和黄种人。那么，为什么我是白人呢？"

"别急，米歇，别急。地球上的首批居民确实是黑种人和黄种人，但接下来我要说说他们的组织和生活方式是怎样的。

"他们在物质上取得了巨大成功，但同时也没有忽略大型会堂的建设，这些地方用于他们的宗教活动。"

"他们也有宗教？"

"是的，他们都是塔克欧尼（Tackioni），就是相信轮回的人。这种信仰在某些方面跟你们地球上的藏传佛教相似。

"两个国家之间来往密切，他们甚至还携手共同深入探索地球的其他地区。一天，一支由黑种人和黄种人组成的队伍在南非的一角着陆，那就是现在的好望角。非洲自那时起变化不大——除了撒哈拉、东北地区和当时并不存在的红海。不过，那就是另一回事了，我们之后再说。

"在探险的时候，他们已经在地球上定居了三百年。

"在非洲，他们发现了新的动物，比如大象、长颈鹿和水牛，还发现了以前从没见过的一种水果——西红柿。米歇，你可别以为那是你们现在的西红柿。西红柿被发现的时候，只是一种很小的醋栗，酸性极强。黄种人已经非常善于种植作物，所以在之后的几个世纪里，他们就像改良水稻那样不断改良西红柿，这才让西红柿变成了你们今天熟悉的样子。他们还惊讶地发现了香蕉树，乍看上去跟从巴卡拉替尼引进的香蕉树差不多。不过，他们之前的努力也没白费，因为这种非洲香蕉几乎不能食用，里面都是大颗的香蕉籽。

"这支非洲探险队由五十个黑种人和五十个黄种人组成，他们此次带回了大象、西红柿和猫鼬——因为后来他们很快发现，猫鼬是蛇的致命天敌。但不幸的是，在毫无察觉中，他们还带回了一种可怕的病毒，那就是你们现在说的'黄热病'。

"很短的时间内，几百万人相继死亡，就连医学专家也不知道，这种疾病究竟是如何传播的。

"因为这种疾病主要靠蚊子传播，而赤道气候下没有冬天，蚊子的数目不会因此减少，所以澳大利亚的黑种人受到的影响最为严重。实际上，他们的受害人数是黄种人的四倍。

"在巴卡拉替尼星上的时候，黄种人就在医学和病理学上处于领先地位；但他们也花了多年时间才找到这种疾病的治疗方法。在这段时间里，已经有成千上万人在病痛的折磨中死去。最后，黄种人发明了一种疫苗，并马上交给了黑种人，两族人民的友谊因此进一步加深。"

"这些黑种人的外表什么样子？"

"他们从巴卡拉替尼移民过来的时候身高有两米三，他们的女人也是这么高，而且相貌俊美。黄种人稍微矮小，男性平均身高一米九，女性一米八。"

"但你说现在的黑人就是这些人的后代，怎么变这么矮了？"

"因为重力，米歇。地球的重力比巴卡拉替尼星大，于是两个人种都变矮了。"

"你还说，你能帮这些人解决困难——黄热病暴发的时候，你们怎么没有前来协助？是因为你们也找不到疫苗吗？"

"我们是可以帮忙的，等你到了我们的星球，你就会知道我们的能力；但我们没有干预，因为那不在我们必须执行的计划内。我已告诉过你，并容我再次重复，我们只能在某些情况下提供帮助，而且必须适可而止。一旦超出范围，宇宙法则严格禁止任何形式的帮助。

"我来给你简单举个例子。假设一个孩子每天都去上学，目的是学习知识。晚上回到家，孩子请家长帮忙做作业。如果家长明白事理，他们会帮孩子理解其中涉及的概念，最终让孩子自己完成作业。但是，如果家长直接替孩子完成作业，他还能学到什么呢？他只能年年留级，可见家长这么做没给他带来任何好处。

"之后你会明白，不过你现在已经明白了，你在你的星球上生存，不仅为了学习如何面对生活、磨难和死亡，还需要尽可能提升自己的精神层面。等涛拉们跟你见面的时候，会再说到这个话题。现在，我们接着讲这些人的事情……

"他们已经战胜了黄热病，也开始在地球上更多地区扎根。人口密集的地方不只有澳大利亚，还有南极——当然，那时南极所在的位置气候宜人。新几内亚人口也很密集。黄热病的灾难过后，黑种人剩下七亿九千五百万。"

"南极还不算是一块真正的大陆吧？"

"那时，南极跟澳大利亚是相连的，比现在暖和得多，因为那时地球的自转轴和现在不同。南极当时的气候更像是现在俄罗斯南部的样子。"

"他们再也没回巴卡拉替尼吗？"

"没有，他们在地球上定居后就严格规定，任何人不能回去。"

"他们的星球后来怎么样了？"

"正如他们预期的那样，巴卡拉替尼星冷却了，化作一片荒漠——就像火星那样。"

"他们的政治结构是怎么样的?"

"非常简单——人民举手选举出村或区的领导人。区领导人选举出一名镇领导人,再从兼具智慧和常识、聪明正直的人中选出八名德高望重的长老。

"他们从不会因为财富或家世当选,所有人年龄都在四十五岁至六十五岁之间。镇领导人或区领导人(一个区下设八个镇)需要与八位长老谈判。八位当选的长老组成的委员会选出一名代表,出席州务院会议。代表通过无记名投票选出,要求至少七人投票认同。

"比如在澳大利亚有八个州,每个州有八个镇或八个区。那么,州务院会议上就会有八名代表,每个人代表一个镇或一个区。

"州务院会议由一名大长老主持,他们会探讨政府面临的各种日常问题:水路运输、医院、道路等等。黑种人和黄种人在交通上都使用配备氢能源发动机的轻型车辆,因为有抗磁力和抗重力系统,车辆都是悬浮于地面行驶的。

"不过,说回到政治体系,他们那里没有'政党'的概念,一切只基于正直和智慧的名誉。长久以来的经验教会他们,要想建立起一个长治久安的秩序,两个因素不可或缺,那就是公正和纪律。

"他们的经济和社会结构我以后再讲,现在我想让你对他们的司法系统有些概念。比如说,如果一个盗贼真的被认定有罪，就会用烧红的烙铁在他（或她）惯用手的手背烙上印记。所以，惯用右手的盗贼会在右手烙印，如果再犯就砍掉左手。阿拉伯人不久以前也在使用这种做法，也正是自古沿袭下来的。如果这个人屡教不改，会将他的右手也砍掉，并在额头烙上不可磨灭的印记。没有双手，盗贼只能依靠家人和路人的慈悲和同情，无论食物还是一切所需，都仰仗他人施舍。因为人们会认出他额头的印记，所以他的人生格外艰辛，可以说是生不如死。

"于是，这个盗贼就成为一个活生生的例子，屡次犯罪的下场大家一目了然。毫无疑问，盗窃自然极少发生。

"谋杀也极其少见，你马上会知道为什么。被指控的谋杀犯会被带到一个特殊的房间，然后独自留在那里。在一个帘子后面，会安排一名'读心者'。'读心者'的读心能力与生俱来，而且还通过在专门学府的多年深造不断加强。读心者能看透疑犯的心思。

"你可能会反驳说，人经过训练可以让自己的思维一片空白——但谁也不能坚持六个小时。而且，疑犯在不经意间会听到一些声音，这些声音会让疑犯的精力无法集中。

"为了确保万无一失，会有六个读心者参与其中。控方或辩方证人被安排在一段距离以外的另一栋楼里，读心者会对他们采取同样的程序。他们彼此间无法串通口风，接下来的两天里，他们会每天接受八小时这样的调查。

"在第四天，所有的读心者会将记录提交给由三名法官组成的审判团，由三名法官对被指控的疑犯和证人进行盘问和交叉盘问。不存在辩护律师或者陪审团。法官们已经对案件所有细节了如指掌，只想百分之百确认疑犯是否有罪。"

"为什么？"

"因为一旦判处就是死刑，米歇，非常可怕的死刑，谋杀犯会被活生生地丢去喂鳄鱼。强奸罪比谋杀还严重，处罚也更加残酷。强奸犯会被涂上蜂蜜，掩埋到肩膀以下，紧挨着蚁群。有时要经历十至十二个小时的折磨才能死去。

"现在你应该明白为什么两个人种的犯罪率极低了吧。所以，他们连监狱都不需要。"

"你不觉得这种方式过于残忍吗？"

"那么你可以想想，假如一个母亲知道自己十六岁的女儿被奸杀是什么感受。她所承受的失去女儿的折磨，不比这最严酷的刑罚还惨痛吗？她没有去招惹祸端，也没有自找麻烦，无缘无故就要受罪。罪犯明知道自己的行为会导致这样的后果，却仍然犯下罪行，当然就要受到严厉的惩罚。不过我刚才也说了，犯罪几乎是不存在的。

"回到宗教的话题：我之前说过，两个种族都相信轮回，但是他们的信仰之间存在差异，有时候会导致分裂。一些祭司笼络民众，形成以他们为首的各种教派。黑种人中间发生了这种分裂，后果惨痛。

"最终，约五十万黑种人在祭司的蛊惑下移民非洲——也就是现在的红海一带。那时候红海尚未形成，整块土地都是非洲大陆。他们开始建造村庄和城镇，但废除了之前我描述的那种公正有效的政治体系。祭司自己做主选出政府首脑，所以这些首脑在某种意义上成了被祭司操纵的傀儡。从那以后，人民就不得不面对今天你们地球上熟悉的种种问题：腐败、嫖娼、毒品和各种不公。

"至于黄种人，他们组织有序，除了一些宗教上的轻微曲解外，祭司无权过问国家大事。

"他们生活在和平富足中，跟那些非洲的分裂派黑种人完全不同。"

"那武装方面呢？他们都有什么武器？"

"很简单，但简单往往胜过繁琐，并且非常有效。两族人民带来的武器是一种'激光枪'，这些武器由一个专门部队掌管，部队听命于每个国家的领导人。两个民族达成共识，互换一百名观察员，永久驻留在本土外的国家。这些观察员是本国的大使和外交官，同时需要确保避免军备过量。这个体系非常完善，维持了三千五百五十年的和平。

"由于那些移民到非洲的黑种人是分裂群体，因此不被允许带走这些武器。经年累月，他们的分布越来越广，到了现在的撒哈拉沙漠一带定居。那时候的撒哈拉气候宜人，土地肥沃，因为草木繁盛而成为许多动物的栖息地。

"祭司们为了满足自己对财富和权力的虚荣建立庙堂，同时对人民课以重税。

"这些人以前从不知道贫穷为何物，而现在却分成了富人和穷人两个差别明显的阶级。祭司们当然是属于前者，那些帮助祭司剥削穷人的人也跟着成了富人。

"宗教变成了偶像崇拜，人们对着石头和木头的神像膜拜，用供品祭祀。没过多久，祭司们就提出要用活人供奉。

"从分裂开始，祭司们就想尽办法把人民蒙在鼓里。多年来，他们处心积虑地降低人民的智力和体力发育水平，这样才能更好地操控他们。宗教'发展'至此，已经跟当初那个促使人民分裂的'教派'截然不同，所以，控制民众成为首要任务。

"宇宙法则规定，不管住在哪个星球，人的主要义务就是发展自己的精神和灵性。这些祭司将整个'国民'蒙蔽在无知当中，用谎言加以误导，降低了民众的精神水平，违背了宇宙的基本法则。

"这个时候我们决定对他们进行干预，但在此之前，我们还是想给他们最后一次机会。我们通过心灵感应和托梦告诉大祭司：'活人祭祀必须停止，你们必须带领这些人走回正途。人以肉体形式存在，唯求精神发展之目的。当前行事种种，有悖宇宙法则。'

"大祭司深受震撼，第二天，他便召集所有祭司开会，道出了昨夜的梦境。有几个人指责他背叛；其他人觉得他是年纪大了犯糊涂；还有一些人怀疑他出现了幻觉。最后，经过几个小时的讨论，组成议会的十五个祭司中，十二人坚持维持宗教的现状，声称他们的目的就是控制人心，增进民众对'复仇之神'的信仰和畏惧，而他们正是这神在地球上的代言人。对于大祭司描述的'梦'，他们一个字都不信。

"有时我们的处境很微妙，米歇。我们本可以和飞船一起出现，直接和祭司对话，但他们能认出这些太空飞船，因为他们在分裂前自己也有飞船。

"他们肯定会立即发动攻击——问都不问，因为他们很多疑，而且害怕失去自己在'国民'心中的主导地位。他们拥有军队和威力极强的武器，这些储备是为了镇压可能发生的造反。我们可以消灭他们，直接与人民对话，带领人民回归正途，但从心理学来讲，这样并不妥当。这些人已经习惯了遵从祭司的指令，肯定不会明白我们为什么要对他们国家的事务加以干涉——那我们的努力可就白费了。

"于是，一天夜里，我们乘坐一个'工具球'飞到这个国家上方约一万米的高空。庙堂和圣城距离城镇一公里左右。我们通过心灵感应叫醒了大祭司和听从他建议的两名祭司，让他们走到一个距离圣城一千五百米的美丽公园里。然后，我们制造了一个群体幻象。我们让守卫打开了监狱的大门，放出了里面的罪犯。公仆、士兵，除了那十二名邪恶的祭司，圣城中的所有居民都被转移到了安全地点。他们都受到了奇怪'天象'的指引，跑去了城镇的另一头。

"天空中出现了带翅膀的人像，在一团巨大的白色发光云团周围盘旋，云团的光照亮了整个夜空……"

"你们是怎么做到的？"

"集体幻象，米歇。因此，在很短的时间内，圣城里就只剩下了那十二名邪恶的祭司。一切就绪，'工具球'用你之前看到的行动中的武器摧毁了全城，包括庙堂。岩石粉碎，墙壁崩塌，仅剩下一米高的断壁残垣作为这种'作恶'下场的见证。

"如果我们真的全部抹除，人们很快就会忘却，健忘是人的本性……

"接着，为了让民众得到启示，我们从白色发光的云团后面发出声音，警告他们，上帝发怒的后果很严重——刚才见到的不过是冰山一角。他们必须跟从大祭司的指引，随他踏上一条新的路途。

"一切都结束了，大祭司站在民众面前发表讲话。他跟这些可怜的民众解释说，一直以来是他犯了错，现在最重要的是团结在一起，按新的方式生活。

"那两名祭司成了他的帮手。虽然经常遇到艰难困苦，但对摧毁事件的记忆和恐惧——短短几分钟内，圣城被毁，邪恶的祭司丧命，这些帮他们度过了苦难。当然，所有人都坚信这是神灵创造的奇迹，因为有二百多名犯人本来要在第二天成为祭品，因此重获新生。

"这件事的所有细节都被文士记录下来，但历经几个世纪，还是不免被传说和故事歪曲。不管怎样，最直观的结果就是一切都发生了改变。之前剥削穷人的富人们，在见到邪恶祭司和圣城发生的事情后，因为害怕遭到同样的命运，忽然间谦卑起来，还帮助新的领导人推动所需的变革。

"人民慢慢找回了幸福的生活，就像在分裂前一样。

"相比工业化和城镇化的生活，他们更热衷于田园之乐。在接下来的几百年里，他们分散到非洲各地，人口最终增加到了几百万。不过，城镇只建在了现在的红海一带和流经非洲中部的一条大河两岸。

"人民开始大力开发自己的灵性潜能。很多人能够使用悬浮术做短途旅行，心灵感应在他们生活中也恢复了原本的重要地位，成了常事。还经常会有那种将手放在身体患病的地方就能治愈疾病的事情发生。

"他们重新与澳大利亚和新几内亚的黑种人建立了友好关系，这些黑种人定期乘坐'火轮车'来访，他们有时候会将澳大利亚的黑种人弟兄们使用的飞船称为'火轮车'。

"距离他们相对近些的黄种人也开始向非洲北部小规模移民，他们对'上帝乘坐火轮车降临'的故事非常着迷。后世传说就是这样描述那次干预行为的。

"黄种人先与黑种人进行了融合，我是说身体上的交配。听上去可能令人吃惊，但在巴卡拉替尼星上，两个种族从没达到过在地球上这种程度的融合。民族学家对通婚的结果很感兴趣，于是地球上出现了一个伟大的新部落。事实上，两个种族通婚的结晶，也就是这些'混血'，占了更多黄种人的特征。最后他们发现，相比跟黑种人或者黄种人待在一起，他们更喜欢同族相处。最后他们聚集到一起，定居在了现在北非的阿尔及利亚－突尼斯一带。一个新的种族就此产生——这就是你们的阿拉伯民族。千万别把他们当成现在阿拉伯人的样子。随着气候变化，时间推移，几百年后的他们早已不是当初的模样。我讲这些只想让你明白，一个新的种族是如何通过混血产生的。

"至此，地球居民几乎是万事如意了，除了一个问题。一颗巨大的小行星正在向地球靠近，虽然几乎察觉不到，但可以肯定的是，它离地球越来越近。天文学家和学者们为此忧心忡忡。

"位于澳大利亚中心的艾奇里托（Ikirito）天文台最先探测到这一现象。几个月过后，只要找准方向，肉眼也能够看到天边那道十分不祥的火红亮光。几周过后，这颗小行星愈加明显。

"澳大利亚、新几内亚和南极政府做出了一项最重要的决定，黄种人领袖随即表示赞同。既然小行星撞击地球不可避免，他们一致同意，在此之前，用所有可以飞行的飞船载着尽可能多的专业人士和专家离开地球。这些人包括医生和技术人员等等，是灾难过后最有可能为民众带来帮助的人。"

"他们去哪里？月球吗?"

"不是的，米歇。那时候地球还没有卫星。他们很久以前就丧失了超远距离航行的能力，现在的飞船只能进行为期十二周的自主飞行。他们的计划是让飞船绕地球飞行，随时做好准备，在需要提供援助时马上以最快的速度降落。

"澳大利亚装备了八十艘飞船，准备搭载一支精英队伍，这些人都是经过连日连夜会议讨论决定的人选。黄种人也做出了同样的举措，准备好了九十八艘飞船。当然，非洲从没有过飞船。

"我想请你注意，除了各国最高领导人之外，这些飞船上，没有一个位子是留给你们可能叫作'部长'这种官员的。你可能会觉得奇怪，如果这种事发生在地球上，政治家肯定都会通过暗箱操作保全自己。

"一切准备就绪。民众收到警告，撞击近在眼前。飞船的任务对民众是保密的，因为领导人们担心，民众知道后会觉得他们背叛了自己，这样很容易引起恐慌，甚至可能使机场遭到袭击。同样，领导人们也弱化了撞击可能带来的影响，想要将集体恐慌降到最低。

"根据对小行星速度的估算，撞击应该就在眼前了，而且不可避免。还有四十八小时。专家们全都同意这个计算结果，嗯，几乎是全体同意吧。

"所有飞船将在撞击前两个小时同时起飞，起飞越晚，他们就越可能在灾难发生后必要时充分利用在太空中的十二周。根据计算，小行星预计会撞击现在的南美一带。

"一切都准备妥当了，起飞时间定在澳大利亚中部时间正午十二点。可是，不知道是计算出错（虽然这极不可能），还是小行星突然出乎意料地加速了，在中午十一点，它就出现在了天空，像橙红的太阳一样发出耀眼的光芒。起飞指令立即下达，所有飞船飞向空中。

"为了尽快离开地球大气层，摆脱地心引力，必须要利用一种'扭曲'①，当时这个扭曲在现在的欧洲上空。虽然飞船速度很快，但小行星还是在它们尚未到达扭曲时就撞击了地球。小行星一进入地球的大气层就裂成了三块巨大的碎片。最小的直径约有几公里，落在了现在的红海一带。

"另外一块稍大些，落在了现在的帝汶海地区，三块中最大的那块落在了现在的加拉帕戈斯群岛一带。

"随之而来的影响惨不忍睹。太阳变得殷红，像泄了气的气球向天际线下坠。很快，它停下脚步，开始慢慢攀高，但爬到一半就'摔了下来'。地轴在刹那间偏转了！因为最大的两块小行星碎片穿透了地壳，大爆炸接连而至。澳大利亚、新几内亚、日本、南美，地球上几乎每个角落的火山都在爆发。山脉拔地而起，高达三百米的巨浪席卷了澳大利亚五分之四的国土。塔斯马尼亚与澳大利亚脱离，南极洲的一大半都沉入水中，两个巨大的海底峡谷在澳大利亚和南极洲之间形成。南太平洋中部升起了一块巨大的陆地。缅甸的一大部分沉入了现在的孟加拉湾。另一块盆地下沉，形成了现在的红海。"

"飞船有足够的时间逃生吗？"

"不太够，米歇，因为专家们犯了一个错误。如此的意外确实难料，不能全怪他们。不过实际上，他们预见到了地轴偏转，但忽略了地轴的振荡。小行星再次坠入地球大气层，产生

---

① 这里"扭曲"的意思是"一个引力空洞"—— 一个引力弱的地方。（原文编辑基于作者解释作出的评注）

'回波'，追上飞船后把它们拽了进去①。之后，飞船还受到了随小行星而来和其碎裂后产生的无数微粒的撞击。

"只有七艘飞船，使尽浑身解数，成功逃离了地球上的恐怖灾难。其中三艘是黑种人的，四艘是黄种人的。"

"眼睁睁看着地球发生这样的变化，对他们来说一定感到触目惊心吧。你说的太平洋中央的大洲，过了多久后才浮出水面？"

"只用了几个小时。剧变导致气带将大陆顶上水面，最深的气带源自地心深处。

"地球表面的动荡持续了数月。小行星撞击影响的三个地点，形成了成千上万座火山。澳大利亚大部分地区都毒气弥漫，几分钟内，成百上千万的黑种人就在毫无痛苦中死去。我们的数据显示，澳大利亚的人类和动物几乎全部灭亡。风平浪静后，幸存者仅有一百八十人。

"是毒气导致了死亡数目惊人。扩散到新几内亚的气体较少，死亡人数也较少。"

"我一直想问你一个问题，涛。"

"请讲。"

"你说新几内亚和非洲的黑种人是从澳大利亚移民过去的，那么，为什么现在澳大利亚土著居民跟其他地方的黑人差别那么大呢？"

---

① 为使句意明确，经作者同意，删掉了"追上在反重力扭曲中的飞船后"中的"在反重力扭曲中的"，变为"追上飞船后"。

"问得非常好，米歇。我应该给你描述得更详细些的。由于撞击带来的剧变，散布在地球表面的铀矿发出了强烈的辐射，这只发生在澳大利亚，所以侥幸存活的人也受到了严重影响，就像原子弹爆炸一样。

"他们的基因发生了变异，所以现在的澳大利亚土著黑人和非洲黑人的基因并不相同。更何况，他们的生存环境彻底改变，饮食结构也大大调整。随着时间推移，这些巴卡拉替尼星人的后代就'变'成了现在的澳大利亚土著人种。

"剧变持续，山脉也陆续形成，有的隆起在瞬间，有的用了几天。裂隙吞噬了所有城镇，随之闭合，所有文明存在过的痕迹在一夕间全部抹去。

"最可怕的，是地球上自古以来不曾有过的洪水。无数火山同时向空中喷射岩灰，岩灰直冲云霄，天空被黑暗笼罩。在有些地方，成千上万平方公里的海水都在沸腾，水汽和卷着火山灰的云混作一团。厚重的乌云聚集，喷出滂沱的大雨，真是一番令人无法想象的情景……"

"在太空中打转的那些飞船呢？"

"十二周过后，他们不得不返回地球。他们选择降落在现在的欧洲地区，因为其他地方完全没有能见度。七艘飞船中只有一艘成功着陆。剩下的飞船都被席卷了整个星球的飓风甩到了地面。这种飓风时速有三四百公里，主要是由火山突然爆发造成的温差导致的。

"这艘仅剩的飞船降落在了现在的格陵兰岛。船上有九十五名黄种人，很多人都是医生或者各行各业的专家。他们在极其恶劣的条件下着陆，飞船也因此受损，无法起飞。不过，这倒可以充当一个避难所。他们备品充足，可以维持很长时间，于是尽可能让自己振作起来。

"大约一个月过后，他们和飞船在一场地震中全军覆没。这场最后的灭顶之灾，让地球上所有文明化为乌有。小行星撞击带来的一连串灾难，让整个地球上的人口四处流散，分布在新几内亚、缅甸和中国，还有非洲的人口都受到冲击，只有撒哈拉地区受到的影响相对较小。但是，红海地区建起的所有城镇都被新形成的大海吞没了。可以说，地球上一个城市都不剩，人类和无数动物从此灭绝。没过多久，全球就迎来了大饥荒。

"毫无疑问，澳大利亚和中国的灿烂文明化作了传说中的泡影。就这样，新形成的峡谷和海洋让人民流落各地，彼此分离。有史以来，地球上第一次开始经历以人为食。"

第四章　金色的星球

　　涛的讲述接近尾声，这时，她座位附近亮起五颜六色的光，吸引了我的注意。话音刚落，她做了一个手势。接着，房间的一面墙上，出现了一连串的字母和数字，涛全神贯注地查看。接着，光灭了，图像也消失了。

　　"涛，"我开口问她，"你刚才提到了幻觉和群体幻象。我不太理解，你们是怎么让这么成千上万人产生幻觉的，这该不会是骗术吧？就像台上的幻术大师一样，事先差不多'选好'托儿，好骗过观众的眼睛?"

　　涛又是莞尔一笑。"某种意义上来讲，你说得没错。因为在你的星球上这种事已经非常罕见了，尤其是想找到舞台上那种真正的幻术大师，是难中之难。我必须提醒你，米歇，我们确实擅长各种心理现象，这对我们来说很容易，因为……"

　　突然，飞船开始剧烈摇晃。涛满眼惊恐地看着我——脸色大变，上面写满了恐惧。在一声撕裂般的巨响中，飞船碎成几片，我们都被卷进了宇宙空间，耳边是宇航员们的尖叫。涛抓住我的胳膊，我们被狠狠甩进太空，顿时头晕目眩。我忽然意识到，要是照这个速度，我们肯定会撞上彗星——就像我们几个小时前经过的彗星一样。

我能感觉到涛把手放在我的胳膊上，但是我根本顾不上转头看她——我满脑子想的都是彗星。我们要和彗星的尾巴撞上了，这肯定是逃不掉了，我甚至能感觉到可怕的炽热。我的脸皮快胀破了，一切都完蛋了……

"你没事吧，米歇？"涛轻声问道。她居然还在原位。我想我可能是疯了。我明明还坐在她对面，刚才还在这里听她讲述地球上首批居民的故事。

"我们已经死了吗？要么就是疯了？"我问涛。

"我们没死，也没有疯，米歇。你们地球上有句话，'百闻不如一见'。你刚才问我，能让这么多人产生幻觉，我们是怎么做到的。我干脆为你创造了一个幻象，这是最直接的回答。我知道我应该选一个不太吓人的经历，但在这种情况下，主题非常主要。"

"太神奇了！我真不敢相信这种事能这样发生，而且还这么突然。太真实了，一切都太真实了。这让我不知道说什么好了……我只想求你一件事，别再这样吓我了。而且我真的可能被吓破胆……"

"绝对不会了。我们的身体还在座位上，我们只是把星灵体（astropsychic）跟我们的肉体和其他身体分离了……"

"什么其他身体？"

"其他的身体形式包括生理体、一般心理体（psychotypical）、星光体等等。刚才我的大脑发出了一个心灵感应系统，就像信号发射台一样，分离了你的星灵体和其他身体，并在你的星灵体和我的星灵体之间直接建立联系。

"所以，我的所有想象都投射到了你的星灵体中，好像真的发生了一样。只有一点，因为我来不及为你的经历做准备，我必须非常小心。"

"你这话是什么意思呢？"

"制造幻象时，要让接受者对你想给他们看的东西有一定预期。比如，你想让他们看见天上有飞船，重要的是他们本身就要期待飞船出现。如果他们期待的是大象，那永远也看不见飞船。这时就需要合适的用词和巧妙的提示，目标人群才会在你的引导下一致期待看到飞船、白象或者法蒂玛圣母，也就是地球上那个很典型的现象。"

"让一个人看到幻象肯定比让一万个人看到幻象容易。"

"那可不是。相反，人多的时候会产生连锁反应。当你释放了他们每个人的星灵体，开始施幻，他们中间就会接连产生心灵感应。这有点像著名的多米诺骨牌——你先推倒一张，其他的也会一个接一个倒下，一直到最后一个。

"所以在你身上很容易做到。自从你离开地球就多少有些焦虑。对于接下来发生的事情，你无法按常理推断。

"在飞行器里飞行的时候，会有种有意无意的恐惧，于是我就利用了这种典型的恐惧，也就是对飞船爆炸或坠毁的恐惧。然后，你又看到了屏幕上的彗星，不如也利用一下吧！刚才我是让你的脸在靠近彗星时有灼烧感，其实我也可以让你穿过彗星尾巴时感觉脸被冻住。"

"总之，你差点儿把我逼疯就是了！"

"这么短的时间是不会的……"

"但刚才至少持续了五分钟吧……"

"都没超过十秒……就像在梦里，或者我可能得说噩梦，道理基本上是一样的。比如，你在睡觉，然后开始做梦……自己正和一匹英俊的白马站在草原上。你想要抓住这匹马，但每次一靠近，都会被它跑掉。过了好一会儿，你尝试了五六次之后，终于跳上了马背，一路驰骋。马越跑越快，你沉浸在速度带来的快感中……白马飞奔着，四蹄脱离了地面。它已经在天空翱翔，你发现自己下面是河流、平原和森林，一片乡野风光尽收眼底。

"景色真的很美。接着，远方出现了一座山，随着距离越来越近，山越来越高。你不得不吃力往上拽，马越飞越高，眼看就要越过最高的山峰。就在这时，马蹄突然踩到一块石头，这一踩让你失去平衡，你跌倒了，然后一路下坠，坠入了不见底的深渊……接着你发现自己摔下了床，掉到了地上。"

"你肯定又要告诉我这个梦只持续了几分钟吧。"

"只有四秒而已。梦的开始就好像是你从某一点开始回放视频，然后看了一遍。我知道这很难理解，但是在这场梦境里，一切都始于你在床上失去平衡的那一刻。"

"坦白说，我没听懂。"

"你这么说一点儿都不奇怪，米歇。想要真正明白这些，需要在这一领域进行更多的研究，但在地球，现如今没有人能够在这方面指导你。此刻，梦的事情没那么重要，米歇。但你可能并没有意识到，其实在你和我们相处的这几个小时里，你已经在某些领域有了很大进步，这才是真正重要的。是时候了，现在我要告诉你，为什么要把你带到海奥华来。

"我们要托付给你一项使命。这项使命就是，报告接下来你跟我们在一起的时间里亲眼所见、亲耳所闻和亲身体验到的一切。当你返回地球的时候，用一本书或者几本书记录你的经历。想必你现在已经意识到，我们观察地球人的行为已经有上百万年的时间了。

"地球上的一部分人正处在十分紧要的历史关头，我们认为，尝试帮助他们的时候到了。如果他们愿意听从我们的指引，我们就能确保他们走上正确的道路。这就是为什么我们选择了你……"

"但我不是作家啊！你们为什么不选个优秀的作家——著名作家，或者一名出色的记者？"

涛看我反应如此激烈，又笑了。"那些可能完成这项任务，我是说这项必须完成的任务的作家，都已经离世——我说的是柏拉图或者维克多·雨果，不过他们可能还是会把这些事实加入太多文学色彩。我们需要的是尽可能准确的描述。"

"那你需要的就是一名记者……"

"米歇，你是知道的，你们星球上的记者总是为了引起轰动而扭曲事实。

"想想看，你是不是经常看到，同一个新闻，不同新闻频道或报纸报道的都不同？这家报道地震受害人数是七十五，那家说是六十二，还有一家说是九十五，你该相信哪一个？你觉得我们真能相信记者吗？"

"你说得太对了！"我大声同意。

"我们观察过你，了解你的一切，包括地球上其他一些人，我们也都了解——然后我们选择了你……"

"但为什么偏偏是我？地球上能够做到客观的人可不止我一个。"

"为什么不是你呢？等到时机成熟，你就会知道我们选择你的根本原因了。"

我不知道说什么好。反驳毫无意义，因为我已经身在旅途之中，而且不能回头。无论如何，我必须承认，我越来越喜欢这次太空旅行了。毫无疑问，无数人就算倾家荡产也希望来到我现在的位置。

"我不会再跟你争论这件事了，涛。如果这是你的决定，我只能欣然接受。我希望我能不负你所托。但你有没有想过，我说的话，百分之九十九的人一个字都不会相信？对于大部分人，这些实在太难以置信了。"

"米歇，在大约两千年前，耶稣说自己是上帝派来的，他们相信了吗？当然没有。如果他们真的相信，就不会把他钉死在十字架上。但现在，无数人都相信了耶稣的话……"

"谁相信他？他们真的相信他吗，涛？说到底，耶稣到底是谁？首先，上帝是谁？上帝存在吗？"

"我一直在等你问这个问题，而且你问出这个问题很重要。在一块古老的，我想应该是叫那卡（Naacal）的石板上写着：太初，世间空无一物，只有黑暗与静寂。

"神灵（The Spirit），也就是超级智慧（The Superior Intel-ligence），决定创造世界，他召唤了四种超级力量……

"人类，即便是高度进化的人类，也很难理解这种事。实际上，从某种层面上讲，是不可能理解的。不过，你的星光体在离开肉体后就能明白其中的道理。但是我现在说得有点超前了，我们还是回到最开始这段。

"太初，世间空无一物，只有黑暗和一个神灵——至高无上的灵。

"神灵一直是，到现在都是，无所不能的——超出任何人类想象的那种万能。神灵无所不能，甚至可以仅凭意志就制造出连锁反应，引发力量大到不可思议的原子爆炸。事实上，神灵想象出了各种世界——他想象出了如何去创造它们——从最庞大的一直到最细微的。他想象了原子。他在想象中构思了他要创造的一切，一切在动的和将来会动的，一切有生命的和将要有生命的，还有一切静止的，或者看上去是静止的——每一样，都在他想象之中。

"但这还只存在于他的想象。一切仍处在黑暗之中。当他掌握了他想创造的一切画面，他就用他非凡的神明之力瞬间创造出了宇宙的四种力。

"借用这四种力，他指示了第一次，也是有史以来最大的一次原子爆炸——地球上的一些人把这次爆炸称作'宇宙大爆炸'。神灵在宇宙中心引发了大爆炸。黑暗退散，宇宙按照神灵的意志开始了自我创造。

"所以说，神灵曾是，现在是，今后也永远是宇宙的中心，因为他是宇宙的主人和创造者……"

"那么，"我打断了涛，"上帝的故事是像基督教说的那样吗，或者差不多那样？我从没信过那些胡说……"

"米歇，我根本没在讲地球上的宗教，尤其不是基督教。别把宗教和创世还有之后的一切自然发生的事情联系在一起。逻辑是一回事，而宗教毫无逻辑的歪曲完全是另外一回事。我们之后会有机会讨论的，到时候敢保你会大吃一惊。

"现在我要给你讲创世的故事。在数十亿年内（创世者当然是永远处在'当下'的，以数十亿年计更多是站在我们的理解层面考虑），跟你在学校里学到的一样，天体、恒星和原子形成，行星围绕恒星公转，可能还会有自己的卫星，等等。有时，一些太阳系中的某些行星会冷却，导致土壤形成，岩浆凝固，海洋也由此出现，土地被分成大陆。

"最后，这些星球满足了某些生命形式生存的条件。一切都还在最初阶段，处于神灵的想象之中。这第一种力，我们可以称为原子力（Atomic Force）。

"在这个阶段，神灵通过第二种力设想了原始生物和许多原始植物，以及它们后来衍生出的子类。这第二种力我们称为宇宙卵力（Ovocosmic Force），因为这些生物和植物都是由简单的宇宙射线变成的宇宙卵创造的。

"起初，神灵想象的是通过一种特殊的生物体验情感。他通过第三种力想象出了人，我们把这第三种力称作天体卵力（Ovoastromic Force）。由此，人类诞生了。米歇，你可曾想过，创造一个人，哪怕是一个动物，需要怎样的智慧？不受主观意志影响跳动千百万次的心脏，让血液在全身循环；通过复杂的系统将血液净化的肺部；神经系统；根据五感的反馈发出指令的大脑；还有极其敏感的脊髓，让你在碰到火炉时（马上）抽回手不被烧伤——大脑只需要十分之一秒就能发出指令，防止你的手被烧伤。

"你是否好奇过，像你所在的星球上，几十亿人中，没有两人指纹相同；还有，为什么我们所说的血液'晶态'，也跟指纹一样，每个人都不一样？

"地球和其他星球上的专家和技术人员都曾试图，并且还在想办法创造人体。他们成功过吗？他们造出的，即便是最高度精密的机器人，跟人体机制相比也不过是笨手笨脚的机器。

"说回我刚才提到的晶态，最贴切的描述是每个人血液特有的振动，与血型无关。地球上的许多宗教派系都坚信拒绝输血的'正确性'，这源于宗教的教义和宗教教义文献，还与他们对这些教义的理解有关，但他们应该看到其中真正的缘由，也就是不同的振动对彼此产生的影响。

"如果输血量很大，接受输血的人可能会在一段时间内受到一定程度的影响，这取决于具体输血量。当然，这种影响绝不是危险的。

"过了一段时间，绝不会超过一个月，被输血人的血液振动会占主导地位，捐赠人血液的振动再不会留下痕迹。

"不要忘了，这些振动更多体现的是生理和流态身体特征，而不是肉体特征。

"不过，我发现我离题太远了，米歇。不管怎么说，现在我们都该回去找他们了。我们离海奥华不远了。"

于是，我也没敢再问涛第四种力是什么，因为她已经往出口方向走了。我离开座位，跟着她回到了控制室。大屏幕的特写画面中，一个人正在慢声细语地讲话，话语间几乎没什么中断。数字和图像，还有不同明亮颜色的光点不断在屏幕上穿过，中间还夹杂着各种符号。

涛让我坐在我之前的座位上，告诉我不要动安全系统。接着她就离开了，去跟毕阿斯特拉交谈，毕阿斯特拉正在监督这些在各自桌前忙碌的宇航员。最后，涛回来了，坐在了我旁边的椅子上。

"现在什么情况？"我问涛。

"飞船正在接近我们的星球，所以我们在慢慢减速。我们现在距离海奥华八亿四千八百万公里，预计二十五分钟后抵达。"

"我们现在能看到海奥华吗？"

"别着急，米歇。等二十五分钟又不是世界末日！"她眨了下眼睛，显然心情大好。

屏幕上的特写换成了广角镜头，这样我们就看到了这个星际基地的控制室全貌，跟之前一样。现在，每个操作人员都在自己桌前全神贯注地工作。很多"台式计算机"都是声控而不是手动，听到操作人员的口令就能应答。色彩斑斓的光点和数字在屏幕上迅速穿过。飞船里所有人都在座位上，没人站着。

突然，它就这样出现在眼前，就在大屏幕中央。星际基地消失了，眼前的正是海奥华！

我的猜测一定是正确的，我能感觉到。涛也马上通过心灵感应肯定了我的猜测，这下我确信无疑了。

随着我们的靠近，屏幕上的海奥华越来越大。它实在是太美了，美得无法言喻，让人的目光无法移开。最先闯入我脑海里的词是"发光"，然后"金色"也跟着蹦出来——但这种颜色给人的感觉根本无法用语言描述。如果让我造词的话，可能我会说"蒸汽样的明亮金色"。事实上，这种感受好比沐浴在发光的金色中——空气里都弥漫着精心磨匀的金粉。

我们在这颗星球上缓缓着陆，大屏幕不再显示星球的轮廓，而是一块可以分辨的大陆，大陆在与大海交界处戛然而止，海中散落着色彩斑斓的小岛。

我们距离越来越近，细节的美好也更加清楚——着陆的时候，变焦功能暂时停用，至于为什么，我也是之后才知道。最吸引我的，是眼前的色彩——我真是被这些色彩迷倒了！

所有的颜色，都比我们所知道的更加生动。比如碧绿，绿得自内而外，光芒四射。深绿正相反，是收紧的绿。这些颜色描述起来实在太难，因为地球上的那些根本无法与之相提并论。红色能看得出是红色，但又不是我们知道的那种红。涛的语言里有一个词是形容地球和类似地球的星球上的颜色的。我们的颜色是考毕劳卡（Kalbilaoka），我翻译成"暗淡乏味"，而他们的颜色是肖索拉克威尼基（Theosolakoviniki）[1]，意思是从内在放射出的颜色。

我的注意力很快就被屏幕上像蛋一样的东西吸引了——是的，真的是蛋[2]！我能看到地面上到处是蛋，有的半身被植被包裹，有的没有任何遮盖。有的大一些，有的横躺着。其他的是立着的，看起来像是把尖的那头指向天空一样。

我实在是被这种景象震惊了，转身问涛这些蛋是怎么回事，可这时屏幕上突然出现了一个环形的东西，周围是大大小小的球，稍微再远一点的地方又是一堆"蛋"。这些蛋简直可以说是巨大无比。

我发现，这些小球是跟我们这个一样的宇宙飞船。

"你是对的，"涛在座位上说，"你看到的环就是我们飞船稍后要停靠的地方，我们现在正在着陆。"

---

[1] Theosolakoviniki，当光在一窄段频率范围内振动的时候，就会观察到类似纯粹单色的效果。作者在看到这些颜色的时候确认了这一点。"Theos"在古希腊语里是"神"的意思，这是否为巧合？这些颜色是否因其"纯粹"所以"神圣"？（原文编辑解释）

[2] 我应该说是"半个蛋"，之后我们会发现用半个蛋来形容更为恰当。（作者注）

"那些巨大的蛋是什么？"

涛笑了。"那是我们的建筑，米歇。现在有一件更重要的事情，我需要加以说明。我们的星球会带给你很多意外惊喜，但有两点可能会对你造成伤害。所以，我必须保证你做好最基本的防护。海奥华跟地球上的重力不同，你在地球上的体重是七十公斤，但在这里只有四十七公斤。出了飞船后，你如果不足够小心，做出动作和条件反射时很容易失去平衡。你容易一步迈得太远，然后可能摔伤自己……"

"但我不太明白，我在你们的飞船里感觉还可以啊。"

"我们特意将飞船内的重力调整到跟地球一样，或者说差不多一样。"

"那你们肯定很不舒服了，看你的身高，肯定相当于比正常体重多了将近六十公斤。"

"确实，这种重力环境下，我们的身体会变沉。不过，我们通过半悬浮抵消了多余这部分的重量，所以并不觉得难受。这样的话，我们还能很高兴地看着你在我们中间行动自如。"

飞船轻轻晃动了一下，我们应该是着陆了。奇妙的旅途此刻走向了终点——我马上就要踏足另一个星球了。

"第二点，"涛接着说，"你必须戴上面罩，至少要先戴一会儿，因为这种亮度和颜色真的醉人，就跟喝醉酒一样。颜色的振动会在你生理体的某些点上发生作用。在地球上，这些点位很少被刺激，缺少锻炼，所以在这里会产生不幸的后果。"

我座位上的安全力场刚被"关闭"，我又自由了，可以随意走动。大屏幕一片空白，但是宇航员们还在忙碌。涛带我朝门口走去，回到了我之前躺了三个小时的那个房间。到房间里，她拿了一个很轻的面罩给我。面罩把我的前额一直到鼻子下面都遮住了。

"我们走吧，米歇。欢迎来到海奥华。"

出了飞船，我们又走了一小段路。我马上就感觉到自己变轻了。这种感觉很有趣，不过也多少有些困扰，因为有好几次我都失去了平衡，还好涛及时扶住了我。

四下无人，这倒让我觉得有点奇怪。按照地球思维，我想象会有一大群记者簇拥过来，闪光灯拍个不停……或者是类似的场面吧。说不定会有红地毯！国家首脑怎么不亲自接见？外星人造访，这可不是家常便饭吧！但是什么都没有……

走了一小段距离后，我们来到路边一个圆形的平台。涛在平台上的一个圆形座椅上坐下，示意我坐在她对面。

她拿出一个对讲机大小的东西，我随即感觉自己被一种看不见的力场钉在了椅子上，跟在飞船上一样。在隐约的轰鸣声中，平台缓缓上升，上升几米后，迅速朝大约八百米以外的那些"蛋"飞去。空气稀薄，略带香氛，在我鼻下露出的脸上拂过，亲切舒适。温度大概在二十六摄氏度。

我们只用几秒钟就到了。我们就像穿过一朵云彩一样直接穿过了一个"蛋"的墙壁。平台停下来，安安稳稳地躺在"建筑"的地面上。我环顾了一下四周。

看似荒谬，但是，"蛋"真的消失了。我们刚刚明明已经进了"蛋"里，但是现在放眼望去，四周竟然被乡村景色包围。我们能看到着陆的地方，停靠的飞船，就像我们在外面的时候一样……

"我理解你的反应，米歇，"涛知道我在想什么，"稍后我就会为你揭开谜底。"

离我们不远的地方有二三十个人，都在忙着什么。她们都在操作台和屏幕前面，屏幕上闪烁着彩色的光——跟飞船里面差不多。这里播放着轻柔的音乐，让我心生愉悦。

涛示意我跟着她，于是我们就朝着这个大蛋"理论上的内墙"附近的一个小"蛋"走去。我们一边走，周围的人一边开心地跟我们打招呼，欢迎我们的到来。

我有必要提一下，我和涛在房间走动的时候，看上去应该是非常奇怪的一对。由于身高上的差距，我们并肩行走时她不得不放慢脚步，不然恐怕我得一路小跑才能跟上——我的动作看起来更像是徒劳的蹦跳，因为我一想加速，就走得更不稳当。带惯了七十公斤的体重，现在变成四十七公斤，协调肌肉就成了我的一项任务——你可以想象这个画面有多滑稽。

我们朝着小"蛋"墙上亮着的灯走去。在面罩后面我仍然能感觉到光的明亮。我们在灯下经过，穿过墙壁，来到了一个房间，我马上意识到这就是飞船大屏幕上出现的那个房间。房间里的人也很面熟。这里应该就是星际基地了。

涛摘掉了我的面罩。"现在没事了，米歇，这里不用戴面罩。"

这群人总共有十二个，涛亲自为我逐一介绍。她们都说了几句话，然后把手放在我的肩膀上，以示友好。

她们的脸上流露出真心的快乐和善意，我被她们的热情欢迎感动了。她们让我感觉自己仿佛其中一员。

涛跟我解释说，她们问的主要问题就是：他怎么那么不开心——是生病了吗？

"我没有不开心啊！"我反驳道。

"我知道，但是她们不太习惯地球人的面部表情。你应该看到了，这里的人脸上都满带着幸福感。"

的确是这样。她们看上去就好像每一秒都听到了好消息一样。

我之前就感觉这些人有哪里奇怪，现在我突然想到了：我看到的每个人，好像都是一个年龄的！

第五章　适应海奥华的生活

涛在这里好像人缘很不错，她一露面，大家的问题就迎了上来。她还是一如既往，满脸笑容地一一作答。没过多久，我们的几个主人就被唤回到工作岗位，我们也会意地离开了。我重新戴上面罩，在她们一片友好善意的动作中，我们离开了这些以及那些在大房间里的人。

回到飞行器上，我们马上加速，飞往目之所及的森林方向。我们飞行的高度有五六米，时速七十至八十公里。温暖的空气中弥漫着芬芳，我内心翻涌着喜悦，一种在地球上从未感受过的喜悦。

我们抵达了森林边界，我还记得当时那里异常高大的树木让我吃惊不小。这些树大约有二百米高，直插云霄。

"最高的树有二百四十地球米，米歇。"我还没来得及问，涛就给我解答了，"树的底部直径有二十至三十米。"

"有些树的树龄已经有八千年了，我说的是我们的年。在这里，一年等于三百三十三天，每天有二十六卡瑟（karse）。一卡瑟等于五十五劳瑟（lorse），一劳瑟等于七十卡西奥

（kasio），一卡西奥几乎等于你们的一秒（现在你可以去算总数了……）。你想直接去你的'公寓'，还是先看看森林？"

"先去森林转转吧，涛。"

飞行器慢慢减速，我们已经可以在林间滑行了，还可以随时停下来近距离观看。这些植物矮的贴近地面，高的则将近十米。

涛娴熟地驾驶着我们的"飞行台"，不出任何偏差。飞行台的外观，加上涛驾驶的样子，让我不禁想到了飞毯，这张飞毯正载着我体验一场奇幻森林里的魔法之旅。

涛俯身摘下了我的面罩。下面的矮树丛闪着微光，柔和的金色在其中荡漾，不过我已经不觉得刺眼了。

"现在是让你适应光和颜色的好机会，米歇。看！"

我顺着她的目光望去。高处的枝条中间有三只蝴蝶，颜色亮丽鲜活，大小也非同一般。

准确地说，这些蝴蝶属于鳞翅目，翼展绝对有一米，正在高高的林隙间拍打着翅膀。我们的运气不错，它们正带着那蓝绿橙三色的翅膀朝我们越飞越近。那个情景我记忆犹新。它们拍打着有奇异流苏的翅膀，与我们擦身而过，场面美到窒息。其中一个恰好落在离我们几米的树叶上，我有幸观赏到它金银色纹理相间的全身，还有翡翠色的触须。它的口器是金色，翅膀表面是绿色，脉络间点缀着明亮的蓝色线条和深橘色菱形花纹。它腹部深蓝，却发着光，好像上面有个投影仪照着一样。

这只巨型蝴蝶停在树叶上的时候，似乎发出一种柔和的喘息声，这让我十分意外。在地球上，我可从没听见鳞翅目昆虫发出过什么声音。当然，如今的我已不在地球，而是在海奥华，而这只是一长串意外的开始。

树林地面上生长着种类极其丰富的植物，一个比一个奇特。它们完全占领了地面，不过其中灌木很少。我想，应该是这些擎天巨树阻挡了它们的生长吧。

这些植物高矮不一，矮的像覆盖地表的苔藓，高的能像大蔷薇树丛。有一种植物的叶子跟手掌一样厚，而且还有各种形状的——有心形、圆形，还有细长的——颜色更像是蓝，而不是绿。

花的颜色和形状就更是各有千秋了，连纯黑色的花都有，这些颜色搭在一起映衬生辉。从几米高的地方往下看，景象一片壮观。

我们一直升到林间最高处，涛示意我再戴上面罩。从树冠中飞出来，我们缓缓前行，脚下就是巨树繁茂的枝叶。

森林上方，光又变得耀眼起来，我感觉就像是走进了一个水晶世界，满眼都是清澈剔透。

令人惊艳的鸟在高高的树上栖息，看着我们穿过，却不受惊扰。鸟的颜色也是极其丰富，虽然面罩会让颜色的效果减弱，但并不妨碍我享受这缤纷的视觉盛宴。各种各样的金刚鹦鹉，蓝羽毛的、黄羽毛的、粉羽毛和红羽毛的；还有一种天堂鸟，阔步穿过看似蜂鸟的鸟群。这些蜂鸟颜色鲜红，点缀着金色的斑点。天堂鸟的尾羽能有二点五米，红色、粉色和橙色相间，翼展有近两米。

这些宝石一样的大鸟起飞的时候，翅膀下面露出一种柔和的雾粉色，翅膀尖带着一抹明亮的宝蓝色——这个颜色完全出乎意料，何况它们的翅膀表面是橙黄色。它们的头上顶着大撮的羽毛，每一片都是不同颜色：黄的、绿的、橙的、黑的、蓝的、红的、白的、奶油色的……

我想努力描述在海奥华上见到的这些颜色，但词汇的匮乏让我感到沮丧。我需要一个全新的词库，因为我现在掌握的语言远远不够。我一直有种感觉，这些颜色来自所见物的内在，种类也远比我知道的要多很多。在地球上，我们可能只知道十五种红色；但在这里有一百多种……

吸引我的不仅仅是颜色。从我们开始在森林上方飞行，我就一直听到各种声音，我希望从涛那里得到解释。这些声音如同背景音乐一样清扬悠远，像是远方一直有人用长笛吹奏着动听的旋律。

我们继续向前，音乐也开始变化，不过最终都会回到原调。

"我听到的是音乐吗？"

"这是几千种昆虫发出的振动，再加上太阳射线照在某些植物上，比如犀诺西（Xinoxi），反射出的颜色也会产生振动，合在一起就会产生你听到的音乐效果。我们只有在特别去注意的时候才能听到这些音乐，因为它早已和我们的生活还有环境融为一体。听着很放松吧？"

"是啊！"

"据专家所说，如果这些振动停止，我们的眼睛会非常难受。这刚听上去可能有点奇怪，因为这些振动明明是通过耳朵传来的，而不是眼睛。但是，专家毕竟是专家，米歇。不管怎样，我们都不怎么担心，因为他们还说，这些振动停止的概率非常渺茫，几乎跟我们的太阳明天就消失的概率差不多。"

涛调整飞行台的方向，没多久我们就离开了树顶，在平原上空飞行，一条碧绿的河在平原上流淌。

我们下降到距离地面三米的位置，沿着河道飞行。我们跟着水中穿梭的奇异的鱼儿——这些跟我印象中的鱼类不同，反而更像是鸭嘴兽。河水如水晶一般清透，从我们的高度，河中景象一览无余，最小的鹅卵石也是清清楚楚。

抬头远望，大海离我们不远了。金色海滩边上是像椰子树一样的棕榈树，在凌云的高空威严地挥舞着手臂。碧蓝的海水与嵌在小山之中鲜红的岩石相映成趣，从小山上，能俯瞰到一部分的海滩。

这边大概有一百人，有的在沙滩上晒太阳，还有的裸露着全身在透明的海水里游泳。

我有点恍惚，不仅仅是因为这些新鲜美妙的事物让人应接不暇，还有这种重力改变带来的轻快。这种感觉使我不禁想起了地球——地球，多么陌生的一个词啊！这时候要去想象地球上的画面，是多么难啊！

听觉和视觉的振动也大大影响了我的神经系统。我通常是一个神经紧绷的人，此刻却感到了无比的放松，就好像一头扎进了温暖的大浴缸，自己伴着柔和的音乐在泡沫里漂浮。

不，比在浴缸里还要放松——简直让人放松到想哭。

我们快速向前行驶，在海浪上方约十二米的高空飞行，穿过了这片巨大的海湾。远处能看到一些小点，有大有小，应该是岛屿；肯定就是之前在海奥华刚着陆时看到的那些岛。

我们朝最小的岛行驶着，我俯视下方，成群的鱼正跟在我们身后。原来它们正在飞行台投在水面的影子里欢快地交错。

"这些是鲨鱼吗？"我问涛。

"不，它们是大吉克（Dajik），是海豚的兄弟。看到了吗？它们跟海豚一样贪玩。"

"看！"我打断了涛，"看啊！"

涛看着我指向的地方，开怀大笑——我之所以惊讶，是因为看到一群人正向我们靠近，而他们似乎没乘坐任何交通工具。

他们距离水面大约两米，垂直于水面，不仅是悬浮在空中，还朝我们快速移动。

很快我们交汇了路线，互相做了友好的手势。与此同时，我又感觉到身体里流过一股幸福的暖流，持续了大约几秒。这跟拉涛利给我的感觉一样，应该是来自这些"飞人"的问候。

"他们怎么做到的？他们真的是悬浮在空中吗？"

"不，他们腰间有一个塔拉（Tara）①，手上有一个利梯欧

---

① 塔拉是一种像腰带一样的装置，想要飞行的时候佩戴。（作者评注）

拉克（Litiolac）①。这两个工具能发出特定的振动，振动可以中和星球的冷磁力，重力因此被抵消。几百万吨的重量也能轻如鸿毛。然后通过像超声一样的其他振动，他们可以精准调整方向，就像现在这样，到达他们想去的任何地方。在这个星球上，想出行一段距离的人采用的都是这种方式。"

"但为什么我们用的是飞行台呢？"我问涛。我可是很想尝试他们的装备，而且，他们的装备没有任何噪音。

"米歇，你有点操之过急了。我给你用飞行台，是因为你还不能够使用利梯欧拉克飞行。不经过训练的话，你可能会受伤。之后如果有时间，我会教你怎么用。看，我们快到了。"

此刻，我们正在迅速靠近一个岛屿，我能看到金色的海滩，还有几个人，正在海滩上晒太阳。我们几乎是瞬间下降到棕榈树的叶片以下，沿着一条宽阔的道路飞行，道路两旁是鲜花盛放、香气扑鼻的树丛。昆虫、蝴蝶和鸟儿在这里欢唱，构成了一幅生机勃勃的景象。

飞行台在地面缓慢滑行，绕过道路尽头的弯后，我们来到了一个"小蛋"的前面，蛋的四周围绕着矮小的树木和开花的藤蔓。这个星球上的建筑好像都是蛋形的，大多是"侧"卧着，不过偶尔也有直立着的，像我之前说的那样，直指天空。"蛋壳"是灰白色的，没有门窗。

这是一颗侧卧的蛋，显然一半埋在了地里。长约三十米，

① 利梯欧拉克和塔拉在飞行时搭配使用，但利梯欧拉克是握在手里的。（作者评注）

直径约二十米——跟我之前看过的那些相比算是小的了。

涛把飞行台停在了固定于蛋壳墙壁上的灯前，灯光明亮。我们下了飞行台，走进这个住所。进去的时候，我感觉到了一些压力，不过也就和一团鸭绒的重量差不多。我记得之前在穿过星际基地的墙壁时也有同样的感觉。

这些建筑物没有门窗，本身看上去就很特别。一进到里面，就更叫人奇怪了。我之前也提到过，在里面的整体印象就是还像在外面一样。

色彩带来的震撼无处不在：绿植；分隔了淡蓝紫色天空的树枝；蝴蝶；花朵……我记得有一只鸟飞过来，就在"屋顶"的正中休息，我们能看到它的脚底。好像鸟是被施了魔法一样悬在半空，真是个奇观。

这里与室外唯一的差别就是地面了。室内的地面铺了一种地毯，摆着看上去很舒服的椅子和大柱脚桌。所有的摆设自然都是大尺寸的，适合这些"大个子"。

"涛，"我问她，"你们的墙为什么是透明的，但是我们在外面却什么都看不见？我们是怎么像刚才那样穿过墙壁的？"

"首先，米歇，我们先来把你的面罩摘掉。我去把室内的灯光调到你能忍受的亮度。"

涛走近地上的一个物体，摸了一下。我摘下面罩，发现光线不那么让人难受了，不过光的质感没变。

"米歇，这个住处能够存在是因为一种非常特别的磁场。我们仿照自然界中的力和大自然的创造来满足我们的需要。我来给你解释。每个个体，无论人类、动物还是矿物质，周围都有一个场。比如，人体周围同时环绕着气场和椭圆形的以太力（场）①。这个你是知道的，对吧？"

我点了点头。

"以太力（场）的组成一部分是电，还有很大一部分是我们称为阿瑞奥克斯汀纳基（Ariacostinaki）的振动。

"你活着的时候，这些振动持续为你提供保护，但请不要把它们与气场的振动搞混了。我们在住所里仿照大自然的做法，在一个核心周围创造了矿物质的电－以太振动场。"涛指向房间中央，两个椅子之间有一个跟鸵鸟蛋一样大小的"蛋"。"米歇，你能推一下这把椅子吗？"

我看了看涛，惊讶于她的请求。毕竟在这之前，她从没要求我做过任何事，况且这把椅子也不小。我费劲地推了推，它太重了，但我还是成功地将它挪动了差不多半米。

"很好，"她说，"现在把那个蛋递给我。"

我笑了。相比之下，这简直是小菜一碟。我用一只手就能轻而易举完成；不过为了不掉到地上，我还是用了两只手去拿……结果我一个趔趄跪倒在地！没想到它这么重，我完全失去了平衡。我站起来，又试了一次，这次我可是使出了全身力气……但它还是纹丝不动。

涛拍了拍我的肩膀。"看。"她说。她转身面向刚才那把

---

① （场）为原文编辑注。

顽固的椅子，一只手伸到下面，把它举过头顶。她又用一只手把椅子放下，显然都不费吹灰之力。接着，她双手抓住那个蛋，竭尽全力地连推带拉，直到脖子上青筋暴突，这蛋也没动弹一分。

"这是焊在地上的。"我跟涛说。

"不，米歇，这是中心，是挪不动的。它就是我刚才说的核心。我们在核心周围创造了一个非常强的场，无论狂风骤雨，都无法将它穿透。至于阳光，我们可以调节射入量大小。到屋顶上小憩的鸟，重量也不至于穿过力场，如果真的是重一点的鸟，落在这里的时候会开始下沉。鸟儿一看到自己下沉肯定会被吓得马上飞走，这不会对它造成任何伤害。"

"太巧妙了，"我说，"那进门的灯又有什么用呢？我们不是可以随心所欲地穿墙吗？"

"我们确实可以，只是我们无法从外面看到室内，搞不好会撞到哪个家具上。所以我们通常用一个外部光源标记一个最佳入口。来吧，我带你四处参观一下。"

我跟着她，发现一面装饰富丽的隔墙后面藏着一处非常雅致的设施。这里有一个迷你泳池，似乎是用绿色斑岩砌成的，旁边还有一个配套的水池，水池上有一个斑岩雕刻的天鹅，天鹅颈向下微倾，嘴巴张开……真是太美了。

涛把手放在天鹅的嘴巴下面，水马上流了出来，从她手上流进水池里。她抽回手，水流也跟着停止了。她让我也试试。水池距离地面大约一米五的高度，所以我得把胳膊抬得很高才能够到，果然，又有水出来了。

"真是聪明！"我大声惊叹，"你们岛上有饮用水吗，还是你们也要打井？"

涛又被我逗乐了。我已习惯了她这种反应，每当我说了一些对她来说可能很"离奇"的事情，她都会这样。

"不，米歇，我们不像你们在地球上那样取水。在这个漂亮的石头鸟下面有一个装置，可以从外面抽取空气，转化成我们需要的饮用水。"

"这也太棒了！"

"我们只是利用自然规律而已。"

"那你们想要热水怎么办呢？"

"电–振动力。想要温水，把脚放在这里，想要开水就把脚放在那里。

"旁边的按钮是控制这个装置的开关……不过这些只是一些物质方面的细节，无关紧要。"涛说，指着我目光的方向，"这边是休息区。你可以在这里舒展一下身体。"我顺着她指的方向，往蛋底座方向，稍远一点，看到地上有个厚厚的垫子。

我在垫子上躺下，马上感觉自己像在地面上飘浮着。涛还在讲话，我却听不到任何声音。她消失在了一个雾蒙蒙的帘幕后面，我感觉自己好像被一团棉絮一样的浓雾裹住了。像音乐一样的振动从耳边传来，这种整体效果让人放松极了。

我站了起来，几秒后，我又听见了涛的声音。"雾"慢慢散去，涛的声音显得越来越大，最后雾彻底散了。

"感觉怎么样，米歇？"

"真是舒服到了极点！"我兴奋地回答道，"但我还有一个地方没看到，那就是厨房——你可知道，厨房对于法国人有多么重要！"

"这边，"涛又笑了，往另一个方向走了几步，"看到这个透明的抽屉了吗？里面有不同的格子，从左到右依次是鱼类、贝类、蛋、奶酪、奶制品、蔬菜和水果，最后一个格子里就是你们所谓的'吗哪'，也就是我们的面包。"

"你是在逗我吧？要不就是在拿我开玩笑！我在这抽屉里只看到了红色、绿色、蓝色、棕色，还有这些颜色的混合……"

"你看到的是各种食物的浓缩物——鱼、蔬菜等等，都是由最优秀的厨师用各种特别的方法制成的质量最上乘的食物。你尝了就知道，所有的食物都很美味，而且营养丰富。"

接着，涛说了几句她们的语言，没多一会儿，我面前就出现了一个托盘，上面有几样食物，摆放精致。我尝了一下，味蕾仿佛得到了意外惊喜，瞬间乐开了花。这些食物虽然跟我这辈子吃过的东西都不一样，但确实非常可口。我之前在飞船里就吃过吗哪了，现在又吃了一些。我发现它跟盘子里的食物在一起是个不错的搭配。

"你说了，在地球上，这种面包叫吗哪。为什么地球上也会有这种东西呢？"

"我们在星际飞船上总是带着它。这是一种非常实用的食物，容易压缩而且营养丰富。事实上，这是一种全营养食物，它由小麦和燕麦制成，单靠它就可以维持几个月的生命。"

就在这时，进来的一群人吸引了我的注意，她们在树枝下方贴着地面飞行，降落在了"蛋"的入口处，解开塔拉，放在一块大理石上，这块大理石应该就是做这个用的。她们一个接一个走进来，我很开心地认出了毕阿斯特拉和拉涛利的面孔，除了她们，还有飞船上剩下的全体工作人员。

她们已经换下太空服，穿上了光彩熠熠的阿拉伯长袍（后来，我才明白为什么每件长袍的颜色都把穿着的人衬得更有魅力）。此时此刻，我很难相信这些人就是飞船上跟我讲话的那些人，因为她们真的是彻底变了样。

拉涛利走到我面前，笑容绽放，神采飞扬。她把手放在我肩膀上，用心灵感应告诉我："你看上去有点吃惊，亲爱的朋友。你不喜欢我们的住处吗？"

她"读"到了我对这里的认同和欣赏，为此感到开心，然后转向其他人，告诉她们我的回答，所有人立刻热闹地议论起来。她们都在各自的座位坐下，非常自然，我却反而不知所措。一切都是为她们的尺寸量身打造，和我显然很不匹配，这让我有种鸡立鹤群的感觉。

涛走到"厨房"，在托盘里装了食物，然后说了句话，所有人都把手伸向了托盘的方向。托盘慢慢升到空中，在房间里游走，根本不用她动手，托盘就依次在每位客人面前停下。最后，托盘停在了我面前，我小心翼翼，生怕它掉下去（我的表现让每个人都觉得很好笑），然后拿了一杯蜂蜜水。托盘自行离开，回到了出发的位置，大家的手也都放下了。

"这是怎么做到的？"我问涛。每个人都通过心灵感应明白了我的问题，大家忍不住同时笑出声来。

"你可以把这个叫作'悬浮术'，米歇。我们可以随意升到空中，但这只是用来自娱自乐，没有实际用途。"说完这话，盘腿坐着的涛就从她的座位上升了起来，在房间四处飘来飘去，最后停在半空中。我目不转睛地看着她，但很快意识到，这房间里只有我在佩服她的本事。我当时看起来一定傻里傻气，因为所有的人都在盯着我看。显然，涛的表演在我的朋友们看来是再寻常不过的事情，反倒是我脸上惊愕的表情让她们觉得更有意思。

涛缓缓落到座位上。

"米歇，地球上有很多已经消失的学问，这就是其中一门，现在只有极少数人能够做到。曾经有一段时间，很多人都修炼过包括这项技能在内的许多其他技能。"

那个下午，我们度过了非常愉快的时光。我和我的新朋友们轻松地用心灵感应交流，转眼间，已经是暮色低垂。

接着，涛解释说："米歇，这个'都扣'，也就是我们星球上的居住场所，将是你在海奥华短暂停留期间的家。夜幕将至，我们要走了，这样你也好去睡觉。如果你想泡个澡，你知道该怎么做，然后你可以在那张让你放松的床上入睡。不过，尽量在接下来的半小时内准备好，因为这里没有照明。我们在夜晚跟白天看得一样清楚，所以不需要灯。"

"这里安全吗？我在这里安全吗？"我担心地问。

涛又笑了。"在这个星球，睡在市中心的地上，都比住在地球上有警卫、警犬和警报的大楼里安全。"

"这里只有高级进化的人，绝对没有像地球上的那种罪犯。在我们眼中，那些罪犯就像最残暴的野兽。那么，晚安了。"

涛转身穿过都扣的"墙"，跟她的同伴一起离开了。她们一定是为她带了一个利梯欧拉克，她也和大家一起飞走了。

我做好了准备，开始迎接在海奥华的第一个夜晚。

第六章　七圣贤与气场

　　蓝色大火熊熊燃烧；橘黄色和红色的火焰围在四周。一条黑色巨蟒冲出火光，朝我扑来。突然，不知从哪儿冒出七个巨人，跑过来想要抓住巨蟒。七个巨人同时发力，在巨蟒扑向我之前终于把它制服。不料，巨蟒转身吞下火焰，又像喷火龙一样将它喷向巨人们。巨人化作自己模样的巨大雕像——落在了巨蟒的尾巴上。

　　巨蟒变成彗星，载着雕像飞走——一直飞到了复活节岛①。接着，雕像们戴着奇怪的帽子，跟我打起招呼。其中一个很像是涛的模样，它抓住了我肩膀说：“米歇，米歇，起床了。”是涛在轻轻摇晃着我，还带着温柔的微笑。

　　“我的天啊！”我睁开眼睛，“我梦见你变成了复活节岛上的一尊雕像，你还抓着我的肩膀……”

　　“我确实是复活节岛上的雕像，也确实抓了你的肩膀。”

---

① 复活节岛是太平洋上的一座孤岛，距离智利海岸几千公里，有许多巨石雕像。有些雕像有五十米高，自古以来便存在于此地，因此被称为“世界七大奇迹”之一。这些雕像几百年来一直是困惑考古学家和历史学家的未解之谜。（原文编辑获得作者同意后评注）

"不管怎样，现在我不是在做梦了吧？"

"对，但你的梦真的很奇怪，因为复活节岛上确实有一座很久以前雕刻的像。这座雕像是为了纪念我，也是因我命名。"

"你在说什么啊？"

"单纯的事实，米歇，但我会在恰当的时候给你解释。我给你带来了衣服，先来试穿一下吧。"

涛递给我一件颜色缤纷的长袍，我很喜欢。我在浴缸里泡了个香香的热水澡，然后穿上了长袍。完全出乎我意料的是，一种强烈的幸福感忽然弥漫了我的全身。涛正拿着一杯牛奶和一点吗哪等着我，我把这件事告诉了她。

"长袍的颜色是根据你的气场特意选的，所以你才会感觉很舒服。如果地球上的人能看到气场，他们就能够选择适合自己的颜色，幸福感也会因此增加。他们将会充分利用颜色，而不是依赖阿司匹林。"

"你具体指什么？"

"我给你举个例子。你有没有过这样的印象，说谁'哦，这衣服一点儿都不适合你'或者'这个人真没品位'？"

"是啊，确实经常听到别人这么说。"

"嗯，这么说的时候，说明这些人不如别人那样会选衣服，或者说衣服搭配得不太成功。你们法国人会说'不搭'或者'颜色不配'，但这些都是从其他人的角度，并没有考虑穿衣服的人自己。其实，穿衣者本人也会感觉不太舒服，但不知道为什么。如果你告诉他们说这是因为他们衣着的颜色不对，他们会觉得你很奇怪。你可以解释说，衣着颜色的振动与他们的气场不合，但他们还是完全不会相信。在你们的星球，人们只相信自己亲眼所见、亲手触摸的东西……但气场其实是能看得到的……"

"气场真的有颜色吗?"

"当然。气场一直发出振动，颜色也在不断变化。你头顶上有一个真正的光束，你知道的所有颜色几乎都在那里。在你脑袋周围还有一个金色光环，但这种光环只在拥有最高精神境界和舍己为人的人身上才能明显显现。光环像一团金色的雾，很像地球上的画家描绘的'圣人'和耶稣的那种光环。画家的画里之所以会出现光环，是因为过去真有一些艺术家看到了这种光环。"

"是的，我听别人提起过，不过我更想听你亲口说。"

"气场汇聚了各种颜色:有的人气场浓烈耀眼，有的人暗淡无光，比如身体不健康的人，或者居心叵测的人……"

"我很想看看气场到底什么样子。我知道有人能看到。"

"很久以前，地球上有很多人能看到并解读气场，但现在很少有人能做到。别急，米歇，你会看到的，而且能看到不止一个，而是很多人的气场，包括你自己的。不过现在请跟我来，时间有限，我们要给你看的东西很多。"

涛给我戴上面罩，我跟着她走向飞行台，还是我们昨天用过的那个。

我们找到各自的位置后，涛马上开始驾驶，飞行台避开树枝，在林荫下飞行。没过多久，我们就来到了海滩。

太阳刚从小岛的后面升起，点亮了大海和四周的群岛。从水面上望去，效果十分神奇。我们沿着沙滩前行，能看到树林后面坐落在花丛中的都扣。这些都扣的居民们有的在透明的海水中沐浴，有的结伴在沙滩上散步。看到我们的飞行台，他们显然感到意外，于是就一路跟着我们。看来，这应该不是岛上常用的交通工具吧。

值得一提的是，虽然海奥华上游泳的人和晒太阳的人都一丝不挂，那些散步的或者出行的都是穿着衣服的。在这个星球上，没有虚伪，人们既不刻意暴露身体，也不假装道貌岸然（后面我会解释）。

没多久，我们就到了岛的尽头，涛将飞行台贴在水面驾驶，开始加速。

我们朝着一个大岛的方向飞行，我能远远地看见这个岛。我不禁佩服涛驾驶飞行台的娴熟技术，尤其是当我们抵达岛的沿岸的时候。

抵达海岸后，我看到了巨大的都扣，都扣的尖像往常一样指向天空。我数了一下，总共有九个巨蛋，不过除了这些之外，岛上还零星散布着一些其他的小都扣，在草木中间，看不太清楚。涛抬升了飞行台的高度，我们很快就飞到了涛说的九都扣城（Kotra quo doj Doko）上方。

她将飞行台降落在都扣之间，操作熟练。这是一个美丽的花园。我虽然戴着面罩，却能感觉到，弥漫在这些都扣周围的金色雾气比笼罩在海奥华其他地方的都要浓。

涛肯定了我的感觉，但她当时没有机会解释，因为有人在等着我们。

她带我走上一条林荫路，头上的树木交错如拱门一般，路边是一些小池塘。可爱的水鸟在这里成群嬉戏，小瀑布流水潺潺。

我发现自己几乎要小跑才能跟得上涛，但我没打算叫她放慢脚步。她似乎有什么心事，这可跟她一贯的行事风格不符。中间有一次，因为觉得好玩，也是想赶上涛，我想试着跳起来，但差点儿闯了大祸。由于重力不同，我对自己这一跳判断失误，还好水边正好有一棵树，我赶忙抓住才不至于掉到水里。

最后，我们终于来到了中央都扣，停在了进门灯下。涛好像专注了几秒，然后扶着我的肩膀，带我穿过了墙。

她立刻摘掉了我的面罩，同时建议我把眼睛半睁，我照做了。我能感觉到透过我下眼皮的光线，过了一会儿，我能正常睁开眼睛了。

不得不说，这里的金色比我自己的都扣强烈很多，这种亮度一开始让人感觉非常不适。我的好奇心此刻达到了巅峰，尤其是看到总是行事自如、跟谁交往起来都不拘小节的涛，现在突然像变了个人似的。为什么呢？

这个都扣的直径应该有一百米。我们径直走向中央，不过脚步非常缓慢。这里有七个座位，每个座位上都有一个人，七人围成了一个半圆。座位上的人纹丝不动，起初我还以为他们是雕像。

他们的模样跟涛差不多，不过头发更长，面部表情更严肃，所以会给人一种尊长的感觉。他们的眼睛似乎被从内在发出的光照亮，这多少让我有些不安。最让我惊奇的是金色的雾气，这里的雾气比外面还要浓，就像凝聚成光环一样环绕在他们的头部周围。

从十五岁起，我就没有敬畏过什么人。不管是多么有名的大人物，多么显赫（或者认为他们自己很显赫）的地位都不曾让我退却；在向任何人表达自己的观点时，我也从没有过顾虑。就算是一国之首，对我来说也只是一个普通的人。还有的人把自己当成什么了不起的人物，简直可笑。我说这些是想明确一点，单凭身份和地位，并不能震慑到我。

但在这个都扣里，一切都变了。

他们中的一个人抬起手，示意我和涛在他们对面各自找到座位坐下。这时我肃然起敬，"肃然起敬"这个词都显得很无力。我无法想象，这种发光的人真的存在：就好像他们的身体有把火在燃烧，自内而外放射光芒。

他们坐的椅子是方块形的，上面盖着织物的垫子，椅背挺直。每个座位的颜色不同——有的有细微差别，有的和邻座相差很大。他们的衣服也是颜色各异，但是与每个人完美相称。他们的坐姿是我们地球上说的那种"莲花坐"，也就是像佛陀一样，双手落在膝上。

之前我说过他们围坐成一个半圆形，因为有七个人，我推断最中间的人应该是领袖一样最重要的人物，两边分别是三位助手。当然，那时我还在震撼中不能自拔，并没有注意这些细节，是之后才反应过来的。

有人叫了我的名字，是正中间的那个。他的声音非常悦耳，同时也充满威严。尤其他一开口，说的竟然是标准的法语，我更是大吃一惊。

"欢迎你，米歇。愿神灵保佑和开化你。"其他人也跟着响应，"愿神灵开化你。"

他开始从座位上缓缓升起，保持莲花坐的姿势朝我飘来。这并没有让我特别惊讶，因为涛之前已经向我展示过悬浮术了。我想起身，向这位真正极具灵性的伟大人物表示我心中被激起的崇高敬意，但我发现自己动弹不得，好像瘫在了座位上一样。

他停在我正前上方，将双手放到我头上，两个大拇指在我鼻子上方的额头前合并，正对着我的松果体，其他的手指在我头顶上交会。这些细节都是涛之后告诉我的，因为那时的我已经完全沉浸在当时的感受中，完全顾不上这些细节。

他把手放在我头上的时候，我的身体好像忽然之间变得不存在了。我心中滋生出一种温柔的暖意和特有的芬芳，像层层波浪从内而外散发，和隐约可闻的轻柔音乐融为一体。

突然，我能看见我对面这些人周围环绕着亮丽的颜色，"领袖"慢慢回到座位，我能看到他周身绽放出灿烂的色彩；

这些我原来都看不见。七人周身的主色调是大团的淡粉，看起来就像是在云中。他们做出动作的时候，我们也跟着被这种美妙的亮粉色包围了！

完全回过神之后，我转向了涛，她周围也包裹着绚丽的色彩，不过相比那七人，还是稍逊色了些。

想必你已经注意到了，说到这几位伟大人物时，我直觉性地用了"他"而不是"她"。如果要我解释，我只能说是因为这些特别的人给我的感觉太过强烈，举止相当威严，所以我才会在他们身上感受到更多的阳刚之气，而非阴柔之美——我绝没有冒犯女性的意思——完全是本能反应。这有点像把玛土撒拉想象成女人……但是无论男女，他们真的转变了我。我知道他们周围的颜色是各自的气场。我能看到气场了，谁知道这种能力会持续多久，总之，我的所见让我万分惊奇。

"领袖"回到座位，所有人都把目光投向了我，就像要把我看穿。没错，他们就是在洞察我的内心。一时间，四下里鸦雀无声，这种安静似乎看不到尽头。我看着他们气场中缤纷的颜色振动着，在他们周围飞舞，有时会离我远去，我还看到了涛之前说的"光束"。

金色的光环轮廓清晰，接近藏红花的颜色。忽然，我想到他们应该不仅能看到我的气场，可能还会解读它的含义。我突然觉得自己在这群智者面前没有一点秘密。在我脑海里，始终有一个疑问挥散不去：他们为什么带我来到这里？

突然，"领袖"打破了沉默。"涛应该已经跟你解释过了，米歇，我们选中了你，请你来拜访我们的星球，目的是在你回到地球时报告特定的讯息，在一些重要问题上带来启示。时机已经成熟，有些事必须发生。地球经历了数千年的黑暗和野蛮之后，出现了一个所谓的'文明'，科学技术不可避免地取得发展，并在过去的一百五十年里愈演愈烈。

"现在距上次地球技术达到相当的先进水平已经有一万四千五百年了。这种技术和真正的知识无法相提并论，而且，这种先进程度足以在不久的将来对地球上的人类造成伤害。

"之所以有危害，因为它只是物质知识而非灵性知识。科技应当协助心灵发展，而不是像如今在你们星球上发生的那样，将人们越来越深地禁锢在一个物质主义的世界里。

"你们星球上的人民甚至很大程度上都在沉迷于一个目标——富裕。他们的生活全跟追逐财富有关；羡慕，嫉妒，仇富和嫌贫皆由此产生。也就是说，你们的技术与地球上一万四千五百年前存在的技术截然不同，它正将你们的文明拖垮，将你们步步逼向道德和灵性的灾难。"

我注意到，每次这位伟大的人物说到"物质主义"的时候，他和他的助手们的气场中都会闪过一丝暗淡的"脏"红色，好像他们当时处在燃烧的灌木丛中一般。

"我们，也就是海奥华的子民，受命协助和引导我们所监管的星球上的居民，有时我们也会施以惩罚。"

还好涛在我们来海奥华的路上就已经给我简单介绍了地球的历史，要不然，听到这番话我肯定要吓得从座位上掉下来。

"我想，"他接着说，"你已经知道了我说的'对人类造成伤害'是什么意思。很多地球上的人认为核武器是主要威胁，但事实并非如此。最大的威胁是'物质主义'。你们星球上的人渴望金钱——有人把它当成获得权力的工具，有人想用它买到毒品（另一个祸端），还有人想通过钱拥有比身边的人更多的东西。

　　"拥有一个大商店的商人，还想要第二个，然后第三个。当他统领了一个小企业，又想着扩大规模。拥有一栋房子的普通人，本可以和家人幸福生活，却想要更大的房子，第二栋房子，第三栋房子……

　　"为什么这么愚蠢呢？而且，人终有一死，争来的全部家当最后总是要放手。可能子女会挥霍他的遗产，然后孙辈又陷入贫穷？他的一生只忙于纯粹物质层面的追逐，没时间去顾及精神层面。还有一些有钱人通过吸毒来获得一种虚幻的天堂，他们付出的代价比别人还要惨痛。

　　"我发现，"他接着说，"我说得太快，你已经跟不上了，米歇。但其实你应该能听得懂，因为涛在途中就已经开始对你在这些方面进行教导。"

　　我感到惭愧，就像在学校里被老师责备一样；只不过唯一的区别是，在这里，我不能不懂装懂，靠撒谎蒙混过关。他能像打开一本书一样读懂我的心思。

　　他放下身段，冲我微笑，像火焰一样的气场又变回了之前的颜色。

"现在，我们将彻底教授并给予你你们法语说的'解开奥秘的钥匙'。

"正如你之前听到的那样，创始之初，只有神灵，他用无穷的力创造了所有有形的物质。他创造了行星、恒星，植物、动物，他所做的一切都只为达成心中的一个目标：满足他的精神需求。这是非常符合逻辑的，因为他是纯精神。我看得出来，你好奇他为什么需要创造物质来得到精神上的满足。我可以这样解释：创世者要通过一个物质世界来寻求精神体验。看来，你还是很难完全跟上我的思路——不过已经有进步了。

"为了获得这些体验，他想要将他神灵的一小部分在物理实体中显现。因此，他召唤了第四种力——也就是涛之前还没说到的力，这种力只与灵性有关。在这个领域，宇宙法则同样适用。

"你肯定知道，宇宙的模式决定了是九个行星围绕它们的恒星[1]运转。同样，这些恒星又围绕着一个更大的恒星，也就是这九个恒星及其行星的核心运转。层层推进，一直追溯到宇宙的中心。爆炸，就是英语里所说的'宇宙大爆炸'（Big Bang），就是从那里开始的。

"毫无疑问，意外总会发生，行星有时会从一个太阳系中消失，也可能会进入一个太阳系，但最终太阳系总会自动复原，回到基于数字九的结构。

---

① 它们的恒星：有时九个行星会围绕两个恒星（双子星）转动。（作者应原文编辑请求给出的解释）

"第四种力的作用意义非同小可：是它将神灵的一切构想化作现实。它将神灵无限小的一部分'植入'了人类的身体，构成了人的'星光体'。星光体形成了一个人必不可少的九分之一，也构成了'高级自我'的九分之一，'高级自我'有时也称为'超我'。换而言之，一个人的高级自我是一个实体，这个实体将自己的九分之一发放给一个人的身体，就成为这个人的星光体。这个高级自我的其他九分之八，按同样道理存在于另外八个不同的身体，这九个加在一起构成了完整的中央实体①，每一个都必不可少。

"而这个高我，是一个更高级高我的九分之一；相应地，这个高级高我又是一个比他还要再高一级的高我的九分之一。这个过程一直追溯到本源，因此让神灵所需的精神体验得到了充分的过滤。

"你千万不要认为第一级的高我跟其他层级的相比无足轻重。虽然这个高我作用于底层，但却无比强大和重要。它能疗愈疾病②，甚至起死回生。很多临床宣布死亡的人，在医生们表示无力回天的时候又被神奇地救了回来，这样的例子不胜枚举。在这些情况下，通常发生了星光体与高我的交汇。在'死亡'期间，高级自我的这一部分已经离开了他们的肉体。它能

---

① "中央实体"意思是我们每个人都与地球上另外八个人共享同一个高级自我。（作者应原文编辑要求给出的解释）

② 地球上为人所知的心灵疗愈，可以通过疗愈者高我的协助实现，患者不需要在场。只要患者允许，合格的疗愈师就能在世界任何地点帮助患者。（作者评注）这不是任何"能量"交换而是高我层面的"信息"交换。（原文编辑评注）

感受到，医生在奋力抢救下面的身体，也能感受到爱他的人在伤心悲痛。这个人在当时的状态下，也就是星光体状态，会感觉非常好，甚至是幸福至极。通常他会抛弃常给他带来痛苦折磨的肉体，然后发现自己被引向一个'心灵通道'，在充满奇妙光明的终点，抵达极乐境界。

"在穿过这个通道进入奇妙光明之前，也就是抵达他的高我之前，他如果有一丝恋生的念头——不是为了自己，而是为了那些需要他的人，比如年幼的孩子，他会要求返回。在某些情况下，这会被允许。

"通过脑沟，你一直都在与高我交流。脑沟就像一个信号收发站，在你的星光体和高我之间传导着特殊的振动。你的高我日日夜夜监视着你，能在紧要关头让你幸免于难。

"比如要赶飞机的人，在去机场的路上发现出租车抛锚了，叫来的第二辆出租车也抛锚了，就这样……就这样发生了，你真相信有这样的巧合吗？结果这架飞机在三十分钟后坠毁，乘客全体遇难。一个得了风湿病的老妇人，她行走吃力，正要过马路。在鸣笛声巨响，轮胎和地面的疯狂摩擦中，她竟然能奇迹般地安全地跳到马路对面。

"这怎么解释呢？她的寿命未到，所以高我介入。在百分之一秒的时间内，高我促使她的肾上腺发生反应，短短几秒钟时间就为她的肌肉提供了足够动力，让她能够跳过马路，逃过一劫。释放到血液中的肾上腺素可以帮人脱离眼前的危险，也能通过愤怒或恐惧战胜'不可战胜的力量'。但是，过大剂量的肾上腺素也会变成致命的毒药。

"不只脑沟能在高我和星光体之间传递讯息。另一个通道存在于梦境之中——或者，我更应该说是睡眠。在你睡觉的某些时候，高我能够召唤星光体回到自己那里，传达一些指示或想法，或者在某种意义上修复星光体，补充星光体的精神力量或为重要问题提供解决方法。所以，重要的是睡觉的时候千万不要被外界闯入的噪音或者白天不好的印象产生的噩梦所打扰。现在，你也许会更好地理解法语里的那句俗语，'晚上睡一觉，自然有妙招'。

"你目前所处的身体已经相当复杂了，但这种复杂程度还远不及星光体和各级高我之间发生的进化过程。为了尽可能让地球上的普通人理解，我会用最通俗易懂的语言来解释。

"在每个正常人身体里都存在星光体，星光体会将它在身体里一生体验过的全部感受传递给高我。在抵达围绕神灵的以太'海洋'之前，这些感受要先通过由九个高我组成的庞大'过滤'体系。如果这些感受本质上是基于物质的，高我在过滤的时候会十分困难，就像一个净水器，过滤脏水比过滤洁净的水会更容易堵塞。

"如果在你一生无数的体验中，你确保自己的星光体在精神层面获益，星光体在精神层面的理解就会收获越来越多。经过足够长的时间，可能是地球上五百年甚至一万五千年不等的时间，你的高我就没什么需要过滤的了。存在于米歇·戴斯玛克特星光体中的这部分高我将会达到很高的精神境界，并将进入下一等级，直接与更高级的高我对决。

"我们可以将这个过程看作一个九级过滤器，通过九个不同的滤网来过滤流经的水。当第一级过滤结束后，第一个滤网将完全消失，那么就还剩下八个。当然，为了让你更好地消化这些信息，我用了大量的比喻……

"因此，完成和第一级高我的周期后，星光体会脱离一级高我，和二级高我相会；同样的过程再次重复。按照这个思路，星光体也需要在精神上充分进化才能转世到下一级星球。

"看来你没完全跟上我的思路，我迫切希望你能完全理解我向你讲解的一切。

"神灵，用他的智慧，通过使用第四种力创造了九个等级的星球。现在，你所在的海奥华就属于第九级星球，也就是最高一级。

"地球是一级星球，也就是最下面的等级。这意味着什么呢？地球可以被看作是一个幼儿园，目的在于教会人基本的社会价值观。第二级星球相当于小学，教会人更深层次的价值观——在这两种学校里，成年人的指导都必不可少。第三级就像初中，奠定了价值观的基础后，鼓励更进一步的探索。接着是大学，你会被作为成年人对待，你不仅已经获得一定的知识，也要开始承担公民责任了。

"在九个等级的行星上发生的进化过程就是这样。精神境界越高，在更高级星球的受益越多，因为那里有更好的环境和更高级的生活方式。在更高级的星球，获取食物更容易，日常生活的程序进而得到简化；灵性的发展因此更高效。

"在更高级的星球上，连大自然也会发挥帮助'学生'的作用，等你到了第六级、第七级、第八级和第九级星球，不仅你的星光体高度进化，你的身体也会跟着你的发展受益。

"我们知道，我们星球上的种种景象深深吸引了你。等你见到的更多，你就会把这里当作是地球上说的'天堂'，并心怀向往；但是，跟你成为一个纯精神时的真正幸福相比，这仍然不值一提。

"我会非常注意不要解说得太过冗长，因为你回去必须一字不差地报告，在你写的书里不能做丝毫改动。不要掺杂任何个人见解，这一点至关重要。

"不过别担心——等你开始动笔的时候，涛会帮你补充细节的……

"在这个星球上，人既可以留在肉体里，也可以与以太中的伟大神灵相会。"

说这些话的时候，"领袖"周围的气场发出的光比以往任何时候都要明亮，眼看着他几乎消失在金色的雾气里，我目瞪口呆。过了一秒钟，他又重新出现了。

"你已经理解了，星光体是处于你肉体里的一种身体形式，它能回忆并记录在多次生命历程中获得的全部见解。星光体只能在精神上得到丰富——而不是物质上。肉体只不过是个载体，多数情况下都会在死亡时被我们丢弃。

"我再详细解释一下，因为'多数情况'这个词似乎让你有些困惑。之所以这么说，是因为我们中的有些人，包括我们星球上的所有人，都可以凭意愿让身体细胞再生。是的，你已经注意到了，我们很多人看上去年龄相仿。这个星系中最高度进化的星球有三个，我们是其中之一。我们有的人可以并且确实直接进入了我们所说的'大以太'。

"因此，在这个星球上，我们已经达到了在物质和精神上都接近完美的阶段。但我们也有自己要履行的职责，宇宙中存在的一切生灵都有自己的责任；事实上，世间万物，哪怕是一颗小小的鹅卵石，也有职责所在。

"作为一个更高级星球上的人类，我们的职责就是去指导——去协助精神层面，有时甚至是物质方面的发展。我们能提供物质上的帮助，是因为我们的科技已经达到最先进的水平。一个父亲，如果不是年龄更大，受教育程度更高，涉世更深，又怎么为孩子提供精神上的指导呢？

"在某些情况下，很不幸，孩子不得不被体罚，难道父母不应该比孩子在身体上更强壮吗？一些拒绝听从劝告、顽固不化的成年人，也需要通过物理手段加以纠正。

"米歇，你来自地球，这颗星球有时被称为'苦难星球'。这个名字其实很贴切，但是苦难自有苦难的道理——为了提供一种特殊的学习环境。不是因为那里的生活太艰难，我们才必须干涉——创世者留下的一切均为你所用，谁也不能轻易违背自然规律去破坏，而应该去保护；也就是说，生态系统是经过精心设计的，谁都不能干预。有些国家，比如你的家乡澳大利亚，正在开始对生态环境表现出极大的尊重，这么做是对的；但即便在澳大利亚，人们提到的污染是什么，水和空气污染吗？而最严重的污染，也就是噪音污染，谁何曾做过些什么呢？

"我说'最严重'，是因为包括澳大利亚人在内的所有人，根本没注意到这一点。

"如果你问一个人，交通噪音有没有给他带来困扰，答案可能会令人吃惊——百分之八十五的人会说：'噪音？什么噪音？哦，噪音啊——习惯了。''习惯了'才正是危险所在。"

就在这时，这位被称呼为涛拉的大人物，做了一个手势，让我回过头去。他在回答我脑海中提出的问题："他怎么能说出百分比，而且对地球上这么多事知道得如此确切呢？"

我转过身，几乎吃惊得大喊出声，因为毕阿斯特拉和拉涛利正站在我身后。这本身没什么可奇怪的，但我认识的这两个朋友，一个身高三米一，一个身高两米八，现在缩得跟我一样高。我的嘴应该是一直吓得没合上，连涛拉都笑了。

"不知道你明白了没有，有些时候，我们中的一些人会生活在你们地球人中间，而且最近一段时期变得还很频繁，这就是我对你的问题的回答。

"我们接着说非常重要的噪音问题。噪音十分危险，这种危险如果置之不理，注定会引发一场灾难。

"我们就拿迪斯科舞厅举例。人们将自己暴露在高于正常音量三倍的音乐中，大脑、生理体和星光体都因此承受了非常有害的振动。如果他们能看到这些振动造成的损害，他们一定会以比着火时还要快的速度逃离这些舞厅。

"不仅是噪音会带来振动，颜色也会。令人震惊的是，在你的星球，这个领域的实验并没有持续推进。我们的'人员'报告了一个特殊的实验，实验发现，一个能够抬起一定重量的人在注视粉色屏幕一段时间后，失去了百分之三十的力量。

"你们的文明对这样的实验毫不重视。事实上，颜色会大大影响人类的行为，想要控制这种影响就需要考虑到一个人的气场。比如，如果你想给卧室墙壁涂上真正适合你的颜色，或者贴上相称的壁纸，你就必须知道气场中的某些重要部位的颜色。

"如果你的墙壁颜色和你的气场相匹配，你的身体健康就得以改善，或健康状态得到保持。另外，这些颜色发出的振动对良好的心态非常重要，即便在睡眠期间也能对你产生影响。"

我在想，我们怎么能够知道我们气场中这些重要的颜色，因为在地球上，我们还没有能力看到气场。

当然，我还没问出口，涛拉就立刻回答了。

"米歇，当务之急，是让你们的专家发明出必要的特殊仪器，来帮你们看到气场，这样才能保证你们在前方重要的分岔路口做出正确的决定。

"俄罗斯人已经拍到了气场的照片。这是个开始，但跟我们能够解读的含义相比，他们获得的结果只相当于字母表的前两个字母而已。通过解读气场来治愈身体疾病，跟将它用于星光体或生理体相比，算不上什么。精神领域才是你们地球现在面临的最大问题。

"现在，你们的主要精力都放在了肉体上，这是个严重的错误。如果精神匮乏，物理外观也会相应受到影响。但是，不管怎样，你的肉体总有一天会衰老死去，而作为星光体的一部分，你的精神永不消亡。相反，你越改善心智，越不会被肉体拖累，你生命轮回的进程也会进展得越来越快。

"我们本可以只把你的星光体带到我们的星球，但我们还是把你的肉体也带来了——有一个重要原因。看来你已经明白了我们的初衷。对此我们很欣慰，感谢你愿意协助我们完成任务。"

涛拉停下了，似乎陷入了沉思，同时用发光的眼睛一直注视着我。我不知道就这样过了多久。我只知道，我的心态变得越来越愉悦，我看到七个人的气场在慢慢变化。有的地方颜色更生动，有的地方更柔和；与此同时，外沿的光开始变得朦胧。

雾气慢慢散开，金色和粉色更重了，七个人的身影慢慢模糊不见。涛把手放在了我的肩膀上。

"你没在做梦，米歇。这些都是非常真实的。"她说话非常大声，还使劲捏了一下我的肩膀，好像是在证明她的话。被她捏过的地方留下一块瘀青，下手重得使它在几个星期后依然可见。

"你为什么要这样做？我没想到你会这么狠，涛。"

"抱歉，米歇，但有的时候不得不动用非常手段。涛拉们经常消失——他们有时出场的方式也是如此——可能会让你觉得这是梦的一部分。我必须确保你认识到这一切都是真实发生的，这是我的任务。"

说到这里，涛让我转过身，我跟着她沿原路离开了这里。

第七章　姆大陆和复活节岛

　　离开都扣之前，涛在我头上戴了一个新面罩。这个面罩跟之前那个不太一样，戴上之后，我看见的颜色更加生动，发光效果也更明显了。

　　"你的新沃基（voki）怎么样，米歇？这种亮度还适应吗？"

　　"是的，我……觉得还行，实在太美了，我感觉……"说完我就倒在了涛的脚下。她把我扶起来，抱上了飞行台。

　　醒来时，我发现已经回到了自己的都扣，吓了一跳。肩膀还在隐隐作痛；我下意识用手去碰，疼得直咧嘴。

　　"实在抱歉，米歇，但这是必要的。"涛的表情有些自责。

　　"我怎么了？"

　　"可以说是晕过去了，虽然晕这个词并不准确；准确地说，你是被美丽的景象倾倒了。你的新沃基可以让你看到我们星球上颜色振动的百分之五十，而之前的那个只有百分之二十。"

　　"只有百分之二十？太不可思议了！我看到的那些神奇的色彩——那些蝴蝶、花朵、树木，还有海洋……难怪我刚才会受不了。我还记得，有一次从法国去往新喀里多尼亚的途中，我们经过了塔希提岛。我跟家人和朋友们一起，坐着一辆雇来的车在岛上游览。岛上的居民生活幸福安乐，那个画面让人心驰神往。他们的茅草屋建在潟湖岸边，被叶子花、木槿花、龙船花簇拥着，红橙黄紫的鲜花周围是精心修剪的草坪，还有茂密成荫的椰子树。

"衬托它们的，是一望无际的蓝色大海。我们在岛上游览了一整天，我还在日记里写道，这真是让眼睛如痴如醉的一天。当时的美景真的是令人迷恋；但现在，我必须承认，那种景色跟你们星球上的美完全没有可比性。"

涛兴致勃勃地听着我的描述，一直面带微笑。她把手放到我额头上，对我说："先休息一下吧，米歇。过一会儿，等你感觉好一些了，再跟我一起去下一个地方。"

我马上就睡着了，睡得很香，没有做梦。我可能睡了差不多二十四个小时。醒来时，我感觉浑身轻松，精神抖擞。

涛还在那里，拉涛利和毕阿斯特拉也来了。我发现她们恢复了以往的身高，随口说出了我的想法。

"这种变身不需要多久，米歇，"毕阿斯特拉解释说，"不过这不重要。今天我们带你看看我们国家的一些东西，再介绍一些非常有意思的人给你。"拉涛利走到我身边，用指尖碰了碰我的肩膀，就是涛捏过的地方。疼痛立马消失，我全身被一股股舒服的感觉贯穿。她笑着回应，并将新面罩递给了我。

走到外面，我发现我在这种亮度下还是需要眯眼。涛朝我打了个手势，示意我爬上拉提沃克（Lativok），也就是我们的飞行台。剩下的人则是独立飞行，在我们的飞行台周围穿梭，就像是在做游戏——这对她们来说可不就像在玩一样。这个星球上居住的人似乎永远是快乐的；只有几个人让我觉得严肃——事实上甚至有些严厉，尽管他们举手投足间都充满着仁慈的气息——就是那七位圣贤长老涛拉。

我们在水面上方几米的高度快速飞行。虽然到处都能激起我的好奇，但我不得不经常闭上眼睛，从明亮中"恢复"一下。

不过，好像我能慢慢习惯了……我真好奇，如果涛给我一个光线通透率百分之七十的面罩，会怎样？要是通透率更高呢？

我们很快到达了大陆边缘，波涛拍打着绿色、黑色、橙色和金色的礁石。在正午阳光的垂直照射下，拍击礁石的浪花折射出的虹晕十分可爱，令人难忘。天边形成一条彩色的光带，比地球上的彩虹要晶莹剔透一百倍。我们的高度升到大约两百米，在大陆上空继续穿行。

涛带我们飞过平原，平原上有各种动物——有两条腿像小鸵鸟的；还有四条腿像猛犸象的，个头却是猛犸象的两倍。我还看到正在吃草的奶牛跟河马挨在一块儿。这儿的奶牛跟地球上的很像，我忍不住指着一群牛，把这件事告诉涛，就像去动物园的孩子一样兴奋不已。涛开心地笑了。

"我们这里为什么不能有奶牛呢，米歇？瞧，那边还有驴、长颈鹿——不过它们多少比地球上的高一些。看啊，那群马儿一起奔跑的样子多么可爱！"

我兴奋不已，但这次旅程中，我的兴奋什么时候停过呢！只不过时多时少而已。让我真正目瞪口呆的是，一群马竟然有漂亮女人的头——有的金色头发，有的红褐色头发，有的棕色头发，甚至还有蓝色头发的，我吃惊的表情又让这几个朋友见笑了。这些马飞奔起来，经常会跃到几十米的高空。哦，对了！它们是有翅膀的，翅膀不用的时候在身体两侧收拢，那感觉有些像在船前后穿梭的飞鱼。它们抬头看着我们，想要跟我们的拉提沃克在速度上一争高下。

涛降低了速度和高度，这样我们距离它们只有几米远了。更多惊喜还在后面，这些马女在冲我们喊叫，可以听出来它们用的是一种人的语言。我的三个同伴用同样的语言作答，显然交流愉快。但我们没有在低海拔停留太久，因为这些马女跳得很高，几乎碰到我们的飞行台，这样可能会伤到它们。

我们下方的平原有些地方是凸起的小丘，这些小丘几乎大小相同。我问起了它们，毕阿斯特拉解释说，这些小丘在几百万年前都是火山。我们下方的植被跟我之前刚抵达时"体验"的生机勃勃的森林完全不同。相反，这里的树一小片一小片地聚在一起，高度不超过二十五米。我们经过的时候，几百只白色的大鸟同时起飞，在离我们有一段"安全"距离的地方重新降落。一条流向天际的宽阔河流在平原上慵懒地蜿蜒，将平原割成两块。

我看到河岸上有一些聚集的小都扣。涛驾驶拉提沃克在河的上方飞行，快到这些居住地的时候，我们下降到了水面高度。我们降落在两个都扣中间的一小块空地上，马上就有居民围了过来。这些居民没有争先恐后朝我们扑来，而是停下了手中的事情，缓缓向我们靠近。她们围成一个大圆圈，这样每个人都有了跟我这个外星人面对面的机会。

这群人依旧年龄相当，这又让我吃了一惊。只有五六个人可能更年长些。在这里，年长并不会使人逊色，而是格外多了一种令人叹服的高贵气质。

之前我一直惊讶于这个星球上没有孩子的事。但在这个地方，就在这些靠近我们的人群中，我看见了六七个孩子。她们有着和年龄不符的沉着冷静，样子迷人。涛告诉我，她们应该有八九岁了。

从我到海奥华开始，就没有机会见到这么大一群人。我环视了一圈，既佩服她们的淡定和稳重，也仰慕她们脸上的那种惊世美感，这也正是我一直期待看到的。她们长得都很像，好像大家都是兄弟姐妹；不过话说回来，我们在看到一群黑人或者亚洲人的时候，第一印象不也是这样吗？实际上这些人的面部特征各不相同，就像地球上同一种族的人一样。

她们的身高从两米八到三米不等，身材十分匀称，看着赏心悦目——既不过于结实也不特别瘦弱，没有任何缺陷。她们的臀部比男性的还要大一些，后来我被告知，其中有的人生过孩子。

她们都有漂亮的头发——大多是金黄色，也有的是淡金色或者铜黄色，偶尔还有明亮的栗色。还有的人像涛和毕阿斯特拉一样，上嘴唇有精细的绒毛，但除了这儿，这些人就没有任何身体毛发了（这些不是我当时就观察到的，而是之后我有机会近距离观看一群裸体晒日光浴的人时才看到的）。她们的肤质让我想起怕晒太阳的阿拉伯女人——绝对不是那种浅色眼睛的金发人的典型苍白皮肤。她们的眼睛颜色真的很浅，如果是在地球上，我可能会把周围这些淡紫色和蓝色眼睛的人当成盲人。

她们修长的小腿和圆润的大腿让我联想到我们那些长跑女运动员。还有她们比例匀称的胸部，每个人都坚挺有形，想必读者应该能理解，初次见面时我为什么错把涛当成女巨人了吧。地球上的女人看到这些人的胸部肯定止不住羡慕——男人则会赏心悦目……

我之前就形容过涛姣好的容貌，这些人也有类似的"典型"特征；在我看来，其他人也都是"魅力十足"或者说"极具诱惑"。虽然每张脸的脸型和特点都略有差别，但是像来自同一个艺术家的设计。

每个人都散发着独有的魅力，不过最重要的是，也是她们脸上和举手投足间最显著的，就是智慧的气息。

总之，我觉得我们周围这些人简直是人中完人。她们满带着友善的笑容，露出一排排洁白完美的牙齿。这种身体上的完美并没有让我意外，因为涛已经给我解释过，她们拥有随意使身体细胞再生的能力。所以说，这些美好的身体自然不会随年老而色衰了。

"我们有没有打扰到她们的工作？"我问了毕阿斯特拉，她正好就在我旁边。

"不会。"她回答道，"城里大部分的人都在度假——这里也是人们冥想的场所。"

三位"长者"走到我们面前，涛让我用法语跟她们打招呼，而且要大一点声，好让每个人都听到。我当时说的应该是："我很高兴能来到你们这里，领略这个星球的神奇之处。你们都是幸运的人，我真希望自己能跟你们生活在一起。"

这番话激起了大家一致感叹，不仅是因为我说的语言她们从没听过，还因为她们通过心灵感应理解了我所讲的内容。

毕阿斯特拉示意我们跟着三位"长者"，于是我们被带进了一个都扣。我们七个人用舒服的姿势坐下后，涛开始说话了："米歇，请让我向你介绍拉提欧努斯。"她伸手指向其中一位长者，我鞠躬致意。"一万四千地球年以前，拉提欧努斯是地球上姆大陆的最后一任国王。"

"我不明白。"

"你只是不想明白罢了，米歇。你现在很像你地球上的同类。"

我看上去一定是满头雾水，因为涛、毕阿斯特拉和拉涛利都大声地笑了。

"别做出那种表情，米歇。我只是想稍微激你一下。借着拉提欧努斯在场的机会，我会向你解释地球上很多专家至今都未能解开的奥秘——至于这些专家，我得多说一句，他们应该用宝贵的时间去发现更有用的事情。我要揭开不止一个，而是很多萦绕在他们心头的未解之谜。"

我们的座位排成一圈，涛坐在拉提欧努斯旁边，我坐在他们对面。

"我在来海奥华的途中已经说过，巴卡拉替尼星人在一百三十五万年前就抵达了地球。三万年之后，骇人听闻的灾难爆发，海洋破涌而出，海岛甚至大陆从此出现。我也提到了一块在太平洋中间升起的巨大陆地。

"这块陆地被称作'拉玛尔'（Lamar），你们更熟悉的说法是姆（Mu）大陆。它出现的时候几乎是完整的一块，但两千年后，在地震中分裂成了三个主要的大陆。

"随着时间流逝，这些大陆上长出了植被，很大面积都位于赤道区域。青草生长，森林形成，逐渐有动物沿着连接姆大陆和北美之间的极窄地峡迁徙过来。

"黄种人更好地克服了灾难带来的毁灭性影响，率先建造了船只开始探索海洋。大约三十万地球年以前，他们在姆大陆西北岸着陆，最后建立了一个小定居地。

"由于他们在移居时遇到很多困难，这个定居地在后来的几个世纪都没怎么扩张。详细解释需要很长时间，现在我们并不需要关心这个。

"大约二十五万地球年以前，阿勒莫X3星上的居民，就是我们中途停下来收集样本的那个星球，开始了探索你们太阳系的星际旅行。考察过土星、木星、火星和水星之后，他们降落在了地球上中国的位置，飞船在民众间引起了极大恐慌。所以中国有'天降火龙'的传说。中国人的恐惧和猜疑最终导致他们对外星人发起了攻击，而这些外星人出于自我保护不得不动用武力。他们讨厌使用武力，因为他们不仅技术先进，而且还有很高的精神修养，他们痛恨杀戮。

"他们离开那里，继续探索地球。最终他们发现，姆大陆对他们最有吸引力，原因有两个。首先，姆大陆上几乎没有人居住；其次，单就纬度而言，它就是名副其实的天堂。

"与中国人发生冲突后，他们变得格外小心。他们认为，比较明智的做法是建立一个可以退避的基地，以防今后再次遭遇地球人严重的敌意行为。我还没解释他们探索地球的主要目的：由于令人不适的人口膨胀，他们想要将阿勒莫X3星上几百万居民转移到新的居住地。这次行动事关重大，禁不起任何风险。因此，他们决定建立撤退基地，不是在地球，而是在月球上，因为月球距离地球很近，而且他们认为月球非常安全。

"他们花了五十年的时间建立月球基地，之后才开始向姆大陆迁移。一切进行顺利。姆大陆西北角曾经有一个小的中国人定居地，不过在他们首次造访后的几十年彻底毁灭，所以，他们实际上拥有了整个大陆。

"他们刚安顿下来就开始兴建城镇、运河和道路，道路是用巨大的石板铺成的。他们常用的交通工具是一种飞行车，类似于我们的拉提沃克。

"他们从自己的星球上运来了动物，比如狗和犰狳，这是他们在阿勒莫X3星上的最爱，还有猪。"

她说到这些引进的动物时，我想起之前在阿勒莫X3星上看到猪和狗时，我是多么诧异。现在我一下子明白过来了。

"说到身高，他们中的男性平均身高一米八，女性平均一米六。他们拥有深色的头发，美丽的黑眼睛和淡古铜色的皮肤。我们停在阿勒莫X3星的时候，你也看到了一些他们的人，我想你已经猜到了，他们就是波利尼西亚人的祖先。

"于是，他们的居住地分布到整个大陆的四面八方，包括十九个大城市，其中七个是他们的圣城。小的村庄更是不计其数，因为这些人是非常出色的农民和牧场主。

"他们的政治体系仍然沿袭阿勒莫X3星的做法。他们早就发现，治理好国家的唯一途径就是在政府最高领导层安置七名正直人士，这七人不代表任何政治团体，只一心为国家奉献。

"其中第七个人担任最高法官，在政务会中一票相当于两票。在一件事情上，如果两人与其立场相同而四人反对，他们则陷入僵局，这时会进行几个小时甚至几天的激烈讨论，直到七人中至少有一人被说服改变立场。辩论是在智慧和爱民忧民的前提下进行的。

"这些最高领袖在领导国家时不获得任何重大物质利益。领导国家是他们的职责，他们这么做是出于为国家服务的一腔热忱——这就避免了领导人中间隐藏着机会主义者的问题。"

"我们当今的国家领导人可不是这样,"我有些不满地感叹道,"这样的人是如何找到的呢?"

"选举过程是这样的:一个村或区通过全民公投选举出一名正直的人。有不良行为记录或者有狂热倾向的人不能当选——选出的人必须在各个方面都表现出正直的品格。当选的人接着会被送到最邻近的城镇,和周围村庄的其他代表再经过一轮投票选举。

"假设有六十个村庄,人民就会选出六十个人,这六十个人都是凭借他们的正直当选,而不是因为做出了什么不能兑现的承诺。

"全国各地的代表将在首都城市全体亮相。他们会被分成六人的小组,每组都会被安排在一个单独的会议室里。在接下来的十天里,小组的成员都待在一起——一起讨论,一起用餐,一起欣赏演出,最后每组会选出一个小组代表。所以如果有六十名代表,分成十个小组,最后就会产生十个小组代表。这十人又会通过同样的方式选出七名代表,七名代表中最终产生一名最高领袖。这名领袖就被授予国王的封号。"

"这么说,他还是个共和制的国王。"我说道。

涛听了我的评论笑了,拉提欧努斯则是稍微皱了下眉头。

"只有在前任国王去世没有指定接班人的时候,或者是选定的接班人没有得到七人组成的委员会一致同意的时候,新的国王才会通过这种形式选出。之所以用国王这个头衔,首先因为他是伟大神灵在地球上的代表，其次是因为百分之九十的情况下，新国王会是前任国王的儿子或近亲。"

"那跟罗马帝国的方式有点像。"

"是的，但如果这个国王表现出任何独裁倾向，他就会被其余的领袖推翻。好了，我们还是回到阿勒莫X3星球的移民……

"他们的首都名为萨瓦纳萨（Savanasa），在一个俯瞰苏瓦图湾的高原上。高原海拔三百米，除了东南和西南的两座山之外，这就是姆大陆上最高的地方了。"

"不好意思，涛，我能打断一下吗？在讲解把地球撞离轨道的大灾难时，你说去月球避难不现实，因为那时月球并不存在——但现在，你又说这些移民在月球上建立了安全基地……"

"黑种人在澳大利亚定居的时候，包括在那之后的很长时间，还没有现在的月球。很早很早以前，大约六百万年前，曾有两个非常小的卫星围着地球转，最终与地球相撞。地球那时候还没人居住，所以虽然当时发生了可怕的灾难，但也没什么关系。

"大约五十万年前，地球'捕获'了一个更大的卫星——也就是现在的月球。它在经过地球时靠得太近，所以被吸进一个轨道上，行星的卫星通常都是这么来的。后来的灾难也是由此引发的……"

"你说和地球'靠得太近'是什么意思？为什么没撞上？说到底，卫星究竟是什么？"

"本来有相撞的可能，但这种情况很少发生。卫星本来是围绕其恒星以螺旋轨道运转的小行星，但是它的轨道不断缩紧。行星越小，惯性就越小，所以按螺旋轨道绕行也就越快。

"小行星的绕行速度越来越快，通常会赶上更大的行星，如果靠得太近，大行星的重力吸引力会比恒星还强。小行星就会开始围绕大行星运行，轨道还是螺旋形，所以迟早会发生碰撞。"

"你是说，诗歌中吟诵赞美的那美丽的月亮，有一天会掉到我们头上？"

"是的，有一天会的……不过怎么也要等到十九万五千年之后。"

我应该是看上去如释重负，刚刚的惊恐也一定略显滑稽，因为我的主人们都笑了。

涛接着说："真到那个时候，也就是月球撞上地球的时候，你们星球的末日就来了。如果到那个时候，地球上的人在精神境界和技术层面还没有达到足够高的层次，那将是一场浩劫；反之，如果他们达到了，就可以移民其他星球。米歇，一切事情自有定数——现在，我来接着讲完姆大陆的故事。

"那时候，萨瓦纳萨位于一个广阔高原上，高原凌驾于海拔不超过三十米的平原之上。在这个高原的中心，人们建立了一个巨大的金字塔。堆砌金字塔的每块石头重量都超过五十吨，切割时采用一种'超声振动系统'，误差不超过五分之一毫米。切割工作在霍拉顿的采石场完成，这个地方位于现在的复活节岛，是整个大陆上能找到这种特殊石头的一个地方。在大陆西南边的诺托拉也有一个采石场。

"这些巨石通过反重力技术运输，这在当时是一种广为人知的技术（这些石头通过装载在离路面二十厘米高的运输平台上运输，路面铺建方式与堆砌金字塔的原理相同）。这样的道路遍布全国，像巨大的蜘蛛网一样在首都萨瓦纳萨铺开。

"巨石被运送到萨瓦纳萨，按照项目'总管'或'首席建筑师'的指示放到指定位置。建成后，金字塔高四百四十点零一米，四面一丝不差地对准罗盘的四个方向点。"

"这是用来建造国王的宫殿，或者陵寝吗？"我问这个问题的时候，每个人都露出了包容的微笑，就是听到我的问题时经常会出现的那种表情。

"跟那些一点儿关系都没有，米歇。这个金字塔的意义远比那些重要——它是一个工具。我承认这个工具非常大，但它终归是工具。埃及的胡夫金字塔也是个工具，只不过要小很多。"

"工具？麻烦你解释一下——我不明白。"我真的很难跟上涛的节奏，但我能感觉到有一个巨大的谜团即将在我面前揭开。就是这种谜团，在地球上激发了无数疑问，而且一直是许多文章和作品的主题。

"你已经意识到了，"涛接着说，"他们都是高度进化的人类。他们对宇宙法则理解深刻，并且将金字塔作为一种'捕获器'来捕获宇宙射线，宇宙的各种力和能量，还有地球能量。

"金字塔里面的房间根据精密的计划排布，作为国王和一些其他重要发起人的强大通信中心，使他们能够（通过心灵感应）①与宇宙中其他星球或其他世界沟通。地球上的人现在已经失去了这种与外星人通信的能力；但在那时，姆大陆的人可以通过自然手段或者运用宇宙力与地外人类保持联络，甚至还能探索平行宇宙。"

"金字塔仅用于这个目的？"

"不止如此。金字塔的另一个作用就是造雨。通过一些以银为主要成分的合金板，他们能够让云在几天内聚集在国家上空，在需要的时候降雨。

"于是，他们能够在整个大陆上营造天堂般的乐园。河流和泉水永不干涸，在无数的平原中缓缓穿行，这里基本上都是平地。

"果树上果实累累，橙子、柑橘和苹果压弯了枝干，纬度不同，果实也不同。一些在地球上早已消失的奇特水果，在当时丰收不断。有一种水果叫莱蔻提（Laikoti），能让大脑活动变得兴奋，吃了的人能解决超出自己能力范围的难题。虽然拥有这种特性的莱蔻提并不是一种真正的毒品，但也遭到了圣人的谴责，因此只被允许在国王的院子里种植。②

"江山易改，本性难移。虽然规定如此，还是有人在大陆四处秘密种植莱蔻提。种植这种水果的人一旦被抓就会受到严厉

---

① （通过心灵感应）为原文编辑经作者同意后添加。
② 在写这本书的时候，我发现禁食莱蔻提和《圣经》中亚当被禁食苹果有惊人的相似之处，都是与知识相关，我觉得这种相似点非常有趣。（作者评注）

惩罚，因为这是在公然违抗姆大陆国王的命令。在宗教和政府事务上，国王的命令要绝对服从，因为他是伟大神灵的代表。

"因此，国王不是膜拜的对象，他只是一个代表。

"这些人信仰的是塔若拉（Tharoa），就是至高无上的唯一的神，伟大神灵，万物的创造者，当然，他们也相信转世。

"米歇，我们现在要关注的是你的星球上很久以前发生的重大事件，这样你才能给你的同胞带去启示。所以我不会再详细描述姆大陆了，这是个地球上存在过的最有组织纪律的文明之一。不过你应该知道，五万年后，姆大陆的人口达到了八千万。

"他们定期出去探险，从各个方面探索和调查地球。他们在探险时使用的是飞船，跟你们说的'飞碟'类似。他们发现地球当时主要由黑种人、黄种人和白种人居住。其实，在巴卡拉替尼星人抵达地球后，姆大陆被人定居前的这段时间，这些白种人就小批量来到了地球，但他们一开始就缺乏技术知识，所以退化到了原始的状态。他们在你们所说的亚特兰蒂斯的大陆上定居，但由于物质和精神方面的双重原因，他们的文明彻底溃败。"

"你说的物质原因指什么？"

"自然灾害完全摧毁了他们的城镇，几乎毁灭了所有可以让他们发展技术的条件。

"我必须强调下面这一点：在他们踏上对地球的探索之旅之前，姆大陆的居民已经通过萨瓦纳萨金字塔进行了研究。研究后，他们决定派飞船将移民送到新几内亚和南亚地区定居，这两个地区都在姆大陆的西面。同时他们还在南美和中美建立了殖民地。

"最重要的是，他们建立的一个殖民地后来发展成了一个大城镇，就在你们考古学家说的梯阿库诺（Thiacuano)[①]的地方，距离提提卡卡湖不远。那时候还没有安第斯山脉，它是过一段时间才形成的，你很快就明白了。

"他们在梯阿库诺建立了一个巨大的海港。在那个年代，北美和南美都是平地，最后他们挖了一条运河，接通了一个内陆海和太平洋，那个内陆海就是在现在的巴西。内陆海还有一个分支流向大西洋，这样人们就可以跨越海洋，移民到亚特兰蒂斯大陆……"

"但你说他们有飞船——他们为什么不用呢？如果他们打通了运河，一定是想要用船了。"

"他们用飞船就像你们用飞机一样，米歇，但是如果负载很重，他们就要使用反重力设备，就像现在地球上用的重型车辆一样。

"所以就像我说的，他们定居在了亚特兰蒂斯大陆。当时，很多来自亚特兰蒂斯的白人都更喜欢移民到北欧地区，因为他们并不认可姆大陆的新政府和新宗教。这些白人离开时乘坐的是蒸汽和风能驱动的海上交通工具。在经历了一段你们称为'史前'的阶段后，白人发现了蒸汽动力。我还必须要解释一点，不列颠

---

① 也拼作"Tiahuanaco"。（编辑注）

当时不是岛，而是跟北欧连在一起，直布罗陀海峡当时也不存在，因为非洲和欧洲南部接壤。很多来自亚特兰蒂斯的白种人都移民到了北非，和那里的黑种人和黄种人混血的后代混居。人种杂交为北非创造了新的人种，这些人种经过数千年延续至今，就是你们知道的巴巴里人、图瓦雷克人等其他人种。

"那段时间我们经常造访地球。在认为时机恰当的时候，我们就公开拜访姆大陆国王，根据他的请求或者他给我们提供的信息，拜访新的殖民地。比如在印度，或者新几内亚，姆大陆的人有时在尝试同化当地现有文明的时候会遇到困难。我们会公开抵达那里，坐着飞船公然出现在他们面前，飞船跟带你来海奥华的那个很像，但形状不同。

"我们高大的体形，还有自内而外散发的美，意味着在这些人眼中我们是神一样的存在。他们是不太先进的人，有的甚至还是食人族。

"我们的任务关键在于，要让这些殖民者认为我们是善意的神，这样可以避免战争，因为他们的先进程度、信仰和宗教让他们对战争深恶痛绝。

"由于我们在那段期间频繁造访，地球上才有很多有关天上'巨人'和'火焰战车'的传说。

"我们和姆大陆的居民结下了深厚友谊，那时，我的星光体存在的身体跟现在我'穿'的这个身体很像。

"艺术家和雕刻家对我们爱戴有加。他们和姆大陆国王商量，在国王同意下，开始着手为我们留下不朽的形象。霍拉顿

（复活节岛）^①上巨大的雕像就是出自他们之手。以他们当时发达的文明，他们创造出的都是最顶尖的伟大艺术——大小和形状在你们看来堪称'别具一格'。

"我的雕像就是这么产生的。雕像竣工后，即将用巨大的飞行台运输，这些飞行台可以停经全国各地，但终点都是萨瓦纳萨。当时的项目总管打算把这些雕像立在国王的花园里，或者通往金字塔的路上。不幸的是，当我的雕像和其他几个雕像刚要启程的时候，一场大灾难爆发，姆大陆从此毁灭。

"但是，霍拉顿的一角却幸免于难。之所以说'一角'，是因为现在残留的采石场的遗迹还不及当时规模的十分之一。现在我雕像的所在地，就是当时没有被灾难吞噬的部分。

"这个以我为蓝本的雕像从此保存在了复活节岛上。当你告诉我，你梦到我是复活节岛上的一尊雕像时，我说我确实是，当时你觉得那只是个比喻，但你只对了一半。听我说，米歇，有些梦，尤其是你的梦，会受到拉蔻提那（lacotina）的影响。在地球上找不到和这个词等同的说法。我不是一定要你理解这个现象，而是要你知道，受到这种作用的影响，梦是真实的。"

这时，涛结束了她的讲解，又露出了熟悉的笑容，补充道："如果你不能一字不落地记住，放心，我会在适当的时候助你一臂之力。"

她说罢起身，我们也都跟着起来了。

---

① 霍拉顿（复活节岛）位于姆大陆东南角。（作者评注）

第八章 探索灵球的奥秘

我们跟着拉提欧努斯走进都扣的另一个区域，这里是休息区，可以让人充分放松，将所有外界声音拒之门外。拉涛利和两位"长者"跟我们在这里道别，现在只剩下我、拉提欧努斯、涛和毕阿斯特拉。

涛解释说，因为我的灵力还不够完善和强大，为了能够参与一个重要而且非常特殊的体验，我必须服下一种特制的灵药。接下来，我们要去"探索"地球的灵球，准确地说，是一万四千五百年前，也就是姆大陆消失时候的地球。

对于"灵球"，我是这么理解的：

每个星球，自从它诞生的一刻开始，周围就有一个灵球，或者说是个振动着的茧，这个茧以七倍光速旋转。它像个记事簿一样（其实就是）将星球上发生的每件事情完全吸收（和储存）①。在地球上，我们不能读取其中储存的内容——因为我们不知道如何"读取"。

---

① （并储存）为原文编辑与作者确认后添加。

我们都知道，美国政府雇用了许多研究人员和技术人员来开发"时光机"，不过至今还没有任何起色。据涛所说，这项任务的难点不在波长上，而在于实现与灵球相同的振动频率。人类作为宇宙不可分割的一部分，利用他的灵体并且如果得到正确的训练，是可以从灵球中找到他需要的知识的。当然，这需要大量的训练。"灵药可以带你进入灵球，米歇。"

我们四个人在一张特殊的床上用舒服的姿势坐下。涛、毕阿斯特拉和拉提欧努斯排列成三角形，我在这个三角形的中央。我接过一个高脚杯，喝下了里面的液体。

接着，毕阿斯特拉和涛将手指轻轻放在了我的手掌和太阳轮上，拉提欧努斯把食指放在了我的松果体上方。她们让我完全放松，无论发生什么，都不要害怕。我们将用星光体旅行，在她们的引导下，我非常安全。

这个场景永远铭刻在我的记忆里。涛一直对我这样轻声细语，时间越久，我就越来越放松。

但我必须承认，一开始我真是害怕极了。突然间，色谱上的所有颜色同时迸发，在空中飞舞闪耀，我虽然闭着眼睛，还是抵不住头晕目眩。我看到周围的三个人光芒四射，身子变得半透明。

下面的村庄慢慢模糊起来。

我有一种奇怪的感觉，有四根银线把我们和各自的身体拴在一起，我们的身体变成山一样的大小。

突然，一道刺眼到发白的金光穿过我的"视野"，过了一会儿，我就什么都看不到了，也没有了任何感觉。

一个球出现了，像太阳一样美丽耀眼，不过是银色的，它在空中以不可思议的速度向我们靠近。我们快速前行，应该说是我快速前行，因为当时我完全感觉不到那三位同伴的存在。穿过这片茫茫的银色之后，我发现只能看到周围有"雾"，别的什么都看不清。很难说是过了多久，雾一下子就消失了，眼前出现了一个长方形的房间，房间天花板偏低，有两个人正盘腿坐在颜色精美的垫子上。

房间的墙壁由精心雕琢的石块砌成，上面是当时文明的场景，还有一串串看上去透明的葡萄和我不认识的水果和动物——这些动物有的是人头兽身，还有一些是兽头人身。

接着我注意到，我和三个同伴组成了气团一样的"整体"，不过我们还是能分辨彼此。

"我们在萨瓦纳萨金字塔的主室。"拉提欧努斯说。太不可思议了——拉提欧努斯并没有张嘴，却在用法语跟我说话！我的脑海里马上亮出答案："这是真正的心灵感应，米歇。什么都不要问，一切自然会在你面前揭开，你必须知晓的，就必将知晓。"

（我的责任就是写这本书来报告我的经历，所以我必须尽可能解释清楚，以我当时那种星光体已经进入灵球的状态，说"所见""所闻""所感"都不恰当，用处不大，因为当时的感受是"自然而发"，与我们通常的体验方式完全不同——跟我们星光体旅行的体验也不同。）

（事情的发生和梦境很像，有时非常缓慢，有时又快到让人猝不及防。之后，每件事似乎又都显而易见，后来我了解到，这跟我当时所处的状态，还有我的导师们对我进行的密切监控有关。）

很快我看见房间的天花板上开了一个口，顺着开口望去，尽头有一颗星星。我发现，有两个人在和星星交换"可见"的想法。他们的松果体冒出缕缕银线，就像香烟散发的银色烟雾，穿过天花板上的开口，与那颗遥远的星星交织在一起。

这两个人一动不动，一片柔美的金色光芒在他们周身飘浮。还好有同伴们对我锲而不舍的教导，我知道这两个人不仅看不见我们，也不会被我们打扰，因为我们是另一个维度的观察者。于是我更加仔细地打量起他们来。

其中一个是位长者，花白的长发垂到肩膀以下。他脑后有一顶橘黄色织物做的无檐小圆帽，类似于拉比的帽子。

他穿着宽松的金黄色长袍，加上一对长长的袖子，整个身体都被覆盖住了。他这种坐姿把脚也挡上了，但我"知道"他是光着脚的。他两手相接，但只在指尖接触，我能清楚看到他手指周围有一小圈蓝色的闪光，可见他聚集的精神力量非同小可。

第二个人看上去和他年龄相仿，不过头发却油亮发黑。他和他的这位同伴穿着相同，但长袍是明亮的橙色。他们纹丝不动，好像停止呼吸一样安详。

"他们在和其他的世界交流，米歇。"我脑海中自动蹦出了解释。

突然，这个"场景"消失了，马上替换成另一个。一个金顶的宫殿映入眼帘，像东方的宝塔。矗立的塔，高大的宫门，还有敞开的巨大落地窗，正对着妙丽的花园和珐琅池塘。喷泉在池中绽放，在阳光的照射下从顶点抛出道道彩虹。巨大的花园中散布着树木，数百只鸟儿在林间翩翩飞舞，为这魔法仙境增添了一份生动。

穿着长袍的人成群结队在树下或池塘边散步，长袍的款式和颜色各不相同。有的人在林荫下的繁花丛中打坐冥想，这是专门的休闲和庇荫场所。整个画面中最抢眼的，还是在宫殿远方的建筑，一座大金字塔。

我"知道"那是我们刚刚离开的金字塔，眼前这个美轮美奂的建筑是位于姆大陆首都的萨瓦纳萨宫殿。

宫殿外面，是涛提到的延伸向四面八方的高原。有一条至少四十米宽的通道从花园中央一直通往高原，路面就像是一整块石板铺成的。道路两旁是巨大的遮阳树，中间夹杂着精美的大型雕像。有的雕像还戴着红色或者绿色的宽檐帽子。

我们沿着这条路慢慢滑行，周围的人有的骑马，有的骑着头像海豚的奇怪的四脚动物——这种动物我闻所未闻，它们的存在使我感到惊讶。

"这些是阿奇特帕兽（Akitepayos），米歇，它们已经灭绝很久了。"又有人给我解释了。

这种动物有大马那么大，尾巴是彩色的，有时会像扇子一样打开，跟孔雀开屏差不多。它的臀部比马要宽，体长与马类似，凸起的肩膀就像犀牛的甲，前腿比后腿长。除尾巴之外，全身都覆盖着灰色的长鬃毛。飞腾的时候，让我想起奔跑的骆驼。

我强烈感觉到我的同伴正在带我去别的地方。我很快就穿过了路上行走的人——非常快，但是我能"捕捉到"他们讲的话，还留意到了他们的语言特征。这种语言和谐悦耳，而且元音比辅音多。

我们立刻被切换到了另外一个场景，就像电影画面一样，一个镜头切掉，另一个跟着上演。一些机器，形状如同深受科幻小说家喜爱的"飞碟"，在高原边界的广阔空地上排开。人们有的登上"飞行器"，有的从上面下来，飞行器将他们带往一个巨大的楼里，应该就是航站楼了。

停机坪上的飞行器发出轰鸣声，"耳朵"完全可以忍受。我被告知，我们对这种声音的强度感知跟现场的人是一样的。

我忽然意识到，自己正在目睹一群高度发达的人类的日常生活，而这些人已经死了几千年了！我还记得我注意到，"脚"下的通道并不是一整块巨石，虽然看起来很像，但实际上是一块挨一块的大石板，因为切割十分精密，所以几乎看不到接缝。

我们在高原的尽头，将辽阔的城市、海港和远方海洋的景色一览无余。接着，我们又忽然间置身于宽阔的城市街道上，街道两边有大小和建筑设计风格各异的房子。大部分房子都有鲜花锦簇的阳台，有的时候能看到一种特别可爱的鸟。稍微低调一些的房子没有阳台，取而代之是精心布置的露台——同样是鲜花繁盛。这种心旷神怡的感觉，就像漫步在花园之中。

街上有的人在行走，有的在高于地面二十厘米飞行。飞行的人（站）在小（圆形）①飞行台上，飞的时候没有声响。飞行台应该是很受欢迎的出行方式。不过骑马的也大有人在。

在街道尽头，我们来到了一个大广场，我惊讶地发现，这里没有任何商店。不过，倒是有带篷子的集市，"摊位"上摆着各种货品，有的让人心中向往，有的让人垂涎欲滴。这里有鱼，我看到了金枪鱼、鲭鱼、鲣鱼和鳐鱼；还有各种肉类和种类惊人的蔬菜。最引人注目的是花，遍地都是。显然这些都是爱花之人，每个人不是把花戴在头上就是捧在手里。"买家"随意拿走想要的货品，没有用任何东西来交换——不用付钱，或者任何替代物。我带着好奇，把我们几个人都拉进了集市中央，从这些人的身体里穿过——那感觉也太有意思了。

我的问题只要一冒出来就会得到解答："他们不用货币，因为所有的东西都归集体共有。没人作假——集体生活和谐美满。随着时间的累积，他们学会了遵守完善的法律，这些经过仔细推敲的法律对他们非常适用。"

---

① 括号内容为原文编辑基于作者的解释做出的补充。

很多人的身高都在一米六到一米七之间，浅褐色皮肤，黑色的头发和眼睛，很像我们现在的波利尼西亚人。中间也有一些白人，白人的体形更高大，大约有两米高，金发碧眼。其中还有黑人，黑人的数目比白人多，跟白人一样也很高，好像分很多"种"，包括一种像塔米尔人的，还有一种特别像澳大利亚土著居民的。

我们走向海港，那里停泊着各式各样的船只。码头由巨石建成，他们又通过感应"告诉"我，巨石来自大陆西南角的诺托拉采石场。

整个港口都是人工精心打造的成果。我们能看到一些运转中的精密设备：造船设备、进行维修的装载设备……

正如我所说，港内的船只各式各样——从十八九世纪的帆船，到具有当代气息的游艇；从蒸汽船到超现代化的氢动力货船。停泊在海湾的大船就是他们告诉我的那种抗磁力和抗重力的交通工具。在不工作的时候，这些船就漂浮在水上；当装载了几千吨货物时，它们以每小时七十至九十海里的速度飞行在水面上——没有任何噪音。

他们解释说，港内的"古典"船只属于遥远大陆上的人——印度、日本和中国，姆大陆的人已经移民到了那些地方，但还不能使用先进技术。关于此事，拉提欧努斯也告诉我说，姆大陆的领导人们将很多科学知识视为机密，比如核能源、抗重力和超声波。这种政策保证了他们在地球上的优越性，也保障了他们的安全。

场景又切了，我们回到了机场，此刻是城市的夜景。街上被整齐排列的圆球形的大灯照亮，拉大道（The Path of Ra，通往萨瓦纳萨宫殿的那条路）上也是灯火通明。这些灯被精心雕琢的列柱托起，将整条路照得如同白昼。

他们跟我解释说，这些球形灯可以将核能转化为光，亮几千年都不会灭。我坦白说我不懂，但我确信这是真的。

又切了一个场景——这回是白天。宽阔的街道和宫殿的花园里挤满了盛装的人，金字塔的塔尖连着一个巨大的白球。很明显，我之前看到的在金字塔里冥想的国王，刚在众人聚集之前去世。

伴随着巨响，球爆炸了，众人不约而同地欢呼起来。这让我十分惊讶，因为我印象中的死亡总是伴随着哭泣，但我的同伴解释说：

"米歇，你忘了我们教过你的事。肉体的死亡会带来星光体的解放。这些人也知道这一点，所以才会庆祝。再过三天，国王的星光体将离开地球，回归伟大的神灵，国王在地球上的最后一世，承担了极其艰巨的责任和使命，为众人做出了表率。"

我无言以对。自己的健忘被涛逮个正着，让我不禁羞愧。

突然，场景又变了。我们来到了宫殿前的台阶上。一大群人在面前排开，我们能"见"之处，还有我们身边，都聚集着重要人士，中间有一个人穿着能想象到的最精美的盛装。他将成为姆大陆的新国王。

他身上似乎有什么东西吸引了我的注意。一种似曾相识的感觉——好像我认识他，却认不出他是谁。拉提欧努斯瞬间给了我答案："是我，米歇，这是我的一个前世。你认不出来我，但你能感受到我的星光体在那具身体中的振动。"

也就是说，拉提欧努斯在体验着不寻常之中的不寻常！仍存在于今生的他，正在看着自己的前世！

新国王从一个要员手中接过了一个华丽的头冠①，戴在了自己头上。

人群发出欢呼。姆大陆——这个星球上最发达的国家，占领大半个星球的国家，从此有了新的国王。

民众们欣喜若狂。几千个石榴红和亮橙色的小气球飞上天空，交响乐队开始奏乐。"交响乐队"的音乐家至少有两百人，分布在花园、宫殿和金字塔上空各处静止的飞行台上。每个飞行台上都有一支乐队，他们演奏的乐器非常奇怪，难以描述，音乐就好像从大立体音响中发出来的，传到各个角落。

他们的"音乐"跟我们熟悉的音乐完全不同。除了一个发出特殊频率音符的长笛之外，剩下的乐器发出的都是自然界的声音：比如呼啸的风声，蜜蜂在花丛中的低吟，鸟儿的鸣叫，落到湖面的雨声，还有拍击在海滩上的波浪。这些都是精心编排的——波浪的声音可能从花园里朝你滚滚而来，越过你头顶，最后打在大金字塔的台阶上。

我从未想象过，人类居然可以先进到这种地步，演奏出像

---

① 头冠：头部装饰，有点像王冠，又有点像教皇的皇冠。（编辑根据作者解释评注）

这支管弦乐队正在演奏的曲子。

民众、贵族和国王似乎都在从他们的灵魂中"体验"这种音乐，如痴如醉。我也很想留下来再多听一会儿，让自己迷失在大自然的歌声中。即便是处于星光体在灵球出游的状态，这种音乐也能"穿透"人心，就像中了魔咒一样。有人"提醒"说我们不是来这里寻乐的……这个场景也消失了。

紧接着，我就来到了一个重要会议的现场，国王亲自主持会议，参会的只有他的六名顾问。我得知，当会议只有国王与六名顾问参加时，说明有大事发生。

由于我们一下子跨越了二十年的时间，所以国王已经年老了许多。他们在讨论地震仪的技术价值，每个人都神色凝重。我在百分之一秒内就掌握了情况：我能跟上他们讨论的节奏，好像我也是参会者一样！

一名顾问说，这个设备有时候并不可靠，不必太过担忧。另一个说，地震仪精确无比，因为它准确提示了第一次灾难，就是发生在大陆西部的那次……

他们正说着，宫殿突然开始颤抖，就像风中的树叶。国王站起身，瞪大眼睛，充满讶异和恐惧：两名顾问从座位上跌落下来。外面一声巨响，好像是从城中传来的。

场景变换，我们忽然来到了外面。一轮满月当空，照亮了宫殿的花园。一切又归于平静——过于平静。唯一能听到的，就是从城边传来的轰隆隆的闷响……

突然，用人都从宫殿跑向外面，四处逃命。那些照亮整条大街的球形灯的灯柱倒在地上——支离破碎。国王和他的"随从"迅速离开宫殿，爬上了一个飞行台，直奔机场。我们跟在他们后面。到了机场，能看到飞行器周围，还有航站楼里到处一片混乱。一些人拼命奔向飞船，大呼小叫，前推后攘。国王的飞行台很快朝一架飞船驶去，这架飞船跟其他的是分开的；他和随从们登上了飞船。别的飞船已经起飞，这时突然从地心发出震耳欲聋的声音——怪响如雷声滚滚而来，持续不断。

突然，机场像纸一样被撕裂，一个巨大的火柱将我们包围。刚起飞的飞船被火焰吞噬，接着爆炸。在机场上奔跑的人在地裂中消失得无影无踪。国王的飞船还没起飞就在地上着了火，也没能逃脱爆炸的命运。

此时，就像接收到了国王去世的信号一般，大金字塔整体向裂缝倾斜，裂缝在高原上蔓延，每秒钟都变得越来越宽。金字塔在裂缝边缘稳了稳，接着，在下一次剧烈的颤抖中被火焰吞没。

场景再一次切换。我们看见了海港和城镇，好像大海中的波浪一样摇摆。在一片惊声尖叫中，楼厦倾塌，触目惊心的景象在火光中时隐时现。

爆炸声震耳欲聋，我得知声音是从地表以下传来的。整个"郊区"都扎进了地里；一片片大陆也跟着沦陷。海水奔涌而入，填满了这些突然出现的巨大深渊。整个萨瓦纳萨高原霎时间坠入水中，像一艘巨轮在海里沉没，但速度更快。海水形成强大的漩涡，漩涡中的人绝望地抓住残骸，但无论怎么挣扎都是白费力气。

即便我知道这已经是一万四千五百年前的事，但亲眼见证这场灾难还是让我惊骇不已。

我们开始快速"视察"大陆，发现灾难无处不在。海水携巨浪扫过残存的平原，将它们一并吞没。我们到达一个刚爆发的火山，看到附近的岩石开始有规律地移动，就像有一只巨大的手在将它们举过翻滚的熔岩，在我们眼前堆成一座山。萨瓦纳萨高原消失的时间里，山就搭好了，这些都发生在顷刻之间。

画面又消失了，眼前出现了另一幅景象。

"我们快到南美洲了，米歇，灾难还没波及这里。我们会看到这里的海岸和梯阿库阿奴港。在时间上，我们回到了第一次地震之前，就是姆大陆国王和顾问开会的时候。"

我们来到了梯阿库阿奴巨大海港的码头上。现在是夜晚时分，照亮大地的满月眼看就要落下。东方的天边有一丝微弱的亮光，为即将到来的拂晓拉开了序幕。万籁俱寂。值守的人在码头上巡逻，无数的船只在这里停靠。

几个喧哗作乐的人正借着一个发光的小夜灯朝一栋大楼走去。我们在这里也能看到一些姆大陆的球形灯，但数量不多。

我们飞过运河，看到几条船朝着内陆海（现在的巴西）方向驶去。

我们一行人在一艘漂亮的帆船的驾驶台上"歇个脚"。西面传来轻柔的微风，从后面推着船前行。为了通过一个挤满船只的区域，船扬起了一点帆。甲板上有三个桅杆，样式现代，长约七十米。从船体大小来看，这艘船应该能在开阔的水域高速行驶。

过了一会儿，我们就来到了一个大房间，这里是船员休息室，摆满了十多张床铺，每张床都住了人。

每个人都在酣睡，只有两个三十岁左右的人是醒着的。从他们的外形判断，可能是来自姆大陆。他们坐在桌旁兴致勃勃地在玩什么，很可能是在打麻将。其中一个人吸引了我的注意——可能是年龄稍大的那个——他的黑色长发用红色头巾系在脑后。我被他吸住了，就像铁块碰到磁铁一样，一下子就附到了他的身上，把我的同伴也带了过来。

在我穿过他的时候，我几乎感受到了一股电流——一种我从未体会过的爱的感受冲破了身体的防线。我跟他好像有一种难以描述的统一感，于是从他身上一次又一次地穿过。

"这很容易解释，米歇。你和你的星光体在这个人体内重聚了。这个也是你，你的一个前世。但是你此刻的身份是观察者，试图重新活在这个时代毫无意义。不要让自己陷进去。"

我依依不舍地"跟着"同伴们回到了船桥上。

突然，从西边的远处传来巨大的爆炸声，然后更近的地方又一声。西方的天空开始发光。再近些，在更多尖锐的爆炸声中，我们看到了一座火山爆发，映红了西边的天空，辐射范围约三十公里。

我能感受到在运河上和海港中的人们十分躁动不安，到处都是止不住的呼喊和鸣笛。

我们听到奔跑的脚步声，下面的船员都挤到了桥上，带着我"星光体"的那名船员也在其中，跟同伴们一样充满恐惧。此时，我心中对那个惊恐的"自己"也产生了极大的同情。

城边，在火山的光亮中，我看到一个发光的小球快速向空中飞去，最后消失在视线里。

"是的，那是我们的飞船，"涛解释道，"飞船将在空中非常高的地方观察这场灾难。飞船上有十七个人，他们会尽其所能帮助幸存者，但是这些帮助微不足道。看看你就知道了。"

地面开始晃动，发出轰隆隆的声响。海岸附近又有三个火山从海底冒出来，但刚一露头就被海水卷得无影无踪。火山被卷走时带来了约四十米高的巨浪，带着恐怖的怒吼，扑向海岸。在巨浪抵达城镇之前，我们脚下的地面开始上升。港口、城镇，还有远方的乡村——整块大陆都迅速崛起，挡住了波浪的侵袭。为了看得更清楚，我们升到了更高的地方。眼前这种景象，让我想起巨兽从洞穴里脱身之后，弓着背舒展身体的样子。

民众发出的呼喊在我们听来充满如但丁式的悲怆。他们惊惶失色，和城镇一起上升，就像坐电梯一样，而且这种上升似乎没有止境。

巨浪卷起的岩石将船拍得七零八碎。刚才看到的那位船员全被碾成了粉末。就在刚刚，我的一个"自己"回到了本源。

地球好像组装成新的形状。厚厚的黑色云团从西方滚滚来袭，将火山迸发出的熔岩和烟灰倾泻在地，城市就此消失。当时我只想到用两个词来描述这场面："翻天覆地"和"末日将至"。

一切都变得模糊，我感觉同伴们就在我身边。我留意到，有一朵银灰色的云彩以令人眩晕的速度离我们远去，然后海奥华出现了。印象中我们在拉银色的线，好快点回到自己的身体里。我们的身体正在等着我们，本来高大如山，但随着我们靠近变得越来越小。

在经历过脑后的那些梦魇之后，我的星光体眼睛尽情享受着这"金色"星球上的美好色彩。

我感觉触碰我身体的手移开了。我睁开眼睛，环视四周。同伴们都站了起来，面带微笑，涛问我是不是一切都好。

"我很好，谢谢，真没想到，外面还亮着天。"

"当然亮着，米歇。你以为我们离开了多久？"

"我真的不知道。五六个小时？"

"不，"说着，她笑了，"不到十五劳斯——大约十五分钟。"

接着，涛和毕阿斯特拉一人搭着我的一边肩膀，带我走出了"休息室"，看我瞠目结舌的样子大笑不已。拉提欧努斯跟在后面，也被逗笑了，但笑得没那么开怀。

第九章　我们所谓的文明

　　我向拉提欧努斯和他的同伴们致敬道别，然后跟着涛她们离开了村庄，又登上了飞行台，飞回我的都扣。这次跟来时路线不同，我们飞过了大片的庄稼田，在这里停留了不短的时间，我也有机会仔细端详这里长着特大穗子的小麦。我们还途经了一个看上去很有意思的城市——不仅所有的建筑都是都扣，大大小小的都有，而且建筑之间完全看不见什么连通的街道。我明白这其中的缘由：这里的人能够借助或者不借助拉提沃克，从一个地方"飞"到另一个地方，所以不需要通常的街道。我们在大都扣进进出出的人身边经过，这些都扣大小跟那些在太空港的差不多。

　　"这些是我们的食物'加工厂'，"涛解释说，"你昨天在都扣里吃的吗哪和蔬菜就是在这里加工的。"

　　我们没有停下，而是接着飞过了城市和海洋的上空。没多久，我们就到达了我的都扣所在的那个岛。我们把飞行台停在了老地方，进了都扣。

　　"你有没有发现，"涛说，"自从昨日清晨起，你就没吃过东西？这样下去，你的体重可是会变轻的。你不感觉饿吗？"

"真奇怪，我居然不怎么饿。在地球上，我可是一日四餐呢！"

"其实并没有什么可奇怪的，我的朋友。这里的食物在加工的时候，特地让其中的卡路里能在两天的时间内每隔一段时间就释放一次。这样，我们既能持续吸收营养，又不会给胃增加负担，还能让我们的头脑保持清醒和警觉，毕竟，我们应该把精神放在首位，你说对吗？"我点头赞同。

我们各自享用了色彩丰富的菜肴和一点儿吗哪，我正美滋滋地喝蜂蜜水的时候，涛问："你觉得在海奥华的这段时间怎么样，米歇？"

"在海奥华怎么样？经历过今天早上，也许你更应该问，我对地球有什么看法！在这……十五分钟里，我感觉像是过了几年。当然有些悲惨的场面，但其他的真是让人惊叹。我想请问，你为什么带我去经历那场时间之旅？"

"问得好，米歇。你能这么问我很高兴。我们想给你呈现，在你们当今所谓的文明以前，地球上曾经存在过'真正'的文明。我们不远万里地'绑架'你过来，并非只为了向你展示我们星球的美丽之处。

"我们带你来这儿，是因为你所属的文明现在正朝错误的方向发展。地球上大多数国家都认为自己高度发达，但事实并非如此。相反，他们的文明是腐朽的，从领袖到所谓的'精英'阶级都是。整个体系是畸形的。

"我们之所以会知道这些，是因为我们一直在密切观察地球，尤其在最近这些年。圣贤涛拉也已经向你解释了这一点。我们能够通过各种各样的方式研究地球上正在发生的事情。我们能够以肉体或星光体的形式生活在你们中间。我们不单单是出现在你们的星球，还能影响一些领导人的行为，这对你们来说是好事。比如，由于我们的干预，德国才没有成为第一个使用原子弹的国家，因为如果纳粹在第二次世界大战中最终取得胜利，地球上其他人等都将遭受一场巨大的灾难。任何极权主义政权都意味着文明的严重倒退，这点我想你能够领会。

"当成百上千万人只因犹太人身份被送入毒气室，这些杀戮者不能反以文明人自居。

"更不用说，德国人竟然认为自己是上帝的选民。就凭他们的所作所为，他们连食人族部落都不如。

"地球亟须纪律，但'纪律'并不意味着专政。伟大神灵，也就是造物者本身，不强迫任何生物、人类或其他存在形式做任何违背他们意愿的事①。应该由我们自己决定是否通过自律来获得精神上的提升。

---

① "他们意愿"原文为"它的意愿"。那样的话，句子就有了两重意思。到底是谁的意愿？造物者还是人类？当然是人类。像这样的句子在宗教文本中经常被误译，好让人们服从"上帝的旨意"，这些旨意当然是教会制定的，是用来控制群众的。自由意志是任何精神进化中最必不可少的。我们使用复数（生物、人）来明确句意。（原文编辑基于作者的澄清加以评注）

"把一个人的意志强加给他人，从某种程度上剥夺了他人行使自由意志的特权，是人类所能犯下的最大罪行之一。"

"现在南非发生的事情就是反全人类的罪行。种族歧视本身就是犯罪……"

"涛，"我打断了她的话，"有些事情我不明白。你说你们阻止德国人成为第一个拥有原子弹的国家，但是你们为什么不阻止所有国家拥有原子弹？你必须承认，有了原子武器之后，我们就像坐在火山上一样整天提心吊胆。对于广岛和长崎你又怎么讲——你不觉得在某种意义上你们也有责任吗？"

"米歇，你自然是在以一种非常简单的方式看待这类问题。一切对你来说非黑即白，但很多事情处在灰色地带。如果'二战'没像当初那样以这两座城市的炸毁结束，死的人就会更多——会是原子弹爆炸受害者的三倍。用你们的话说，我们是在两害之中择其轻者。

"就像我之前跟你说的，我们可以'插手'，但我们不会顾虑细枝末节。我们需要遵守严格的规定。原子弹的存在无法避免——在所有星球上，最终都会发现原子弹。一旦存在，我们可以作为旁观者观察后果，也可以干预。我们如果选择干预，会给最真诚和最尊重个体自由的'一方'一些优势。

"如果一些读到你的书的领导人不相信你，或者怀疑你写的内容，去挑战他们，让他们解释一下，多年以前放到地球周围轨道上的几亿根'针'[1]的消失是怎么回事。再让他们解释一下，后来再一次放到轨道上的数目更多的'针'又是怎么消失的。千万别害怕，他们会明白你在说什么。是我们让这些'针'消失的，因为我们判断这些'针'可能会给你们的星球带来巨大隐患。

"确实，我们有的时候会阻止你们的专家'玩火'，但重要的是，你们犯了错误的时候不能全仰仗我们的协助。如果我们判断适合'插手'，我们自然会插手，但是我们不能，也不希望每次都不假思考地直接救你们于水火之中——这样就违背了宇宙法则。

"米歇，你知道，核武器似乎在地球人民的心中种下了恐惧的阴影，我承认，这是悬挂在你们头上的达摩克利斯之剑，但真正的危险还不在这里。

"地球上真正的危险，按'重要性'排列，金钱第一，政客第二，记者和毒品第三，宗教第四。跟它们相比，核武器的危险根本不值得一提。

"如果地球上的人在核灾难中灭绝，他们死后，星光体会去到它们应去的地方，遵循死亡和转世的自然规律。无数人将肉体的死亡视为危险，其实不然；真正危险的，是人的生活方式。

"在你的星球上，金钱是万恶之首。试想一下，没有金钱

---

[1] "针"：米歇外星历险11年后，《科学美国人》1998年8月刊发解释道："美国国防部为了进行通信实验，于1963年5月释放了80篓针。太阳光的射线压力可能会将这些细小的针——总共4亿根——推离轨道……"有没有人听说过宇宙中有什么东西还能被"太阳光射线"推离轨道的？我们为什么要用火箭？想要理解我说的情况，请你计算一下4亿根针的重量。（原文编辑评注）

的生活会是什么样子……

"看吧，"涛已经"读到"了我想象时的吃力，"你根本无法想象这种生活，因为你已经被这种体系束缚了。

"但是，就在两个小时前，你也看到了，姆大陆的人不用花钱就能满足生活的需要。我也知道，你注意到了，那里的人非常幸福，而且高度发达。

"姆大陆的文明在精神和物质上都以集体为中心，而且发展繁荣……

"不幸的是，在金钱方面，我们在地球上很难找到有效的办法，因为你们整个系统都是建立在金钱的基础上。如果德国需要五千吨澳大利亚羊毛，它不能拿三百辆奔驰和五十辆拖拉机来换。你们的经济体系不是这样运转的，因此很难改善。

"另一方面，在政客和政党的层面上，能改善的有很多。你们都在一条船上……一个国家或者星球，可以模拟为一条船。每条船都有船长，但要想开好船，需要的是技术，还有船员间的合作精神，以及船员对船长的敬重。

"如果船长不仅学识渊博，经验丰富，思维敏捷，同时又公平诚实，那么他的船员很有可能也会因为他而全力以赴。归根结底，决定船长对船只操控效果的是他的内在价值，而不是政治或宗教立场。

"想象一下，比如船长必须通过船员选举产生，选举时考虑的更多是政治因素，而不是驾驶技术和危机时的头脑冷静程度。为了更好把你带入情境，假设我们在观看一场实际的选举。我们站在主甲板上，一百五十名船员聚在一起，有三名船长候选人。第一个人是民主党，第二个人是共产党，第三个人是保守党。船员中有六十人是共产党，五十人是民主党，四十人是保守党。现在我来告诉你为什么这件事不能正确进行。

"共产党的候选人如果想赢，就不得不对民主党和保守党做出一些承诺；因为他只能'保证'六十张选票。他必须确保其他党派中有十六人能为了自身利益投他一票。不过，他能兑现承诺吗？当然，上述情况也适用于其他两名候选人。

"不管是谁当选船长，航海途中，船长总会发现，有相当一部分船员从根本上反对他的指挥，叛乱的风险非常高。

"当然，幸好这不是船长获得指挥权的方式。我只想向你说明，这种选举领袖的方法本身就有风险，它基于政治偏见，而不是领导人发自真心引领人民走上正确方向的能力。

"既然说到了这里，我必须强调另外一点。出海时，我们的'当选船长'是船上独一无二的领导人，但是，当某个政党的领导人当选为国家首脑，马上就会受到'反对党领袖'的挑战。从领袖生涯一开始，无论他的决策好坏，反对党都会为了扳倒他而发起全面抨击。米歇，在这种政治体系下，国家怎么能得到有效的治理呢？"

"你有解决办法吗？"

"当然，我已经给你描述过了。唯一的解决办法就是效仿姆大陆的政府。

"也就是说，要任命一个把人民幸福当作唯一目标的国家首脑，一个不被虚荣或者政党和个人的金钱欲望驱使的领袖；取消政党——不满、积怨、仇恨也会随之而去；向身边的人敞开怀抱——不计较你们之间的差异，去接纳他，与他合作。不管怎么说，你和他都在同一条船上，米歇。你和他都是同一个村庄，同一个城镇，同一个国家，同一个星球上的一部分。

"为你遮风挡雨的房子是什么做的，米歇？"

"砖头……木头、瓷砖、石膏、钉子……"

"那么，这些材料究竟是由什么组成的？"

"当然是原子。"

"说得好。现在，这些原子为了组成一块砖或者任何其他的建筑材料，必须紧密结合在一起。如果这些原子拒绝结合，互相排斥，会发生什么呢？"

"分裂。"

"就是这样。当你推开身边的人，或者子女的时候，如果你总是不愿意去帮助那些你不喜欢的人，你就在促进你们文明的分裂。这种事在地球上越来越多，通过仇恨和暴力不断爆发。

"想想你们星球上广为人知的两个例子，都说明了暴力不能解决问题。

"第一个例子就是拿破仑·波拿巴：他用武力征服了全欧洲，为了消除叛变的风险，任命自己的兄弟为国家领导人。众所周知，拿破仑乃是一位天才，确实，他是一位卓越的组织者和立法者，即便过了两百年，他的许多法律也在法国存续。但他的帝国又如何了呢，米歇？因为这是他动用武力建立的，所以很快分崩离析。

"类似的还有希特勒，他企图用武力征服欧洲，你也知道都发生了什么。

"暴力不能解决问题，永远都不能。真正能解决问题的是爱和心灵的修炼。你有没有注意到，在全世界范围内，尤其是在欧洲，十九世纪和二十世纪初涌现了大量伟大的作家、音乐家和哲学家？"

"是的，我想是这样的。"

"你知道为什么吗？"

"不知道。"

"这是因为，随着电力、内燃机、汽车、飞机等新技术的出现，地球上的人忽略了对灵性的培养，只关心物质世界。

"现在，就像圣贤涛拉解释的那样，物质主义是你们今生和来世的最大威胁之一。

"排在政客后面的是记者。有些记者能够发自内心地散播真实信息，忠于信息来源，尽职尽责，但不幸的是这样的记者寥寥无几；令我们非常担忧的是，很多记者现在只追求轰动效应。

"你们的电视台将越来越多的暴力场景搬上荧幕，如果能要求相关人员在承担如此重大的责任之前仔细研究一下心理学，你们就离正确的方向更近一步了。你们的记者似乎在追求，甚至靠报道那些暴力、谋杀、悲剧和灾难的场面维持生计；他们的行为令人作呕。

"国家领导人，记者，事实上任何人都会通过他们的本职工作对民众产生影响，他们对成千上万个同类负有重大责任。但这些人，即便是民众推选承担职位的人，经常也会忘记他们在这方面的义务——他们总是在新的选举到来前的几个月才意识到人们的不满，发现自己有可能连任落选。

"虽说记者倒是没有必要通过赢得民众的信心来获得职位，但他们的影响力是一样的，好有好的影响，坏也有坏的影响。

"其实，他们可以吸引民众注意危险和不公的事件，这样也能发挥积极的作用——这才应该是他们的主要职责。

"刚才说到，这些关键人物有必要理解和应用心理学，我来给你举个恰当的例子说明我的意思。我们会在电视上看到这样的报道：一名青年刚刚持来复枪杀死七人，其中包括两名女性和两个儿童。记者呈现了血迹和尸体，还说杀人者是在模仿一名演员的手法，这名演员以电影中的暴力角色知名。结果呢？谋杀犯反而沾沾自喜——他不仅成了'国民恶人'，还能和最受欢迎的当代暴力电影的主角相提并论。但是，除了这个人之外，电视机前还有一个狂徒看到了报道，听到记者对邪恶犯罪的那段无端关注，他也受到启发，想要实现自己举国'荣光'的时刻。

"这样的人通常是人生输家——他们压抑、沮丧、胆怯；他们被忽视，渴望被认同。通过刚才的报道，他知道所有的暴力事件都会被报道，有时还能被电视记者和新闻工作者夸大。说不定他的照片还会出现在所有报纸的头版——那有什么理由不去做呢？然后他会出现在法庭上，可能还会被冠以'开膛手杰克'或者'天鹅绒手套杀人狂'的美名。他从此脱离了普通人的行列。这种不负责任的报道产生的伤害是无法想象的。思虑不周，不负责任，这些绝不是文明国度的特征。这就是为什么我说，在地球上，你们连文明的边儿都没摸到。"

"那么，怎么解决呢？"

"你为什么问这个问题呢，米歇？我们选择了你，是因为我们了解你的思考方式，也知道你了解这个问题的答案。但是，如果你坚持，我可以从我口中说出答案。新闻工作者、记者和任何负责传播信息的其他人在报道这样的谋杀案时都不应该超过两三句。他们可以一笔带过，'我们刚刚获悉，有七人被一名不负责任的疯子谋杀。谋杀发生在某地，在这样一个自诩文明的国度真是一件憾事'。到此为止。

"那些想要在一天或几星期里出出风头的人，如果知道谋杀换来的公众效果如此轻微，自然会放弃谋杀这种手段。你不这么认为吗？"

"那么，他们都应该报道些什么呢？"

"值得报道的事情有很多。他们大可以去报道那些提升地球人心智的事件，而不是用负面新闻给民众洗脑。比如冒着生命危险解救溺水儿童，或者是帮助贫困人口改善生活的报道。"

"当然，我完全认同。但我敢肯定，报纸的发行量取决于里面的爆炸新闻。"

"看，我们又回到了我之前提到的万恶之源——金钱。金钱是破坏你们整个文明的祸端；不过，在这种特定情况下，如果那些负有责任的人有动力做出改变，形势仍然可以扭转。无论在任何一个星球，人类面临的最大威胁，最终都不是物质上的，而是精神上的。

"类似的还有毒品，毒品也会影响人的灵性——它们不仅会破坏身体健康，还会让宇宙进化的个人进程倒退。同时，毒品通过营造快感或者虚幻天堂，会对星光体造成直接攻击。这一点十分重要，我会详细说明。

"只有两种东西会伤害到星光体：毒品和某些噪音引起的振动。单想想毒品，你应该理解，它们造成的影响是完全违反自然的。它们将星光体'移到'不该去的地方。星光体只该属于身体，或者和高我在一起，因为它是高我的一部分。一个人使用毒品后，星光体就好像'睡着'了，会经历虚幻的感受，彻底扭曲他的判断。这和身体在经历一场重大的外科手术时的情况相同。打个比方，就像一个工具，如果我们使用不当或者把它用错了地方，它就会变形或折断。

"根据人受毒品影响的时间长短，星光体会出现不同程度的衰弱，或者，更准确地说，将装满虚假的数据。星光体的'恢复'可能需要好几世的时间，因此，米歇，在任何情况下都要远离毒品。"

"那么，有件事我就不明白了，"我打断道，"到现在为止，你已经给我吃了两次药，把我的星光体从身体中释放出来，你这不是害了我吗？"

"不会，绝对没有。我们给你用的药并不是一种致幻剂，而是为了促进在适当训练下完全可以自然发生的过程。这种药没有'迷惑'作用，所以不会伤害你的星光体，并且它的作用时间也非常短。

"回到你的星球上存在的问题，米歇。解决方案在于爱，而不是钱。人们需要放下仇恨、不满、妒忌和羡慕，而且每个人，无论是打扫街道的清洁工还是社区的领导者，都应该先人后己，向需要帮助的人伸出援手。

"每个人在身体上和精神上都需要身边的人的友爱——不光是在你的星球，所有星球都是。我们两千年前派耶稣前往地球，正如他所说：'彼此相爱'——不过，当然了……"

"涛！"我又打断了她，这次几乎有点粗鲁，"你刚刚说耶稣什么？"

"米歇，耶稣是我们大约在两千年前从海奥华派去地球的——就像拉提欧努斯一样，去了地球，然后又回来了。"

在涛给我讲过的事情当中，这是最让我震惊的，也是最令人意外的启示。这时，涛的气场颜色开始迅速改变，她头上盘旋的淡金色"雾气"几乎成了黄色，柔和的色彩从她头顶缓缓倾泻，迸射出新的能量。

"一名圣贤涛拉在召唤我们，米歇，我们必须立刻动身。"涛站起来。

我调整了一下面罩，跟着她往外走。这种突然的中断和少见的匆忙让我一肚子的好奇。我们登上了飞行台垂直起飞，升到树冠上面。很快我们就飞过了海滩，然后是海洋，速度比以往任何时候都要快得多。太阳在天空低悬，我们掠过一片翡翠绿或者说是湛蓝的海水——我真想不到能用什么地球语言来描述这些颜色了。

巨大的鸟，翼展将近四米，在我们面前穿梭。在阳光下，它们翅膀上的亮粉色羽毛和鲜绿色的尾羽都在熠熠发光。

不一会儿，我们就到了岛上，涛又把飞行台停在公园里，好像跟之前的位置一丝不差。她示意我跟着她，然后我们就出发了——她在前面走，我在后面跑。

这次我们没有去中央的都扣，而是换了条路，最后来到另一个都扣，大小跟中央都扣相同。

有两个比涛高的人正在进门灯下等着我们。涛低声和他们说话；然后走近他们身旁，简单讨论了几句，没有让我听。他们在原地站着不动，向我这边投来好奇的目光，脸上不带任何笑容。我看到了他们的气场，颜色不如涛的亮——看来他们在精神上的进化水平肯定不如涛。

很长的时间里，我们都在一动不动地等。公园里的鸟儿飞来了，在旁边看着我们。除了我之外，没人注意这些；显然，他们都陷入了深思。我清楚地记得，有一只很像天堂鸟的鸟，飞过来之后就停在我和涛中间，那种神气的姿势就好像渴望得到赞美似的。

日暮将近，我印象中看到林间夕阳的余晖高照，在枝叶中擦出紫色和金色的火花。群鸟在树冠中一起拍打翅膀，打破了原有的平静。这好像是个什么信号，接着涛就告诉我摘下面罩，闭上眼睛，拉着她的手。她可能是要牵着我走。我全部照做，心里越发感到好奇。

往前走的时候我又感觉到了轻微的阻力，现在我已经适应了，这是进了都扣。涛用心灵感应告诉我双眼半闭向下看，跟着她走。大概走了三十步的时候，涛停住了，让我站到她旁边。她又用心灵感应告诉我，现在可以睁开眼睛四处看看了；我于是慢慢睁开了双眼。面前站着三个人，跟我之前见到的那些十分相像。他们也是盘腿坐在带垫子的直靠背座椅上，座位的颜色跟每个人正好相称。

我和涛站在两个类似的座位旁边，没有任何手势，我们就通过心灵感应被邀请坐下。我小心翼翼地环顾四周，并没有看到门口那两个人的影踪：可能他们在我身后什么地方？

就像之前一样，涛拉们的眼睛给我一种自内向外照亮的感觉，但与之前不同的是，这次我直接就能看到他们的气场，流光溢彩，视觉上十分享受。

中间的人悬浮起身，坐姿不变，慢慢朝我飘过来。他在我面前稍高的地方停下，一只手放在我小脑底部，另一只手放在我头骨左侧。我又一次感觉到流体一样的幸福感向全身袭来，但这次使我差点儿晕了过去。

他拿开双手，回到了座位。也许我应该解释一下，他手放在我头上的位置都是涛后来告诉我的，原因还是和之前一样，我当时真的顾不上这些细节。但是我记得脑海中冒出一个念头——挺不合时宜的念头——就在他回到座位的时候，我想："我可能永远都看不到这些人像其他人一样用两条腿走路了。"

第十章　另类外星人和我的前世

　　过了有一段时间，也不知道多久，我下意识地把头转向了左侧。我敢说，当时我一定又是嘴巴大张，而且一直没合上。我之前见到的两个人中的一个从左侧朝我们走来，他的手搭在一个人的肩膀上，这个人样貌非常怪异。当时，这个人给我的感觉就像是电影里的红种印第安人酋长，我会努力描述一下他的样子。

　　他身材矮小，也就一米五，但是最让人惊奇的是，他的身子宽度和高度一样——就像个正方形。他脑袋溜圆，直接坐在肩膀上。最先让我联想到印第安酋长的是他的头发，那不是正常的头发，更像是红、黄、蓝三种颜色的羽毛插在一起。他的眼睛红通通的，脸很平，跟蒙古人很像。他没有眉毛，但是睫毛却有我的四倍长。他也穿了件跟我一样的长袍，不过颜色非常不同。他从长袍中伸出的四肢是浅蓝色，脸也一样。他的气场有些地方闪着耀眼的银色；脑袋周围是一圈强烈的金色光环。

　　他头顶上的彩色光束比涛的小，只射到空中几厘米。他也通过心灵感应被邀请坐下，就在我们左边大概十步远的地方。

中间的人像刚才一样，朝这个新来的人飘过去，把手放在他头上，重复了一遍我刚经历的动作。

我们都坐下的时候，这位圣贤开始对我们讲话。他说的是海奥华语，不过令人吃惊的是，我竟然全能听懂，就好像他在说我的母语一样！

涛见我如此惊讶，用心灵感应告诉我："是的，米歇，你拥有了一个新的天赋。稍后会跟你解释。"

"阿尔奇，"涛拉说道，"这是米歇，他来自地球。欢迎你来海奥华，阿尔奇，愿神灵开化你。"

他接着对我说："阿尔奇是来自 X 星球的访客。"（我不能透露这个星球的名字，至于为什么不能，我也不能说）"我们代表神灵和全宇宙感谢他，就像我们感谢你那样，米歇，感谢你们愿意帮助我们完成任务。

"阿尔奇应我们的请求，坐着他们的飞船阿古拉（Agoura）[①]专程来见你一面，米歇。

"我们想要你亲眼看到，亲手摸到一个跟我们完全不同的外星生命。阿尔奇居住在和地球同级的星球，不过他的星球跟地球有很多不同之处。这些'不同'主要是物质层面的，经过时间的积累，导致人形成了不同的外表。

"我们还想给你看几样东西，米歇。阿尔奇和他星球上的

---

① X星球的宇宙飞船，飞行速度稍低于光速。（作者评注）

人在技术和精神上都高度发达，你可能会感到意外，因为你会发现他的外表'不正常'，甚至可以说是很可怕。但是，你能通过他的气场判断出他的灵性修养极高，人格正直美好。我们还想通过这次经历让你知道，我们可以暂时赋予你的，不仅仅是看到气场的能力，还有理解各种语言的能力——不用依赖心灵感应就能理解的能力。"

原来如此，我暗自想道。

"是的，就是这样。"涛拉回应道，"现在，请你们两人靠近一点。交流一下，如果你们想的话，也可以摸摸对方——总之，熟悉一下。"

我站了起来，阿尔奇也是。他站直的时候，双手差不多能够到地面。他的手也有五根手指，跟我们一样，只不过大拇指有两根—— 一个在我们的大拇指位置，另一个在我们小手指的位置。

我们走近对方，他向我伸出了手臂，手腕向前，拳头合并。他在向我微笑，露出了一排平整挺直的牙齿，跟我们很像，只不过是绿色的。我不知道还能怎样回应，于是也伸出手，他用自己的语言跟我问好——现在我完全听得懂。

"米歇，很高兴见到你，本想在我们的星球上热情欢迎你这位客人的。"我衷心表示感谢，心中激动不已，导致我说出的句子竟然以法语开头，英语结尾。不过他也跟我一样，理解起来毫无障碍！

他接着说："我来自X星球，在圣贤涛拉的邀请下来到海奥华，我的星球跟地球有很多相似之处。它比地球大两倍，有一百五十亿居民，但就像地球和所有其他第一级星球一样，它是个'苦难星球'。我们的问题跟你们的差不多：在这个星球上的生存期间，我们已经发生了两次核浩劫，也经历了独裁、犯罪、瘟疫、灾害、一个货币体系和所有与之相关的一切，宗教、邪教和其他。

"但是，八十年（我们的一年有四百零二天，一天有二十一小时）前，我们发动了一场变革。事实上，这场变革是由四个人发起的，他们来自一个大洋边上的小村庄。他们由三男一女组成，宣扬和平、爱和言论自由。他们前往国家首都，请求领导人聆听他们的意见。但是，独裁的军事政权驳回了他们的请求。连续六天五晚的时间里，这四个人睡在皇宫门前，不吃东西，水也只喝一点点。

"他们的执着吸引了公众的注意，到了第六天，有两千人聚集在了皇宫门前。这四个人用虚弱的声音劝说聚集的民众用爱团结一心，改变政权——最后警卫射杀了那四个人，结束了他们的'布道'，并威胁民众说，如果他们再不散去也会被射杀。人群很快就散开了，因为他们真的很害怕警卫。但是，这些人的心中已经被埋下了一颗种子。深思熟虑过后，成千上万的人意识到，如果无法通过和平的方式获得理解，他们无能为力，完全无力。

"这个消息在群众中迅速传播开来——富人和穷人，雇主和员工，工人和领班都听说了；终于有一天，六个月后，整个国家停滞了。"

"你说的停滞是什么意思?"我问道。

"核电站关闭,交通系统瘫痪,高速公路封锁。一切都停摆了。农民不供应劳作成果;电台和电视网络停止播送;通信系统关闭。看到民众抱成一团,警察无计可施,因为只用了短短几个小时,上百万人就参与了'停工'。在这个关头,人们好像忘记了仇恨、嫉妒、观点上的分歧,只团结一致对抗不公和暴政。警察和军队也是人组成的,这些人的亲朋好友也在停工的人群里。

"这不再是单纯杀掉四个叛乱分子的问题。要想'解放'一个发电站,就要杀掉成千上万的人。

"面对人民的坚定决心,警察、军队和独裁者无奈只好让步。这场事件仅造成了二十三个狂热分子的死亡,他们是暴君的个人警卫队——士兵们为了靠近暴君,只能射杀他们。"

"暴君被绞死了吗?"我问。

阿尔奇笑了。"怎么会呢,当然没有,米歇。人们已经受够了暴力。暴君被驱逐出境,到了一个他不能再作恶的地方,事实上人民的举动让他决定从此洗心革面。他找回了一条爱和尊重个人自由的道路。去世时,他仍在为所做的一切忏悔。现在,这是我们星球上最成功的国家,但就像你们的星球一样,其他的国家仍然在暴力的极权主义政权统治之下,我们正在尽我们所能帮助他们。

"我们知道,我们这一生所做的一切都是一种修行,目的是让我们可能升华为更高级的存在，甚至永远让我们从肉体中解脱。你一定也知道，行星是分等级的，如果一个星球面临危险，星球上全部居民可以转移到另一个星球上，但前提是新的星球必须和原星球的级别一致。

"我们星球上的人口密度过大，所以我们曾通过高度发达的技术造访了你们的星球，想要在那里建立移民基地——但我们最终放弃了这个想法，因为就你们进化的程度而言，定居地球会给我们带来更多的害处而非益处。"

这番话我听着不怎么舒服，阿尔奇应该也透过我的气场看出了这一点。他笑着说："米歇，很抱歉，我只是实话实说。我们现在还是会造访地球，但仅仅是以观察者的身份，我们喜欢研究你们，从你们的错误中学习。我们从不干预，因为那不是我们的职责，我们也永远不会侵略你们的星球，那对我们来说是一种倒退。无论是物质、技术还是精神层面，我们都不羡慕你们。

"回到我们的星光体。星光体直到进化完全才能到更高级的星球。我们说的当然是精神上的进化，不是技术上的。这种进化之所以能够发生，是因为肉体在这个过程中会一直提升，提升到这个星球允许的最大程度。你已经知道了星球的九个等级——我们所在的都是最底层的星球。以我们现在的身体状态，只能在这里停留九天。根据宇宙法则，在第十天，我们的肉体就会死亡，无论是涛还是圣贤涛拉，都不能以他们那起死回生的能力阻止或逆转这个过程。自然有非常严格的规则，以及完善的规则保障措施。"

"但是，如果我们真的在这里死去，说不定我的星光体可以留在这儿，我能投胎成海奥华上出生的婴儿？"我满心憧憬，一时间忘记了地球上我深爱的家人。

"你没明白，米歇。宇宙法则规定，如果你在地球上的命数未尽，你只能在地球上转世。但如果时机成熟，那么你在地球上死亡的时候，你的星光体是有可能在一个更高级的星球上转世的……可能是二级或三级星球，甚至是海奥华，这些都取决于你当下的修养进化程度。"

"这么说，跳过所有中间等级，直接在第九级星球上转世是有可能的喽？"我仍然满怀希望地追问，因为在我看来，海奥华简直就是名副其实的天堂。

"米歇，把铁矿和碳加热到适当温度，你以为就能炼出纯钢吗？不是的。首先你必须把铁中的杂质筛去；然后在炉里一遍又一遍地炼……直到炼出优质的钢材。我们人也是一样，我们必须一遍又一遍地'再加工'，直到呈现出最完美的样子，因为我们最终将回到伟大神灵的怀抱。神灵是完美的，哪怕是最细小的瑕疵，也不能接受。"

"这听上去很复杂！"

"创造了万物的神灵就希望如此，而且我确信这对他来说非常容易；但对于区区凡人的脑袋，我承认有时很难理解。而且我们越尝试接近本源，难度就越大。因此，我们已经开始尝试取缔宗教和派系，而且有些地方已经取得了成功。他们显然是想聚集民众，帮他们膜拜上帝或众神，帮他们更好地理解神意；但是祭司们制定的仪式和规则只考虑个人利益，而不遵从自然和宇宙法则，他们把这一切都搞得更加复杂和非常难解了。我能从你的气场中看出，你已经意识到了这些。"

我笑了，这确实是真的，我问道："在你的星球，你能看见并解读气场吗？"

"只有一少部分人学会了，我就是其中之一，但在这件事上我们不比你们先进多少。不过，我们对此进行了大量研究，因为我们知道这是进化的必经之路。"

说到这里，他停住了，停下得很突然，我意识到圣贤通过心灵感应发出了指令，让他就此打住。

"我必须走了，米歇。如果我跟你说的这些能帮助你和你在宇宙那边地球上的同胞，那我就非常开心了。"

他向我伸出手，我也伸出了我的手。尽管他面容丑陋，我还是很想亲吻他，拥抱他。我真后悔当时没有这么做……

我后来得知，离开海奥华一个小时后，他和另外五个人的飞船爆炸，意外遇难。我希望他的生命能在一个更适合居住的星球得到延续……或许他还是会回到自己的星球去帮助他的人民——谁知道呢？穿过浩瀚苍穹，我遇到了像我一样生活在苦难星球的兄弟，我们都在同一个学校里学习，如何有朝一日获得永恒的幸福。

阿尔奇和他的导师离开房间的时候，我又坐回到涛的旁边。那位赋予我理解所有语言能力的涛拉又开口了。

"米歇，涛之前告诉过你，你是被我们选中来拜访海奥华的，但是她并没有透露我们选择你的根本动机。这不仅是因为已经有了一个觉醒和开放的头脑，而且——最重要的是——你是目前居住在地球的少有的索卡斯之一。索卡斯是在人类身体中生活了八十一世的星光体，而且前世曾生活在不同的星球或不同等级的星球。当索卡斯实际可以不用倒退，继续'进阶'时，会由于各种原因回到像地球这样较低等级的星球生活。你知道，数字九是宇宙数字。你所在的地方是根据宇宙法则建立的九都扣城。你的星光体有九九八十一世，将你带到了一个大循环的结束。"

我又一次彻底惊呆了。我也怀疑过，今生并非我的第一世，尤其是在我去过姆大陆之后——但如果说八十一世？我真不知道人可以有那么多前世……

"还可以有更多前世，米歇，"涛拉的话打断了我的思绪，"涛在她的第二百一十六世，不过其他人要少得多。正如我所说，我们之所以选择了你，是因为你是地球上少见的索卡斯，但是为了让你能在海奥华之旅中有更彻底的理解，我们还为你安排了另一场旅行。这样你就能更好地理解什么是转世，转世的目的为何。我们会允许你回访你的诸多前世，此次旅行将有助于你之后写书，因为你将充分理解它的意义。"

几乎还没等到他说完，涛就扶着我的肩膀，把我转了个身。她带着我往休息室走去——这似乎是每个都扣的标配。三位涛拉用悬浮术跟在我们后面。

涛指示我躺在一大块垫子上面，它像个气垫一样。"为首"的涛拉停在我脑后，另外两位分别握着我的双手。涛将双手内凹，扣在我的太阳轮上方。

接着，领头的涛拉把两手食指放在我的松果体上方，通过心灵感应告诉我盯住他的手指。

过了几秒，我感觉自己在以不可思议的速度后退，穿过了一条没有尽头的黑暗隧道。接着，我突然从隧道的另一头出来，来到一个像煤矿矿道的地方。一些额头上戴着探照灯的人正在推车；其他人在不远处，正集中精力处理煤矿，有的在用十字镐敲煤，有的在用铲子把煤扔进小车里。我往矿道的尽头移动，仔细观察其中一名矿工。我和他似曾相识。我的内心传来一个声音，说道："这是你所有肉体其中之一，米歇。"这个人非常高大，身材健硕。他浑身是汗和煤灰，正不遗余力地把煤铲进车里。

场景突然切换，跟我在姆大陆灵球的时候一样。我得知这个人叫西格弗莱德（Siegfried），矿井入口那边还有其他的矿工，其中一个人用德语在喊他名字，我理解起来毫无障碍——我本来不会讲，也听不懂这种语言。另一个矿工让西格弗莱德跟着他。他朝着街道上的一个旧棚子走去，这显然是村里的一条主要街道，这个棚子比其他棚子看上去都稍大。我跟着他们两个人进了棚子，里面点着煤油灯，桌边有几个人围坐。

西格弗莱德加入了他们。他们朝一个穿脏围裙的粗鲁的家伙喊了一句，没过多久，这个家伙就给他们拿来了一个瓶子，还有一些锡镴的高脚杯。

眼前的场景马上被另一个覆盖。现在好像是几个小时之后了。还是这个棚子，但是现在的西格弗莱德正在摇摇晃晃地出门，一副喝醉的模样。他朝一排小棚屋走去，这些房子都有烟囱，烟囱冒着发黑的烟圈。他粗暴地拽开一个棚屋的门进去，我紧跟在他后面。

有八个孩子，他们坐在桌子周围，正把勺子伸进碗里，里面是看上去很倒胃口的稀饭。最小的一岁，年龄依次增长，每个相差十二个月。他们看到父亲突然进门，不约而同地抬起头，用畏惧的眼神看着他。一个中等身高、身材强壮、头发暗金色的妇女训斥他道："你去哪儿了？钱呢？都两个星期了，孩子们连颗豆子都吃不着，这你又不是不知道！再看看你，又喝多了！"

她站了起来，走近西格弗莱德。她扬起手想要扇西格弗莱德一个耳光，却反被他抓住了手臂，挨了他左手重重一拳，被打得向后飞出去老远。

她倒在地上，脖子后面撞到了烟囱的炉子，当场丧命。

孩子们一边大哭一边尖叫。西格弗莱德靠在妻子身边，他妻子用睁圆的眼睛死死盯着他，可目光早已了无生气。

"芙莱达，芙莱达，醒醒，你醒醒啊。"哭喊中充满痛苦。他用胳膊抱住妻子，想把她扶起来，但她一点儿也站不起来。看她眼神始终一动不动，他才突然意识到她已经死了。他一下子清醒了，冲出门外，遁入夜色中。他像失去理智一样，一路狂奔。

画面又变了。西格弗莱德出场了，他五花大绑站在两个卫兵中间。一个人正在往他头上蒙头套。刽子手也戴了一个两眼处有洞的头套。刽子手身材魁梧，手持一柄宽斧。卫兵让西格弗莱德跪下，向前弯腰，把他的头放在行刑台上。刽子手上前，在指定的位置站好。在牧师匆忙的祷告中，刽子手慢慢把斧子举过头顶。斧子突然唰地一挥，正落在西格弗莱德的脖子上。受刑者的头在地上打了几个滚，人群被吓得直往后退了几步。

我刚刚目睹了我诸多肉体中的一场横死……

这种感觉太奇怪了。直到他死的那一刻，我内心对他都充满极大的喜爱，虽然他做错了事，但我仍为他感到惋惜。在他生命的终点，看着他的头在地上打转，听到民众窃窃私语，我感到了彻彻底底的解脱——为他，也为我自己。

我马上走进了另一个场景。面前是一个湖，两个太阳在天际低垂，在阳光的投射下，蓝色的湖面波光粼粼。

一条小船正在湖面行驶，上面的雕刻和图画富丽却不失精巧。一群中等身材、面色发红的男人把长篙插入水中，划船前行。华盖下，装饰华丽的宝座上，坐着一个可爱的年轻女子。她的皮肤是淡金色的，眼睛像杏仁一样，金色长发垂到腰际，将她椭圆形的脸衬托得光彩照人。

她悠闲地坐着，身旁献殷勤的年轻伴侣正在愉快地陪她说笑，她也一直微笑着。我马上知道，这位迷人的少女也是我的一个转世。

船稳稳当当地朝一个停靠码头行驶，码头通向一条宽阔大路，道路两旁是矮小的开花灌木丛。这条路在树林深处消失，林间隐约是一个宫殿，房顶高低错落，颜色各异。

随着场景变换，我被带入宫殿中，发现自己来到了一个装饰得非常豪华的房间。

一面墙打开通往花园——小花园非常整洁，植物的品类和颜色多到惊人。

红皮肤的仆人们裹着鲜绿色的腰布，忙着伺候大约一百名宾客。这些宾客有男有女，穿着都很华丽。他们跟船上的女子一样是淡金色的皮肤。他们的肤色和仆人的面容差别明显，是地球上金发女人被太阳晒黑的颜色。

刚才船上的那个年轻漂亮的女子坐在一个看上去极受尊重的高背椅上。我能听见轻柔悦耳的音乐，好像从房间的最远处和花园那边一直飘散过来。

一个仆人打开一扇大门，将一名高大的年轻男子请进门——他的身高大概一米九，同样是金色面容，他体格健壮，举止显出一副骄傲的样子。

他的头发是金铜色，面貌并不出众。他特意向前一步，走到女子近旁，向她鞠躬。女子跟他小声说了几句，然后示意仆人们拿来一把跟她的差不多的椅子放在她旁边。男子坐了下来，握住了女子递过来的手。

突然，女子给了个信号，只听几声锣响，然后一片寂静。

宾客们面向这对男女。年轻女子掷地有声地向仆人和宾客们宣布："今天聚集在此的各位，我想告诉你们，我的终身大事已定。这就是我的伴侣，西诺里尼，从此刻起，我授意他拥有在我之后的所有皇权和特权。事实上，他的地位仅次于我这位女王和首领，是国家第二权力者。任何人违背他或是他以任何形式做的错事都要向我汇报。我和西诺里尼的第一个孩子，无论男女，都将继承我的王位。我，拉宾诺拉，本国女王，今天就此做出决定。"

她又给了个信号，再次响起的锣声表明她的讲话结束。宾客们一个接一个在拉宾诺拉面前鞠躬，先吻她的脚，然后是西诺里尼的脚，表示臣服。

这个场景变得模糊，然后被另一个场景取代。还是这个宫殿，但是在另一个房间里，皇室宗亲都坐在宝座上。拉宾诺拉正在主持正义。各种各样的人在女王面前陈词，她全神贯注地一一倾听。

一件不同寻常的事情发生了。我发现我能进入她的身体，这很难解释，但在很长一段时间里，我就是拉宾诺拉，我所听的，所见的，都是她的。我完全能理解所有的话，拉宾诺拉宣布她的决定时，我也完全认同她的决定。

我听见人群在小声议论，大家都对她的智慧表示赞许。她一次也不曾转向西诺里尼，也没有征求过他的建议。我内心忽然感到无比自豪，原来我在另一世曾经是这样的女性。这时，我开始感觉到一种轻微的刺痛感。

一切又消失了，我置身在一间豪华的卧室里。拉宾诺拉躺在床上，全身赤裸。三个女人和两个男人在附近忙来忙去。我走近一看，能看到她的脸，汗水顺着她的脸颊不停流下，分娩的痛苦扭曲了她的面容。

　　这些女人是接生婆，男人是国内最出名的医生，他们都很担心。胎儿是臀位，拉宾诺拉已经流了太多血。这是她的第一个孩子，她已经拼尽了全身的力气。接生婆和医生们的眼中明显露出恐惧，我知道，拉宾诺拉已经意识到自己就在死亡的边缘。

　　场景快进到了两个小时以后，拉宾诺拉的呼吸刚刚停止。她失血过多，胎儿还没来到世上就窒息死亡。美丽善良的拉宾诺拉，年仅二十八岁，就在刚刚，释放了她的星光体——我的星光体，去了另一世。

　　更多场景在眼前不断切换，展现了我在其他星球上的其他前世——有时是男性，有时是女性或者孩子。我做过两次乞丐，三次水手。我曾在印度当过挑水人，在日本做过金匠，活到了九十五岁高寿；当过罗马士兵；曾经是乍得的一个黑人小孩，八岁时候被狮子吃掉；还曾是亚马孙平原的印第安渔民，四十二岁的时候去世，抛下了十二个孩子；做过阿帕切族酋长，活到八十六岁；还在地球和其他星球上做过几次农民；在西藏的山里和另一个星球上分别做过一次苦行僧。

　　除了统治三分之一个星球的女王拉宾诺拉之外，我的大部分前世都过着平凡的生活。前八十世的这些画面——有的深深吸引了我。在这本书中，我没有时间将它们一一细数，这些前世本身就够写一整本书了。可能有一天，我真的会把它们写出来。

"展示"结束时，我感觉自己沿着"隧道"后退，再睁开眼睛的时候，涛和三位涛拉正在朝我友善微笑。确认我确实回到了现在的身体中，领头的涛拉跟我说了下面的话：

"我们想给你展示你的前世，你可能注意到了，你的前世各不相同，好像连在一个轮子上一样。轮子是要转动的，任何在顶部的很快会在底部——这是不可避免的，你明白了吗？

"此刻你是个乞丐，下一刻可能变成拉宾诺拉这样的女王，她不仅在轮子顶部，还领悟到不少，也极大地帮助了他人。不过，在很多情况下，乞丐学到的可以和国王一样多，并且在某些时候能比国王学到的更多。

"你在山里做苦行僧的时候，你帮助了许多人——比你大多数其他的前世要多得多。最重要的不是表象，而是表象背后的东西。

"当你的星光体进入另一个肉体时，原因很简单，它是为了学到更多，更多更多……

"就像我们跟你解释过的那样，一切都是为了你的高级自我。这是一个持续精炼的过程，无论是乞丐、国王还是矿工的身体，产生的效果相同。肉体只不过是一个工具。雕刻家的凿子和锤子也是工具；它们光凭自己永远无法实现美，但它们能够通过艺术家的双手创造美。艺术家凭空靠一双手，是不可能创造出一座精美雕像的。

"你要一直铭记在心的重点是：一个星光体，在所有情况下，都必须遵循宇宙法则，并且，通过尽可能地顺随自然，方能以最快的路径到达终极目标。"

说完，涛拉们回到了他们的位置，我们也回到了自己的座位。

我在都扣的时间里，太阳已经落下；但是周围仍发着光，我们可以看到都扣里至少十五米的范围，关于这一点，他们似乎并没觉得有解释的必要。

我的注意力仍然停留在这些涛拉身上。他们满怀善意地看着我，金色的雾在他们周围飘荡，雾气越来越重，最后他们消失在雾里——跟我第一次拜访他们的时候一样。

这回，涛轻轻把手放在了我肩上，让我跟在她后面。她带我走到都扣入口，瞬间我们就到了外面。除了入口上方，周围一片漆黑。我只能看到前方不超过三米的距离，真纳闷我们要怎么找到飞行台。然后我想起来了，涛在晚上也能看见，跟白天一样。我好奇想看她如何证明这一点——就像个典型的地球人一样，我需要证据！说证据，证据到。涛不费吹灰之力就把我举起来放在了她的肩膀上，我就像地球上骑在大人身上的小孩子一样。

"你会绊倒的。"她沿路解释说——的确，她似乎清楚地知道她要去哪里，跟白天毫无差别。

没过多久，她就把我放到了拉提沃克的座位上，然后坐到了我的旁边。我把手里一直握着的面罩放在膝盖上，我们几乎在瞬间就起飞了。

不得不说，虽然我对涛很放心，但"盲"飞确实让我有些不安。我们在公园的巨树中间飞行，就连平时那么明亮的星星，现在也看不见了。太阳落山后，大团的乌云聚拢到一起，四周完全笼罩在黑暗之中。但是，我在涛的旁边还是能看到她的气场和她头上的光束，格外明亮。

我们加快了速度，我敢肯定，我们此刻在黑夜中的飞行速度跟白天不相上下。我感觉好像有雨点打在脸上。然后，涛把手伸向飞行台上的一个地方，我就感觉不到雨了。与此同时，我感觉我们当时停止了飞行，我还好奇发生了什么，因为我知道我们正处在大海上空。偶尔在我们左方的远处，能看到彩色的光影在移动。

"那是什么？"我问涛。

"那是岸边都扣入口处的灯。"

我正在努力想明白为什么这些都扣在移动，突然，透过更浓重的夜色，有灯朝我们迎面而来，停在了我们旁边。

"我们到你的住处了，"涛说，"来吧。"

她又把我抬了起来。我感到一股轻轻的压力，就像在进一个都扣时会感到的那种；之后，雨水落了我一脸。这暴雨太大了，不过涛迈了几大步就到了灯下，我们进了都扣。

"还好我们到得及时。"我说道。

"为什么这么说？是因为下雨吗？不，其实雨已经下了好一阵了。我打开了力场——你没注意到吗？然后你就感觉不到风了，是吧？"

"是啊，但我还以为是我们停了下来。真是搞不懂。"

涛忍不住哈哈大笑，这又让我放松了下来，看来谜底就要揭开了。

"力场不仅能挡雨，还能挡风。因为没有参照物，所以你没办法确定我们是不是在移动。你看，人不能依赖于自己的感知。"

"那你是怎么在黑成这样的情况下找到这个地方的？"

"这我跟你说过，我们在夜晚跟白天看得一样清楚。所以我们不需要灯——我知道这给你带来很多不便，因为你现在看不到我，但无论如何，我们度过了非常充实的一天，我觉得最好还是让你赶快休息。我来帮你吧。"

她带我到休息区，向我道了晚安。我问她会不会留下来陪我，但她说她就住在附近，回她那儿甚至连交通工具都不需要。说完，她离开了，我伸开四肢躺下，很快就睡了过去。

第二天早上，我在涛的声音中醒了过来。她靠着我，在我耳边低声说话。

我发现，就像我第一次观察到的那样，这处休息区真是名副其实。如果涛不是靠近点对我说话，我根本就听不见她的声音，声音在这里变得极其低沉。而且，我睡得很香，中间一次都没有醒。我得到了充分休息。

我起来了，跟着涛走向泳池。就是在这个时候，她告诉了我阿尔奇遇难的事。我听完十分悲伤，泪水涌入眼眶。涛提醒我说，阿尔奇正在去往另一个转世，我们应该像记住一位去了其他地方的朋友一样记住他。

"这确实令人伤心，但我们不能自私，米歇。还有其他的冒险和快乐在等待阿尔奇。"

洗漱后，我又回到涛身边，我们享用了一顿轻快的早餐，喝了一些蜂蜜水。我没有饿的感觉。我抬起头，天空灰蒙蒙的，雨点正打在都扣上。看下雨是件很有意思的事，因为雨滴不是像从玻璃圆顶上那样顺着都扣流下，而是在进入都扣力场范围的时候直接消失。我看了看涛，见我讶异的表情，她露出了微笑。

"雨滴被力场驱散了，米歇。这是基础的物理知识——至少对我们来说很基础。不过，还有更有趣的事情等你去探究，只可惜你的时间有限。我还有很多事情必须要教你，这样你的同胞才可能在你将来的书中得到启发——比如我昨天跟你提到的耶稣之谜，昨天我们被阿尔奇的到来打断了。

"首先我必须跟你讲讲埃及和以色列，还有地球上的人经常提到的亚特兰蒂斯，关于这个话题的争议可不少。

"亚特兰蒂斯像姆大陆一样，确实存在，而且位于北半球，在大西洋中央。它曾与欧洲接壤，与美洲和非洲分别通过地峡相连，大概与加那利群岛在同一纬度，面积比澳大利亚稍大些。

"大约三万年前，姆大陆来的人民在此地居住，它实际上是姆大陆的一个殖民地。那里也有白种人——高个子，金发碧眼。统治国家的是来自姆大陆的学识渊博的玛雅人，他们在那里建造了一座萨瓦纳萨金字塔的复制品。

"一万七千年前，他们全面探索了地中海，途经北非的时候教阿拉伯人（黄种和黑种巴卡拉替尼星人的混血后代）学会了大量的新知识——物质和精神的知识都有。比如，阿拉伯人现在还在使用的数字就来自亚特兰蒂斯，当然也是来自姆大陆了。

"他们前往希腊，在希腊建立了一个小殖民地，希腊字母跟姆大陆的字母几乎一模一样。最后，他们到了一个当地土著人称为阿兰卡（Aranka）的地方，也就是你们今天的埃及。在那里，他们和一个了不起的人建立了一个强大的殖民地，这个人名叫托斯，是当地的首领。他们制定的法律反映了姆大陆的观念和亚特兰蒂斯的组织原则。他们引进了改良的植物、养牛的新技术、栽培的新方法，还有制陶和纺织工艺。

"托斯是亚特兰蒂斯的伟人，在物质和精神方面的知识都极其渊博。他建立了村庄和庙宇，临死前还建造了你们现在所称的胡夫金字塔。每次这些伟大的殖民者断定新的殖民地能够在物质上和精神上变强大的时候，他们都会建造一座特别的金字塔，将此作为一种工具，就像你在姆大陆亲眼见到的那样。在埃及，他们也以萨瓦纳萨金字塔为模型修建了胡夫金字塔，但这个金字塔在规模上缩小到了三分之一。这些金字塔是特别之物，为了发挥其'工具'作用，尺寸和规格必须严格把控，朝向也是。"

"你知道这用了多长时间吗？"

"很快，只用了九年——托斯和他的建筑大师们掌握姆大陆抗重力的方法、岩石切割和使用的奥秘——我们暂且就称之为'电超声波'吧。"

"但在地球上，专家们一直认定金字塔是法老胡夫建造的。"

"不是这样的，米歇。当然，地球上的专家们犯下的错误远不止这一个。另一方面，我倒是可以确认，法老胡夫对金字塔的使用符合其本来设计的用意。

"探索和殖民的不只玛雅－亚特兰蒂斯人。几千年过后，那加人在缅甸和印度建立殖民地，最后抵达了埃及海岸线，大约在北回归线的纬度。他们也建立了一个成功的殖民地，占领了埃及南部（上埃及）。两批殖民者都引进了相似的改良手段。那加人在红海海岸上建立了一个大城市，名字叫玛佑（May-ou）。当地的土著人去他们的学校上学，渐渐被殖民者同化，埃及人种由此产生。

"但是，在大约五千年前，埃及北部的那加人和玛雅－亚特兰蒂斯人为一个荒谬的理由发动了战争。亚特兰蒂斯人的宗教信仰和姆大陆的有着明显的不同，他们相信灵魂（星光体）会在祖先发源地转世。因此，他们宣称，灵魂将西行，回到他们来的地方。那加人也抱有同样的信仰，但唯一不同的是，他们坚持认为，灵魂会回到东方，因为他们来自东方。"

"有那么两年，他们还真因为这个分歧开战了，但这场战争并不是非常残酷，因为双方都是从心底热爱和平的人民，最后他们结为联盟，形成了统一的埃及。

"联合埃及的第一任国王是米纳（Mena），南北部都在他统治之下。他建立了孟菲斯城，他被推举为国王的方式与姆大陆相同。这种方式在埃及并没有持续很久，因为祭司的权力不断膨胀，控制了法老。这种状态一直持续，不过在向祭司们屈服的法老中，有一些例外值得一提。一个是被祭司下毒的法老阿肯那顿（Athnaton）[1]，临死前，他说了这样的话：'我在地球上经历的这个时代，是一个真理的简单性无人理解，还遭到许多人摒弃的时代。'就像宗教教派通常发生的那样，埃及祭司通过扭曲原本很简单的真理，对人民进行更好的操控。他们让人们相信魔鬼和各种神圣事物的存在，还有其他的那些胡编乱造。

"还值得一提的是，在战争爆发和后续的和平协议签订前，也就是推举米纳成为埃及国王时，由玛雅－亚特兰蒂斯人和那加人按同样比例组成的人口，已经在埃及南北建立了成熟的文明。国家兴盛，农业和牧场发展繁荣，埃及第一任国王米纳（时期）几乎标志了这个崛起文明的鼎盛时期。

"现在，我们必须说回到过去。阿尔奇说地球至今仍有外星人造访，你知道吗，地球以前定期都会被造访。不过，我要详细说明一下。

---

[1] 也拼作"Akhenaten"。（编辑评注）

"地球是有人造访的，漫天宇宙散落着的许多其他有人居住的星球也是一样。有时候，一些星球濒临死亡，星球上的居民必须撤离。现在，正如阿尔奇所说，你不能像换房子那样换星球。你必须遵循一个既定的循环，否则将发生灾难性的后果。一万两千年前就发生了这样的事。希伯拉星球上的人离开他们的星球，想要在星系中寻找同一等级的其他星球，因为他们知道，在接下来的一千年里，他们的星球会变得完全无法居住。

"一艘能以极高速行驶的飞船在侦察飞行中遇到了严重的问题，不得不在你的星球上着陆。飞船降落在了克拉斯诺达尔（Krasnodar）地区，也就是俄罗斯西部的一个城镇。当然了，当时那里还没有城镇，没有人，更没有俄罗斯。

"飞船上有八名宇航员：三名女宇航员，五名男宇航员。这些人身高接近一米七，黑色眼睛，白皙皮肤，棕色长发。他们成功着陆，然后开始修理飞船。

"他们发现这里的重力比自己星球上的要大，起初，他们很难四处走动。考虑到维修可能需要一些时间，他们就在飞船附近搭了一个营地。一天，他们在作业的时候发生了事故，引发了一场可怕的爆炸，半个飞船被炸毁，五名宇航员遇难。剩下三名宇航员因为离事发地点有一段距离，所幸没有受伤。他们分别是名叫罗巴南（Robanan）的男宇航员，还有两名分别叫莱薇娅（Levia）和蒂娜（Dina）的女宇航员。

"他们非常清楚眼前的处境。他们来自一个更高级的星球，并不属于地球。在这里，他们无异于囚犯，于是他们为可能遭遇的不幸经历做好了心理准备。这次事故并不令人意外。

"几个月来，气候还算温和，这三人就留在原地。他们有一些武器，也能打到野味——他们的吗哪和柔丝甜（roustian）在爆炸中全部遗失。最后严寒来临，他们决定向南迁移。

"重力的作用对远距离行走造成了极大困难，所以他们此次向南方寻找温暖地带的长途跋涉堪称'苦难的历程'（Road to Calvary）。他们途经黑海，朝今天的以色列方向行进。这次旅程历时数月，但是他们年轻力壮，竟然真成功了。他们到达了纬度更低的地方，气候更加宜人，甚至可以说是炎热。他们最后来到一条河边，在那里建立了永久营地——要足够久，因为蒂娜已经有了几个月的身孕。足月后，她生下了一个儿子，他们给孩子起名叫拉南（Ranan）。孩子出生时，莱薇娅也怀孕了，一段时间过后，也生下了一个儿子，名叫拉比昂（Rabion）。

"这些来自希伯拉的人适应了这个有丰富野味、蜂蜜和可食用的植物的地方——他们就在这里建立了自己的族系。很长一段时间过后，他们结识了一些路过的游牧民。这是他们和地球人的初次接触。这些游牧民有十个人，对罗巴南的女人们十分青睐。他们想杀了罗巴南，夺走他的所有，包括他的女人。

"罗巴南还有武器在手，虽然他是个和平主义者，但还是不得不动用武器，杀死了四名袭击他的人，剩下的人被这种威力震慑，仓皇而逃。

"这些人为自己不得不动用武力伤心不已，这件事让他们更清楚地意识到，自己身处在一个宇宙法则禁止他们去的星球。"

"我不明白，"我打断了涛，"我以为跳到更高的等级是不可能的，但去更低级的星球应该没什么问题啊。"

"不，米歇，更高或者更低都不行。如果跳到更高等级的星球，无视宇宙法则，你会死；如果去更低等级的星球，你就要面临更糟糕的条件，因为高等精神无法存在于一个物质至上的环境中。

"如果你愿意，我可以给你一个简单易懂的比喻。假设有一个衣着整洁的男士，皮鞋锃亮，袜子雪白，西装笔挺。现在你要求这个人走过一个农家庭院，地上是三十厘米深的泥巴，还坚持让他用手将泥巴捧进手推车里。做完这些他会变成什么样子，我想就不用我说了吧。

"不过，这些外星来的人建立了他们的血脉，成为当今犹太人的祖先。

"后来文士们追溯到这些人的历史，在写《圣经》时扭曲了它，传说就和事实混为一谈了。

"我可以明确地告诉你，《圣经》里的亚当不仅不是地球上的第一个人，而且，跟《圣经》相去甚远的是，他的名字是罗巴南。他的妻子也不是夏娃，而是两个分别叫作莱薇娅和蒂娜的女人。犹太种族是由这三人发展而来的，没有和其他种族通婚，因为从返祖①意义上来说，他们觉得自己更高等——他们确实更高等。

①　"返祖"在这里是指保留/重建原本的特征。《圣经》中描述的第一代人活了将近九百年。（原文编辑注）

"但是，我必须肯定地告诉你，（原版的）①《圣经》并不是文士们想象的结果——也没有被美化。里面曾经是有很多真相的。我说'曾经是'，是因为经历了罗马天主教堂的各种议会，《圣经》已经被大大篡改了，原因再清楚不过：为了满足基督教的需求。这就是为什么昨天我说，宗教是地球上的祸端之一。我必须在《圣经》的几个其他问题上再给你一些启示。

"希伯来人抵达地球不久，我们就对他们提供了一些帮助。我们也惩罚过他们。比如，所多玛和蛾摩拉就是被我们的一艘飞船毁灭的。那两个城镇的人是反面例子，他们的行为危害到了与之接触的人。我们尝试过各种方式，想把他们带回正轨，但都无济于事，所以我们不得不手下无情了。

"每次你读到《圣经》某段：'于是上帝说这说那'——你应该读成，'于是海奥华人说……'"

"为什么不一开始就搭救他们，把他们带回自己的星球，或者到同一等级的星球呢？"

"你这么想非常合理，米歇。但是有一个麻烦，我们不能预测超过一百年以后的事情。当时我们就想，这么小的一伙人，他们可能无法幸存，即使幸存下来，他们也会跟其他的种族通婚，然后被其他种族同化，变得'不纯'。我们猜测这种状况会在一百年内发生——但结果没有。即便现在，如你所

---

① （原版的）为原文编辑经作者同意后评注。

知，这个种族几乎仍然跟一万两千年前一样纯。

"就像我刚才跟你说的那样，祭司们通过宗教议会抹除或修改了《圣经》的很多内容，但其他章节幸免于难，也很容易解释。

"第十八章里，文士描述我们当时现身的经文（1）是这样的：'耶和华①在幔利橡树那里，向亚伯拉罕显现出来。那时正热，亚伯拉罕坐在帐篷门口。'文士在这章里讲到了亚伯拉罕。（2）'举目观看，有三个人在附近站着。他一见，就跑去迎接他们，俯伏在地。'（3）他说：'我主，我若在你眼前蒙恩，求你不要离开你的仆人。'亚伯拉罕邀请这三人留下。文士刚才称他们为'人'，但其中一个人又被称作'耶和华（上帝）'。他每次跟他们说话的时候，回答的都是被称为'上帝'的那位。现在，罗马天主教会的神父们发现这与他们的观点发生了正面冲突，很多其他宗教也发现了这个问题，因为他们会告诉你，没人能想象出上帝的面容，看见的人眼睛会为之瞎掉。某种意义上他们是对的，因为造物者是个纯神灵，当然没有容貌！

"根据文士所说，亚伯拉罕与上帝的对话，就像跟地球上的高等贵族对话一样。上帝回答了他，身边陪伴他的还有两个'人'——文士并没有提到过'天使'。上帝以人的形象下凡地球，陪同他的也不是天使，而是人，这不奇怪吗？实际上，在

---

① 此处中文版《圣经》译为耶和华，英文版《圣经》译为上帝。——译者注

这个地方，还有《圣经》的许多其他地方，一些虔诚的人不难看出，上帝从未与任何人对话[1]。

"他是不能这样做的，因为应该是星光体渴望靠近神，而不是神来主动靠近他们，否则岂不是成了河水倒流——你从来没见过哪条河从大海逆流到山顶，对吧？《圣经》中的一个段落，刚才那段之后再数两页，也很有意思。第19章，第（1）节：'那两个天使到了所多玛。罗德正坐在所多玛城门口，看见他们，就起来迎接，脸伏于地下拜'——然后他让他们进他的房子，然后突然，在第（5）节：'他们叫罗德并对他说："进你房子的那些人在哪儿？"'这里，文士又把他们称作了'人'。接着在第（10）节：'那二人伸出手来，将罗德拉进屋去，把门关上。'（11）'并且使门外的人，无论老少，眼都昏迷。他们摸来摸去，总寻不着房门。'

"不难看出，此段描述并不准确，文士开始提到了两个天使，然后又说两个人，然后又说这两人使人们眼睛昏迷。根据《圣经》，这样的'神迹'需要至少一名天使才能出现！亲爱的朋友，这就是地球上《圣经》内容混乱的另一个典型例子。这些'人'其实就是我们的人，来自海奥华的人。

"于是我们引导和帮助犹太人，因为如果让精神如此高度

---

[1] "上帝从未与任何人对话"——在最老的版本，《圣经》的希伯来语版本中耶和华是"上帝"的诸多名字之一。所有其他译本彻底把这些名字混淆——用"父""主"或"上帝"代替了相应的名字。在希伯来语版本中，显然与人交谈的是耶和华，他以人的形象出现，制造"神迹"——而不是上帝、创始者。根据本书内容，显然上帝就是神（伟大的神灵），而耶和华=海奥华。以这个细节为前提，整本《圣经》更具深意。（原文编辑）

进化的种族，仅仅由于偶然的错误来到一颗不适合他们的星球，而陷入无知和野蛮，实在是一件令人惋惜的事情。我们在接下来的几百年间向他们提供帮助，一些文士想要通过描述来解释的也是这些，这些描述就构成了《圣经》。他们通常都是抱着善意的初衷，但有时却因无心之过扭曲了事实。

"仅有的几次故意扭曲事实，如我所说——都是为了一些非常明确的目的，分别发生在：罗马教会在公元三百二十五年的第一次尼西亚大公会议，公元三百八十一年的第一次君士坦丁堡大公会议，公元四百三十一年的以弗所大公会议和公元四百五十一年的迦克墩大公会议。还有其他的，但都没有这些严重。《圣经》不是地球上很多人认为的'上帝之书'；它只不过是被大幅修改和过度渲染的远古史，还被不同于最初文士的作家添油加醋。比如，让我们回到《出埃及记》时期的埃及，这是一个地球人感兴趣的话题。我们往下讲之前，我会为你和其他人还原与之相关的真相。

"那么让我们回到埃及，在这里，宇航员们的后代成为希伯来人（这个名字来源于他们的星球希伯拉）。因为意外降落在你们的星球，这个种族经历了极大的困难——他们在过去经历了，现在也仍在经历着。

"如你所知，相比其他种族，犹太人充满智慧；他们的宗教十分独特；而且他们不与其他种族通婚，一直以来只与族内的人结婚。因为无情的宇宙法则，他们总是被人迫害，很多都发生在近代。结果，他们的星光体被解放，因此能够直接回到他们所属的进化程度更高的星球。

　　"你应该也知道，一群希伯来人和雅各布的儿子约瑟一起来到了埃及，建立了血脉，最后却招来埃及人的仇恨，仍然是因为那个不能直言的原因——他们的智慧，而且尤其是他们在面对逆境时的团结一致。需要采取行动了。"

第十一章　基督身世之谜

　　"事情发生在法老塞提一世的时期。那时，地球上的人全都变得崇拜物质。在埃及，贵族吸毒稀松平常；希腊也是一样。人兽性交这种完全违背自然和宇宙法则的事，更是不少见。

　　"我们的使命就是在必要的时候伸出援手，于是我们决定此时介入，改变历史的走向。我们必须把希伯来人带出埃及，因为他们在埃及人的邪恶统治下已无法作为拥有自由意志的人进化。我们决定派出一个有能力而且公正的人去带领希伯来人离开埃及，回到他们的原住地，也就是他们在刚到达地球不久后的那个定居地。

　　"在一个八级星球纳西提星上，一个名叫西欧西汀的人刚刚死去。他的星光体正准备在海奥华上转世的时候，我们给了他一个选择，就是解放希伯来人。他同意了，并去了地球，成为摩西。

　　"于是摩西就在埃及出生了，他的父母都是埃及人。他父亲的地位相当于军队的少尉。

"摩西生来就不是希伯来人——这是《圣经》的又一个错误。希伯来婴儿顺水漂流被公主解救的故事虽然浪漫，却与事实不符。"

"真可惜！我一直都挺喜欢这个故事的。多美好啊——像童话一样！"

"童话虽然美好，但你必须着眼于事实，而不是幻想，米歇。答应我，只报告事实，好吗？"

"当然啦，放心吧，涛——我保证，我会一字不差地按你说的做。"

"我刚才解释道，摩西出生在一个埃及军人家庭。他父亲名叫拉索提斯。十岁以前，摩西经常和希伯来小孩一起玩耍。他是个乖巧友善的孩子，希伯来母亲们都很喜欢他，经常拿糖果给他吃。摩西因此很喜欢希伯来人，与希伯来伙伴们情同手足。当然这正是他转世的原因，但你必须意识到，在他看完面前闪现的摩西的一生，并且同意去到这一世生活后，所有的细节都会从他的记忆中抹去。他会穿过一条那加人口中的'遗忘之河'——星光体接受或拒绝可能的转世时都会发生。当然，这是有原因的。

"比如，如果你还记得，在你四十岁左右，一场车祸将害你失去妻子和两个宝贝孩子，让你下半辈子在轮椅上度过，那么你可能会因此放弃生命，或者可能在其他方面做出不好的行为，而非直面苦难，逆境而为。所以这段'影片'会被删除，就像你'刷掉'磁带上的内容一样。

"在偶然的意外情况下，机器没有清空所有的内容，你能够听到本应被擦除的短暂片段。当然，我的比喻发挥了太多想象，比如我说了'影片'和'磁带'，但我希望它能有助于你理解。事实上，这个过程涉及电子光子学，地球上的人对这门学科还一无所知。但这种情况在高级自我给星光体展示'影片'的时候确实经常发生。所以，很多人在一生中有些时候会说'我之前好像在哪儿见过'或者'我之前好像在哪儿听过'，而且他们知道紧接下来会有怎样的行为和言语。人们把这叫作'似曾相识'或'既视感'（déjà vu）。"

　　"是的，我非常理解你的意思。我在法属赤道非洲的时候，就有过一次这种经历，那是最奇怪的一次。我当时还在部队，我们在距离基地六百公里的地方做军事演习。要到乍得边境的时候，我和其他的士兵一起站在部队运输车后面，面向道路。

　　"突然，我'认出'了这条路，好像我两周前去过一样。路在眼前延伸，尽头是直角的右转弯，我好像被催眠了一样。我不仅'认出'了这条路，而且，我还确信，在转角那边会看到一个小茅屋，在一棵芒果树下独自挺立。我越来越确信前面一定是这样，等到运输车拐了弯，果不其然——一棵芒果树下有一座独立的小茅屋。事情到此结束，我'认'不出更多的了。我的脸被吓得惨白。

　　"离我最近的同伴问我怎么了，我说了刚刚发生的事。他的反应是：'你肯定在小时候来过。'我知道我父母从没到过非洲，但我还是给他们写了信，因为这件事对我影响实在是不小。他们回信说：'没有，你小的时候也从没离开过我们跟别人到那些地方旅行。'

"于是，我的朋友提示说，我可能在前世去过那里，因为他相信转世一说。你怎么看？"

"这就是我刚刚给你解释的那样，米歇。你的'影片'有很长一段没有被抹掉，我很高兴，因为这很好地解释了我刚才跟你说的摩西的事。

"他想要帮助希伯来人，但因为他选择用普通的方式进入这个世界——以新生儿的方式，他就必须'忘记'他将要经历的一生。

"但是，在极少数情况下，就像摩西的情况，星光体'充满'了所有前世的知识和经历，可以轻而易举地掌握它在新的肉体里要学会的东西。而且，摩西的另一个有利条件是他被送到了一所拥有大量资源的好学校。他在学业上取得了极大成功，考入了更高等的科学院，那所学校是由祭司和埃及专家领导的。当时，埃及人仍然有为很少数精英服务的高等院校，学校里教授着托斯很久以前从亚特兰蒂斯带来的学识。摩西快要结束学业的时候，目睹了一场对他一生造成了深远影响的事件。

"他仍对希伯来人怀有深厚的情谊，所以经常和他们走在一起，尽管他父亲多番强烈建议他不要这样做。希伯来人越来越遭受埃及人的排挤，摩西的父亲建议摩西不要跟希伯来人有任何瓜葛。

"但是，就在这一天，他走过一个建筑工地，希伯来人正在埃及士兵的指挥下工作。他从远处看到一名士兵正在殴打一个希伯来人，希伯来人被打得摔倒在地。他还没来得及插手，一群希伯来人就扑向了那名士兵，将士兵杀死；接着他们很快将尸体埋在了一处要立一个巨柱的地基里。

"摩西不知道该怎么办，在他离开的时候，被几个希伯来人看到了。这几个人认定他会举报他们，于是非常恐慌，开始迅速散播谣言，说是摩西杀了士兵。摩西到家的时候，他父亲正在等他，让他赶紧逃到沙漠里。《圣经》故事说他去了米甸的乡村是真实的，他娶了米甸祭司的女儿也不假。这些细节我就不再赘述了。我们想要把这些人从奴役中解救出来，更是从邪恶祭司的枷锁中解救出来，因为这对他们的灵性有害。

"不知你是否记得，一百多万年前，我们曾在危险的祭司手中救出过另一批人。有趣的是，这两次几乎发生在同一地点。你看出来了吗？历史永远重复着相同的篇章。

"大体就像《圣经》中描述的那样，摩西领导希伯来人走出了埃及——但在继续讲之前，我必须纠正几个错误，因为我们知道，地球上很多人都对这个著名的《出埃及记》很感兴趣。

"首先，那时的法老是拉美西斯二世，也就是塞提一世的继承人。其次，希伯来人数目有三十七万五千，他们抵达的是芦苇海（the Sea of Reeds），而不是红海。我们的三艘飞船用力场打开海水，海水并不深。希伯来人过去之后，我们又将海水重新闭合，一个埃及士兵都没淹死——因为他们根本就没有跟着希伯来人走进海里。法老虽然受迫于祭司施加的巨大压力，但并没有食言，而是让希伯来人离开了。

"我们的飞船每天给他们发放吗哪。我必须说明一点，吗哪不仅非常有营养，这你已经知道了，而且容易压缩，所以才会成为许多飞船上的常备品。但是，如果长时间把吗哪暴露在空气中，它就会变软，十八个小时之内就会腐烂。

"所以，我们建议这些希伯来人每天吃多少就拿多少；多拿的人很快就发现他们犯了错误，发现应该听从'神'的建议，这'神'其实就是我们。

"希伯来人没有花四十年才抵达迦南，而是三年半。最后，西奈山的故事基本都是真实的。

"为了不被人看见，我们降落在了山上。在那个时候，最好还是让这些单纯的民众相信上帝的存在，而不要让他们知道照拂和帮助他们的是外星人。

"关于希伯来人的解释就是这样，米歇，但这还没有结束。在我们看来，只有这些人追随了对的方向，也就是灵性的方向。在他们中间，后来在位高权重的祭司中间，有人传言说弥赛亚会降临来解救他们。他们本不该告诉人们这些，因为他们只汇报了我们和摩西在西奈山上的一部分对话。自那以后，希伯来人就一直在等待弥赛亚降临——但弥赛亚其实已经来过了。

"让我们在时间上跳跃一下。希伯来人回到了他们最初定居的地方，组织更加完善。他们建立的文明因伟大的君王立法者而出名，像所罗门和大卫王，暂且只说这两个名字吧。

"我们观察到，所罗门去世后，这些人在慢慢进入无政府状态，还自甘被邪恶的祭司影响。亚历山大大帝侵略埃及，但最终也没对这个世界做出任何建设性的贡献。罗马人紧随其后，建立了一个庞大的帝国，可更多是朝着物质主义而非灵性方向发展。

"伟大的人民，比如罗马人，就他们所处时代而言技术发达——当然只是相对而言。但是他们也同时带来了一些神和信仰——多到足以造成心灵上的困惑，同时又不足以将人们引向宇宙真理。

"这次，我们决定帮个'大忙'。我们没有选择像罗马这样的精神贫瘠之地，而是选择了以色列，因为我们觉得希伯来人智慧过人，他们的祖先就是灵性上高度发达的人。我们认为，他们是传播宇宙真理最适合的人选。

"圣贤涛拉们一致选择了希伯来人。在地球上，他们被称为'天选之人'，这称呼再合适不过了——他们确实是被'拣选出来'的。

"我们计划派出一名和平使者来吸引民众的想象力。圣母玛利亚生下耶稣的故事，如你所知，确凿无疑。天使报喜的所有细节也都是真实的。我们派出一艘飞船，我们的一个人在玛利亚面前出现，说她就要怀孕了，而且，她确实是个处女。我们将她催眠，然后把胚胎植入了她体内。

"我明白，米歇，你很难相信我刚才说的这些。不要忘记，我们拥有真正的知识——你见到的，连我们能力范围的十分之一都不到。注意看，我会给你举几个例子，让你更好地理解我要说的话。"

涛停止了讲话，似乎是在集中精力。我看见她的脸变得模糊，于是本能地揉了揉眼睛。当然，揉眼睛并不管用，实际上，她变得越来越透明，直到我能将她彻底看穿。最后她已经不在这里——她完全消失了。

"涛，"我有点担心，"你在哪里？"

"我在这儿，米歇。"

我几乎跳了起来，因为她的话是从耳畔低声传来，明明就在我旁边。"但我根本看不见你啊！"

"现在是看不见，不过马上就能了。看！"

"我的天啊，你怎么了？"

我前面几英尺的地方，出现了涛的轮廓。她全身金光闪闪，好像体内有燃烧的火，火焰虽不大，但十分浓烈。我能认出她的脸，每当她说话时，眼睛好像都会发出小股的光束。

她开始从地面升高几英尺，没动用"身上"的一块肌肉；然后开始在房间里绕圈，她的速度太快了，我的目光几乎都追不上她。

最后她停在了座位上方，然后以幽灵形态坐了下来。她就像发光的雾气做的一样——虽然能认出是涛这个人，但却是透明的。瞬间，她又不见了。我搜寻四周，但她真的完全消失了。

"别再找了，米歇。我回来了。"她真的回来了，那个有血有肉的她，此刻就坐在座位上。

"你是怎么做到的？"

"就像我刚刚跟你讲的，我们拥有真正的知识。我们可以起死回生，治愈聋盲，让瘫痪的人下地走路；我们可以治好你知道的所有疾病。我们不是操控大自然的大师，而是存在于自然界（与大自然融为一体并辅助于它）的大师，我们连最难的事都能做到——我们可以自发地创造生命。

"我们可以通过发射宇宙射线，创造任何形式的生灵，包括人。"

"你的意思是，你们还掌握了'试管婴儿'技术？"

"完全不是这样的，米歇。你的思维还是像个地球人。我们可以创造出人体，但只有圣贤涛拉们才能做到，他们也需要极度谨慎，因为你也知道，人体内同时存在着多重生命形体——生理体、星光体等等。否则它将只是个机器人。因此，完成这项工作需要完美的知识。"

"那么，你们创造一个婴儿要多长时间？"

"你没完全理解我的话，米歇。我刚刚说的不是婴儿，而是成年人。涛拉们造出一个二三十岁的成年人需要你们地球上大约二十四个小时的时间。"

你应该能想到，我被这话彻彻底底震惊了。的确，我已经乘着多倍于光速的飞船旅行到了离家几十亿公里的地方，我见过了外星人，曾以星光体旅行，穿越了时空，见证了发生在几千年前的场景。我现在不仅能看到气场，还能听懂我从没听过的语言。我甚至还短暂造访了地球的平行时空。我以为，在他们的讲解下，关于这些人和他们的能力范围，我已经知道了一个地球人可以知道的全部。现在——涛告诉我的好像是，这些不过是九牛一毛。我的主人们能够在二十四小时内创造出一个活人。二十四小时！活生生的人！

涛正看着我，我的心思被她一览无余。

"既然你懂我的意思，米歇，我要接着把故事讲完了，你的很多同胞都会对此非常感兴趣，它在《圣经》中稍微被歪曲了。

"于是，我们的'天使'植入了胚胎，处女玛利亚发现自己有了身孕。我们这样做，是想吸引民众的注意，从而强调耶稣诞生是件真正非同寻常的事件。孩子出生那天，我们在牧羊人面前出现，就像我刚才给你展示的那样。我们没有派出那三位著名的博士（又译为智者）——那是一段被嫁接到真实事件中的传说。但是，我们确实指引牧羊人和一群人前往耶稣诞生的地方。我们送出一个小球，让小球发光，这样就可以给他们指引方向。小球发光造成的效果，就好像是在伯利恒上方的一颗明星。我们要是现在做这样的事，人们会喊：'看，UFO！'

"最后，祭司们，还有被祭司们称作'先知'的人，知道了耶稣诞生的事。因为那颗星星和'天使'的缘故，先知向人们宣布，弥赛亚已经诞生，并称他为犹太人的王。

"然而，和大多数当权者一样，希律王在到处都埋伏了眼线。当眼线们向他汇报这些不寻常事件的时候，他很难理解，而且很害怕。那时候，人命对于国家领导者而言无足轻重，所以希律王毫不犹豫，下令处死当地的两千六百零六名婴儿。

"在这场杀戮发生时，我们通过催眠把玛利亚、约瑟和小耶稣，还有两头驴子转移到了我们的飞船里，然后把他们送到了一个离埃及很近的地方。你能看出事实是怎么被扭曲了吧？

"现在，还有一些其他被认真报告的细节，但是因为信息不足，说法并不准确。我来给你解释一下。因为出生时的奇迹事件，伯利恒的小耶稣被证明身份特殊，并被证明他实际上就是弥赛亚。这样，我们就吸引了人们的注意，但是，婴儿出生时，星光体不能'知道所有'之前的知识。摩西就是同样的情况，但依然成为伟大的人。

"我们需要一个使者来让广大的民众相信，通过星光体的转世，在今生之后还有来世等其他事情。这已经不再普遍被人接受，因为在亚特兰蒂斯消失之后，地球文明在不断退化。

"你知道，即便是对最亲近的朋友，当你想要解释非物质性的事实时，也会遭到质疑。人们寻求实物证据，如果不是亲眼所见，他们就不会相信。

"为了传达我们的讯息，我们需要行为非同寻常的人——就像来自'天堂'，并且能够施展看上去像'神迹'一样的人。只有这样的人才会被人相信，他的教诲才会被聆听。

"但你也知道，转世为婴儿的星光体通过了'遗忘之河'，先前物质性的知识全都被抹去了。所以说，出生在伯利恒的这个孩子就算活到一百岁也不会施展'神迹'。但是，他确实是一个境界极高的人，就像摩西一样。这一点在他十二岁时就得到了证明，他让圣殿里的教师感到震惊。就像现在地球上那些很年轻就被称为天才的人，他们的脑袋里就像有周密的部署，耶稣的体内也有一个高度进化的星光体。但即便他已经在地球上最高等学校学习，比如，那加人的学校，有些知识他仍无法获得，比如起死回生或者疗愈疾病。

"我知道，地球上有人认为，耶稣从十二岁开始，一直到他回到犹地亚，曾在印度和西藏的寺院里学习。耶稣当时突然从伯利恒消失，《圣经》中出现了一段空白时期，所以他们才努力这样解释。

"耶稣十四岁的时候，带着十二岁的弟弟奥里奇（Ouriki）离开了父母的家，到缅甸、印度、中国和日本旅行。他的弟弟一直跟随着他，直到在中国突然意外遇难。耶稣非常爱他的弟弟，于是一直把弟弟的一缕头发带在身上。

"耶稣到达日本的时候年已半百，他在日本结婚，还生了三个女儿。他在日本新乡村居住了四十五年，最后也在这里去世。他被葬在新乡，新乡在日本的一个主岛——本州岛上，在他墓穴旁边是另一个墓穴，里面是装着奥里奇头发的小盒子。

"你们地球上的人如果想找证据，可以去新乡。新乡旧称户来（Herai），位于日本青森县。

"还是让我们回到刚才说的，我们的具体任务……我们能派往地球上的使者必须是我们的人。死在耶路撒冷十字架上的'基督'，名叫阿里奥克（Aarioc）。他被我们带到了犹地亚沙漠，自愿改变了他的身体。于是，他抛弃了在海奥华上已经使用相当长时间的雌雄同体形式的身体，换上涛拉们专门为他创造的基督的身体。这样，他就保留了在海奥华上拥有的全部知识。"

"为什么他在本来的身体里，直接变小，就像拉涛利和毕阿斯特拉在我面前展示的那样？他不是可以在一个'缩小'的身体里待很长时间吗?"

"还存在一个问题，米歇。他必须在各个方面都像个地球人，因为我们是雌雄同体的，我们不能冒着风险，让希伯来人注意到这个神派来的使者身体有一半是女性。

"我们可以凭意愿让身体再生，这就是为什么你在海奥华上很少看到孩子。我们也可以创造身体，就像我刚刚解释的那样，我们还能把身体缩小。别这么看着我，米歇。我知道，你很难一下子消化这么多，也很难相信我告诉你的一切。但凭我们向你展示过的那些，足以让你明白，我们确实能够掌控大部分的自然现象。

"来自海奥华的耶稣被我们带到沙漠，接下来的你就都知道了。他知道他将面临重重的困难，也知道自己将被钉死在十字架上。他什么都知道，因为我们跟他一起'预览'人生的时候，他的星光体跟肉体并没有分开。

"他记得所有事情，就像你会记得，并且是永远记得你的姆大陆之行以及前世的那些掠影一样。

"那些景象，我再说一次，存在于肉体里的星光体看到的这些景象，并不像星光体和它的高级自我在一起时看到的那样被抹掉。所以说，他什么都知道，也非常清楚自己要做什么。当然，他有起死回生、治愈聋盲的能力。当他被钉死在十字架上的时候，我们将他带走，然后使他复活。我们推开墓穴的石门，很快将他带到了我们停在附近的飞船上，然后在飞船上将他复活了。等到时机成熟，他又一次出现，从而证明了他的永生，证明了死后确有来生，人们因此相信他们是属于造物者的，而且每一个人都拥有造物者的一丝神性，这在人们心中重新燃起了希望。"

"这么说，他所展现的所有神迹都是为了证明他的布道是真的？"

"是的，如果他没证明自己的能力，希伯来人和罗马人是不会相信他的。地球上的人满腹猜疑，都灵裹尸布就是个很好的例子，虽然几百万人都相信耶稣降临，也或多或少地信奉基督教，他们还是渴望听到专家的调查结果，因为他们不确定那条是不是基督'死'后所盖的裹尸布。现在你知道问题的答案了。但是人们寻找证据，更多的证据，还要再多的证据，因为他们心中仍然存有疑虑。佛陀是个地球人，他通过自己的修行获得了体悟，他并没有像你们其他人那样，说'我相信'，而是说'我知道'。信仰永远都不是完满的，而知识却是。

"当你回到地球，讲你的故事的时候，你被问到的第一件事就是证据。如果我们给你带点什么，比如地球上不存在的一块金属，那么在那些分析它的专家中，一定会有那么一个人，坚持让你证明那块金属不是你认识的一位聪明的炼金术师制造的——或者是一些类似的事。"

"那你会给我带点什么当证据吗？"

"米歇，别让我失望。我不会给你物质上的证据，原因正如我刚才所说—— 一点用也没有。

"跟知识相比，信仰不值一提。佛陀'知道'。当你回到地球的时候，你也会能够说，'我知道'。

"有一个广为人知的故事，讲的是多疑的托马斯想要触碰基督的伤口，因为即便亲眼所见也不能让他信服；但当他摸到伤口的时候，他的疑虑还是不能打消。他怀疑这是什么戏法。米歇，在你们的星球上，你们对大自然一无所知，一旦有什么超出理解范围的事情发生，每个人都说是魔术。悬浮是魔术，隐身是魔术，但其实我们只是运用了自然法则。所以，你应该说，悬浮是知识，隐身也是知识。

"于是，基督被送回地球，去传播博爱和灵性。他必须使用大量的比喻才能和那些进化程度不高的人交谈。当他在圣殿里掀翻商人的桌子，那是他第一次也是唯一的一次发怒，他在公然表示对金钱的抵制。

"他的使命是传播爱和行善的讯息——彼此相爱，并且在星光体转世和永生上给人启示。这全都被后来的神职人员们曲解了，无数的分歧导致许多教派的产生，他们都声称自己在遵从基督的教诲。

"几个世纪以来，基督教徒甚至还以上帝之名去杀戮。宗教裁判所就是个恰当的例子，墨西哥的西班牙天主教徒，比最野蛮的部落还要残暴，这一切都打着上帝和基督的旗号。

"宗教是你们星球上一个真正的祸端——原因我已经说了，也证明了。至于在世界各地涌现和盛行的新教派，都是通过洗脑控制民众。看到身心健康的年轻人拜倒在江湖骗子的脚下，真是让人不寒而栗。这些人自称灵性导师和大师，而这些大师真正擅长的事情也就那么两个——夸夸其谈和敛积巨财。当他们看到一大群人在身心上臣服，受自己的掌控，这让他们手握权力，备感荣耀。不久前，居然有一个首领让他的追随者自杀，而他们也服从了。既然地球上的人执着于'证据'，我这儿就有一条铁证：宇宙法则禁止自杀——如果这个'大师'是真的，他就应该知道这一点。要求下面的人自杀，就是他本身无知的最有力的证据。

"派系和宗教是地球上的一个祸端。教皇本应将一切可利用的资金用来帮助那些饱受饥荒的国家时，却在出游时一掷千金而不是低调节俭，你无法说服我，这样的举动是来自基督的授意。

"你们的《圣经》里有一段话是这样说的：骆驼穿过针的眼，比财主进神的国还容易。

"梵蒂冈无疑是你们星球上最富有的教会，但是神父们却已做出了守贫的宣誓。他们不怕被处罚（但是他们却相信有天谴），因为他们说有钱的是教会，而不是他们。这简直就是在玩文字游戏，因为教会就是他们组成的。这好比一个亿万富翁的儿子说自己没钱，有钱的是他父亲一样。教会没有曲解《圣经》中关于财富的章节。他们将其纳为己用，让富人变穷一些，把钱捐给教会，这不是更好吗？

　　"地球上的年轻一代正处于自省的阶段。许多事情将他们引向了如今所处的这个分岔路口，我知道，他们比之前的任何年轻一代都备感孤独。他们想要摆脱这种孤独，加入教派或宗教团体绝不是解决办法。

　　"首先，如果你想'提升'自己，你必须冥想，然后专注。冥想和专注是不同的，但是经常被混淆。你不需要去特殊的地方，因为最伟大和最美好的殿堂就在人的内心。在这里，人可以通过专注与高级自我交流，让高级自我帮助自己度过这些凡间物质的困难。但有些人需要和其他的人交流，像他们一样的人，那么他们也可以为此聚集在一起。那些经验更丰富的人能够给出建议，但是谁也不应该以'大师'自居。

　　"大师在两千年前来过了，或者我应该说'大师之一'，却被人们钉在了十字架上。尽管如此，在大约三百个地球年的时间里，人们遵循了他带来的信息。在那之后，事实就被歪曲了，现在，在地球上，你们已经回到了一个比两千年前还要糟糕的时期。

"我刚才说到的年轻一代，正在你们的星球上崛起，并在逐步意识到我一直在讲述的这些事情的真实性。但是他们必须学会从自己的内心寻找答案。他们不应该等待来自旁人的援助之手，否则，他们必将失望。"

第十二章　　拜访奇"人"之旅

涛说完这些，气场随之明显转暗。外面的雨停了，阳光照耀着大朵的白云，为它们擦上了淡淡的蓝粉色调。树木的枝杈在微风中摇摆，看上去神清气爽；树叶上的水滴中，一千条彩虹桥在舞蹈。鸟儿看见太阳重现天上，用甜美的嗓音齐声欢唱；昆虫的叫声和光的振动也加入进来，伴奏声轻缓悠长。我从未经历过如此神奇的时刻。我俩谁也不想说话，只是让灵魂沉入周遭的美好中，深深浸透。

一阵欢声笑语传来，我们这才从这一切的平静中被唤醒。回头一看，毕阿斯特拉、拉涛利和拉提欧努斯正各自乘着塔拉朝我们飞来。

他们降落在都扣的正前方，非常自然地走了进来，微笑满怀，容光焕发。我们站起来跟他们问好，他们也用海奥华语跟我们问好。我还是能够理解他们所说的全部内容，只是不会讲这种语言。这倒没什么妨碍，我本来就没什么要说的，而且，想说的时候我可以说法语，他们就算听不懂我的话，也能用心灵感应理解我的意思。

我们喝了些蜂蜜水，然后精神饱满地准备出发。我戴上面罩，跟着他们走到外面，拉涛利来到我身边，在我腰间系了一个塔拉。接着，她把一个利梯欧拉克放到了我右手。我也要像鸟一样飞起来了！想想就很兴奋。从我到这星球上的第一天起，就看见人们用这个飞来飞去，我也梦想着能跟他们一样。但是我得承认，太多的事情让我应接不暇，我没指望真的有机会一试。

"拉涛利，"我问，"为什么你要用塔拉和利梯欧拉克飞行，你们这些人不是基本都会悬浮吗？"

"悬浮需要精力相当集中，即便是我们，也很消耗能量，米歇，而且只能每小时悬浮飞行七公里。悬浮只有在特定的灵性练习中才会使用，用来出行可就逊色多了。这些设备跟悬浮术原理相同，可以中和我们说的星球的'冷磁力'，这种力相就是地球上的'重力'，能把所有物体保持在地面上。

"人，就跟一块岩石一样，是由物质组成的。但是，通过能中和冷磁力的高频振动，我们可以让自己'失重'。然后，再引入另一种频率的振动，帮助我们移动和转向。如你所见，完成这个功能的装置对我们来说非常简单。姆大陆、亚特兰蒂斯和埃及金字塔的建造者也使用了相同的原理。涛已经跟你提过这个装置了，那么现在，就请你来亲身感受一下抗引力的效果吧！"

"这些装置的速度能达到多少？"

"单就这一个来讲，可以每小时飞行三百公里，高度不限。

该动身了——别人在等着我们呢。"

"你觉得我能用好这个吗?"

"当然了。我会教你怎么用,一开始要格外小心。如果你不完全按照我说的做,很有可能发生严重的事故。"

大家都在看我,拉提欧努斯好像是被我这种担心的样子逗得最开心的一个。我用手紧握住利梯欧拉克,把安全带绑在前臂。这样,就算我松开手,利梯欧拉克也会和我捆在一起。

我感觉自己喉咙发干。我承认,我真没多少信心。拉涛利走了过来,把手臂环绕在我腰间,向我保证说在我熟悉怎么使用这个装置之前,她是不会松手的。

她还告诉我不用管腰间的塔拉,但要把利梯欧拉克握紧。首先要使劲拉一个大按钮来启动装置——有点像汽车的启动钥匙。一个小指示灯亮了,说明装置已经就绪。利梯欧拉克的形状很像个梨,握着的时候大头朝下,上面是一个蘑菇形的"帽",这样设计肯定是为了防止手指滑脱。握的时候,手要放在"梨"的"项圈"上。

拉涛利解释说,这个利梯欧拉克是为我量身打造的,因为我的手只有他们的一半大,标准型号并不适用。而且,"梨"和握"梨"的手的大小吻合很重要。利梯欧拉克有点软乎乎的,好像是橡胶做的,里面装满了水。

听完拉涛利的讲解,我紧握住利梯欧拉克,结果用力过猛,拉涛利差点没来得及抓住我,我们就蹿上了天。

这个起跳足足有三米高。其他人在我们周围,还停在距离地面两米高的地方，拉涛利被我的突然袭击吓了一跳，这惹得他们哈哈大笑。

"小心，"涛跟她说，"米歇执行力很强的。如果你把一个装置放到他手中，他会马上就用！"

"如果你像刚才那样，均匀用力，力度适中，就会垂直起飞。如果是用四指稍微用力一点点按，就是左转；用拇指按就右转。想下降的话，可以减小握力，想快点下降就用左手按底座。"

她边说边让我练习这些动作，我们爬升到了大约五十米的高空，这时我听见了涛的声音。"很棒，米歇。拉涛利，你该让他自己来了。他已经掌握了要领。"

我宁愿她没把这些话说出来。因为我一点也不认同，而且，在拉涛利的护"翼"下我会自信很多——我没开玩笑！她真的松开了我，但还留在我附近，与我保持同一个高度。

我试探着慢慢松开利梯欧拉克，上升停止了。再松一点，我开始下降；这下放心了。我在"项圈"周围均匀用力，结果像箭一样冲上云霄——飞得好远，以至于我的手指都僵住了；于是我就在持续地升高。

"手放松，米歇。手要放松。"拉涛利喊道，瞬间就到了我身边。

啊——我停下了，或者说基本停下了，在海平面以上大约两百米高的地方，因为无意之中，我一直在用"僵硬的"拇指使劲按着。其他人也都跟着我们来到了两百米的高空会合。我的表情一定奇怪极了，连拉提欧努斯都忍不住笑了出来，这是我第一次见他笑得这么开心。

"轻点儿，米歇，这个装置反应很灵敏。我觉得可以重新上路了。我们来带路。"

他们慢慢飞远，只剩拉涛利在我身边。我们保持着相同高度。我用整个手掌按利梯欧拉克，平稳前进着。很快我就能够通过调整按住利梯欧拉克的力度大小，随意加速，还可以用手指的力度来调整高度和方向。

我还是会有一些出乎意料的急转弯，尤其是当三个器宇非凡的人从我们面前穿过，我的注意力一下子就被吸引了过去。她们路过的时候向我投来惊讶的目光，显然我的出现令她们感到意外。

过了一段时间，我猜大概有半个小时，我开始掌握了要领——至少足够顺利飞越海洋了。前方畅通无阻，我们也慢慢提速，我甚至还能跟同伴们保持队形，不至于频繁掉队。

真是太刺激了——这是一种我从没想象过的感觉。因为这个装置在我周围创造了一种力场，让我失去了重量，所以根本没有像在热气球里那种悬在高空的感觉，也没有那种被翅膀带着飞的感觉。在力场的全面包围下，我甚至感觉不到扑面而来的风。我记得那是一种跟环境融为一体的感觉，我对这种新式出行工具的掌控越熟练，收获的乐趣就越多。我想试试我的操控力，所以开始略微下降，之后再慢慢上升。我一会儿升得比别人高，一会儿降得又比他们低，来来回回试了好几次，最后我靠近涛，把我满心的欢喜通过心灵感应传达给她，并让她知道，我想降低高度，贴着水面掠过脚下一望无际的海洋。她同意了，我的同伴们都跟着我降到了水面。

用接近每小时一百公里的速度从浪尖掠过，那感觉实在太棒了，我们仿佛是无所不能的神，引力的征服者。身旁时不时溅起银色的水花，这说明我们正从成群结队的鱼儿上方飞过。

我沉浸在兴奋之中，忘记了时间的流逝，不过好像飞行大概持续了三卡斯。

无论我怎么转头，看到的都只有天际线。这时，涛用心灵感应告诉我："看那边，米歇。"远处的水面上，我依稀分辨出一个斑点，斑点迅速变大，我发现这原来是一个不小的岛，岛上山峦密布。

我们很快看到了巨大的岩石，岩石呈黛青色，鲜明的棱角扎在大海的碧浪清波之中。我们提升高度，好俯瞰岛的全貌。巨大的黑岩将大海阻隔在外，所以岛上没有沙滩。堆砌的黑岩巍峨壮观，根基被海浪拍打着，在阳光的照射下色彩斑斓，跟玄武岩本身的黑色形成鲜明的对比。

面向内陆的山坡半路巨木成林，树冠竟然是深蓝和金色，树干鲜红如血。这些树覆盖着峭壁，一直延伸到湖边。湖水如翡翠一样碧绿，湖面有些地方金雾缕缕，扑朔迷离。

湖中央有一个巨大的都扣，好似悬浮在水面，尖部朝上。我后来得知，都扣的直径大约有五百六十米。

这个都扣不仅大小非同寻常，颜色也不同于其他。至今为止，我在海奥华上见过的所有都扣都是颜色发白，九都扣城里的那些都扣也全是白色的。这个呢，却像是纯金打造的一般。它在阳光照射下熠熠生辉，虽然还是普通的蛋形，颜色和大小却让它赫然醒目。让我惊讶的还有一件事：这个都扣在水中居然没有倒影。

我的同伴们带我向金色都扣的圆顶飞去。我们在水面上徐徐飞行，从这个角度看过去，效果更是壮观。这个都扣跟其他的不同，没有任何入口指示。我跟着涛和拉涛利，她们很快就消失在了都扣里。

另外两个人在我身边，一人抓着我一只胳膊，我才不至于掉进水里。因为在不知不觉间，我惊讶地发现自己早就松开了利梯欧拉克。我被眼前的画面惊呆了。

我在都扣里看到了这些：

大约两百个人，全都飘浮在空中，没有借助任何工具。这些身体似乎是在沉睡，又像在深度冥想。离我们最近的一个，飘浮在水面上方大约六米高的地方，因为这个都扣里面没有地面，只有水面。"蛋"的底部实际上是在水里。我之前解释过，进了都扣里面，你也能看到外面的景象，跟外面的世界之间好像不隔一物。所以，在这个都扣里，依然看得见外面的湖水山色，还有远处森林的全景，在这个"景观"中间，离我近的地方，飘浮着大约两百个身体。你应该可以想象，这场面的确令人震撼。

我的同伴们在沉默中看着我，跟以往他们看我惊异的样子不同，这次，他们没有笑，而是非常严肃。

经过更仔细地观察，我开始注意到他们的个头基本都比我的主人们小，有的体形极不寻常，有的甚至可以说是形态怪异。

"他们在干什么？冥想吗？"我小声问身边的涛。

"拿着你的利梯欧拉克，米歇。它就挂在你手臂上。"

我听她的话拿起来，接着，她回答了我的问题。"他们已经死了。这些是尸体。"

"死了？什么时候死的？他们是一起死的吗？是出了什么意外吗？"

"有些人在这儿已经几千年了，最短的我想也有六十年了。我看，就你现在的惊讶状态，应该是没办法正常操作利梯欧拉克了。我和拉涛利来领着你。"她们每个人架住我的一条胳膊，我们开始在这些身体中间穿梭。所有的身体，无一例外，都是全裸的。

我在其中看见了一个莲花坐姿势的人。他头发很长，是红金色。站起来的话，这人能有两米高。他拥有金色的皮肤，就男性而言，他的体貌特征显然是不错的——而且他确实是个男性，不是雌雄同体。

再远一点儿的地方，躺着一个女人。她的皮肤像蛇一样粗糙，或者说像树皮。她好像很年轻，不过她奇怪的样子让人很难判断她的年龄。她皮肤是橘色，留着绿色带卷的短发。

最让人奇怪的是她的乳房。她的乳房非常大，但是每个乳房都有两个乳头，乳头之间距离约十厘米。她应该能有一米八的身高。她的大腿很细，肌肉发达，小腿很短。她每只脚都有三个巨大的脚趾，但手却和我们的完全一样。

我们从一个走向另一个，一路走走停停——就像在参观蜡像馆一样。

这些人的眼睛和嘴巴都是闭上的，姿势无非两种——要么莲花坐，要么仰面躺着，双臂放在两侧。

"他们是从哪里来的?"我小声问。

"不同的星球。"

我们在一个人的身体前停留了一段时间，这个人显然正值"壮年"。他头发是明亮的栗色，又长又卷。他的手脚跟我一样，肤色让人熟悉——是地球人的肤色。他的身高应该有一米八，脸很平整，面容高贵，下巴上还有一撮柔软的山羊须。

我转向涛，她的目光正盯着我。"要我猜，他可能是从地球来的。"我说。

"某种意义上，是的。但从另一个角度讲，又不是。你听过他的故事，已经很了解他了。"

这下可让我好奇了，我更仔细地打量他的脸，直到涛通过心灵感应对我说："看看他的手和脚，还有他的肋部。"

涛和拉涛利把我带到离这个身体更近的地方，我在他脚上和手腕上看到了明显的伤疤[1]，他的肋部还有一道非常深的伤

---

[1] 宗教绘画和雕刻作品描述耶稣在十字架上受死的时候用的是将钉子穿过手掌钉在十字架上。但是，根据人体解剖学，手骨之间的软组织强度并不足以将身体支撑在十字架上。钉子会直接从手指之间滑脱。相反，透过手腕的钉子可以塞进骨头中间，会提供更大支撑力。（原文编辑注）

口，大约二十厘米长。

"他怎么了？"

"他被钉死在十字架上了，米歇。这就是我们今天早上说到的，基督的身体。"

幸好，主人们预料到了我的反应，支撑住了我的胳膊。我当时肯定是不能操控利梯欧拉克了。可想而知——我此刻凝视着基督的身体，那个被地球上无数的人顶礼膜拜、口口相传的人物——他可是过去两千年里无数争议和研究的主题。

我想要伸手触碰他的身体，却被我的同伴们阻止了，他们将我拉到了一边。

"你不是托马斯。为什么一定要碰他呢？你心中是不是还在怀疑？"涛说，"看，你验证了我早上说的，你在寻找证据。"

我羞愧得无地自容，后悔不该做出这样的举动，涛对我的懊悔表示理解。

"我知道，米歇，你是出于本能，我理解。在任何情况下，你都不能触碰这些身体——谁都不能碰，除了那七位涛拉中的一位。事实上，就是涛拉们把这些身体放在这里悬浮保存的，就像你看到的这样。他们凭自身力量就能够做到。"

"这些就是他们活着的时候用的身体吗？"

"当然。"

"但他们是怎么保存下来的？这里有多少个身体？他们为什么在这儿？"

"你记不记得我告诉过你，我们把你从地球上带走的时候，我说过，有些问题你可以问，但是我们不会给出答案。当时我解释说，你会从我们这里了解你需要知道的一切，但是有些事情仍然只能是个'谜'，因为有些事情你不能写下来。你刚刚问的这个问题我就不能回答，原因就是如此。但是，我可以告诉你，这个都扣里有一百四十七个身体。"

我知道，继续追问也是白费力气。不过，我们一边在这些身体中间徘徊，我一边问了另一个让我强烈好奇的问题：

"这里有摩西的身体吗？为什么他们都悬浮在这个没有地板的都扣里？"

"你们星球上的身体，我们只有基督。悬浮是为了让这些身体妥善保存，这个湖里的水性质特殊，有助于保存。"

"其他人都是谁？"

"他们来自不同的星球，在各自的星球上都发挥了十分重要的作用。"

其中有一个身体让我印象深刻。这个身体大约半米高，跟地球上的人外形完全一样，除了肤色是深黄，而且没有眼睛，取而代之的是脑门中间的一种角。我问涛他是怎么看东西的，涛告诉我，他凸起部分的末端有两只眼睛，是像苍蝇一样那种多面体眼睛。我能看见合上的眼皮，眼皮上有几个裂缝。

"大自然还真是无奇不有。"我喃喃自语道。

"就像我说的那样，你在这里看到的每一个身体都来自一个不同的星球。星球上的生存条件决定了居住者身体的具体特征。"

"我没看到像阿尔奇一样的人。"

"你是不会看到的。"

我不明白为什么，但我"感觉"不该再追问这个话题了。

这次参观让人毛骨悚然。我看到了像北美红印第安人的身体——但他们却不是北美红印第安人。我还看到了像非洲黑种人的身体，但他们也不是；还有一个像日本人的飘浮在空中，却也不是日本人。正如涛所说，基督是唯一一个来自地球的身体，如果他算是来自地球的话。

在这个不同寻常的迷人胜地不知道待了多久之后，我被向导们带到了外面。清风散发淡淡香气，携着森林的芬芳在我们身上拂过，让我感觉很舒服。虽然这次参观非常有趣，但我却有些筋疲力尽。涛显然看出了我的疲惫，用振奋的语气说："准备好了吗，米歇？我们要回家啦。"

这几句话，她是故意用法语说的，而且还用了极其"地球化"的语调，让我精神抖擞，效果不亚于这让人神清气爽的晚风。我握住利梯欧拉克，跟其他人一起升到空中。

我们飞过高耸的树林，爬上了嶙峋的山坡。在山顶上，我们又可以欣赏那无垠的大海。放眼望去，漫无天际。在这样一个让人起鸡皮疙瘩的下午的对照下，我更加领略到了这星球的美。我记得，当时我又突然想到，就那一瞬间，我又怀疑这全都是梦或者幻觉，或者，根本就是我的脑袋出了问题？

涛还是像往常一样警觉，对我发出了掷地有声的命令，像皮鞭一样抽打在我脑海，心灵感应反复回响，驱散了我的疑虑："如果你不握住利梯欧拉克，米歇，你就要去洗海水澡了。我们要是再不快点，还没到家夜幕就会降临。那样的话你可就不太方便了，你觉得呢？"

的确，我迷失在自己的思绪里，下降到几乎和波浪相接还浑然不觉。我紧握住利梯欧拉克，如脱弓之矢，升到高空，加入了涛和其他同伴的行列。

夕阳沉沉坠下，天空通彻明朗。大海被漫上了橘黄色，可谓壮观。我从没想过水也能呈现出这种颜色。我问了为什么，通过心灵感应传来解释，有时候，在一天的这个时间，大片橘黄色的浮游生物会涌上海面。这儿的海水里应该有不少这样的浮游生物。这是怎样的奇景啊！碧蓝的天空，橘色的大海，而且一切都被金光包裹，这个星球上的金色光芒，不知从哪里来，又似乎无处不在。

突然，我的同伴们开始上升，我也跟着他们上升。大约在海面上空一千米，我们开始朝着来的方向加速——我猜是北面——时速约三百公里。

朝着落日的方向望去，我分辨出水面上有一个宽大的黑色带子。我都不用问，答案很快就来了。

"那是努洛阿卡（Nuroaka），是我们的大陆之一，跟整个亚洲一样大。"

"我们会去参观吗？"我问。

涛没有回答，这倒是让我意外。她是第一次像这样无视我的问题。我想，可能是我的心灵感应力不足，所以又用法语问了一遍，还特意提高了音调。

"看那边。"她说。

我转过头，看见各种颜色的鸟，组成了一团拼凑出的多彩祥云，正朝我们这边飞来。我担心撞上它们，于是下降了几百米。它们用飞快的速度与我擦肩而过——但这是由于它们的速度太快了，还是我们的速度太快？我想可能是因为双方的叠加速度才会让它们消失得如此迅速，但就在这时候，让我震惊的事情发生了。

我向上看，涛和其他人都没有改变高度。他们怎么没和这队带着翅膀的飞行军相撞呢？我看了一眼涛，发现她知道我在想什么——我忽然想到，这些鸟出现的时机刚刚好——就在我提出问题的时候同时发生。

我已经熟悉了涛的行事方式，知道她"无视"我自有她的原因，我也就将此事暂时搁在一边。我决定充分利用这个不用翅膀就能飞的机会，沉溺在四周缤纷的色彩中。随着太阳向天边低沉，颜色也在慢慢变化。

天空像被泼洒了颜色的油画，那种宏伟壮丽的景象我实在无法用笔墨描述。我以为我已经见过了这个星球上所有色彩组合奏出的交响，但我发现我错了。在我们的高度，天空的色彩效果，与大海时而反差，时而互补，景色令人叹为观止。大自然真是太不可思议啊，协调着如此多种多样的颜色，变幻不断，美却依旧……我再一次感到之前那让我眩晕的"醉意"，这时我收到涛清晰简短的指令："快闭上眼睛，米歇。"

我听她的话闭上了眼睛，这种醉意立刻消失了。但是，闭着眼睛驾驶利梯欧拉克，还要保持队形，可不是件容易的事——何况我也只是刚出师不久。果然，这一路少不了左摇右摆，上冲下撞。

这时我又收到另一个指令，这次没那么紧急："看着拉提欧努斯的后背，米歇。眼睛别离开他，看着他的翅膀。"

我睁开眼睛，拉提欧努斯就在我前面。他张开了黑色的翅膀，奇怪的是这居然完全不让我觉得意外。我全神贯注地盯着他的翅膀。过了一会儿，涛到我旁边，用法语对我说：

"我们快到了，米歇，跟着我们。"

当拉提欧努斯的翅膀消失时，我同样觉得理所应当。我跟着他们向海面下降，看到一个像彩色桌布上的宝石，这就是我的都扣所在的岛了。太阳潜入波涛，我们伴着绚烂的光芒快速靠近小岛。我必须赶紧回到我的都扣。因为我又要被颜色的美带来的"醉意"撂倒，只能半闭上眼睛。我们此刻在海面上飞行，很快就穿过了海滩，扎进了环绕我的都扣的丛林。我的着陆就不太成功了，我发现自己直接进入了都扣，并跨在了椅背上。

拉涛利马上出现在我身边。她按下我的利梯欧拉克的按钮，问我是不是还好。

"我还好，都是这些颜色搞的！"我磕磕巴巴地说。

没人笑话我的小事故，而且每个人看上去都带了一丝伤感。这种样子在他们身上实在少见，我一时间不知所措。我们都坐了下来，喝了些蜂蜜水，还吃了些红色和绿色的食物。

我并不觉得饿。摘下面罩后，我轻松了许多。夜色迅速蔓延，正如海奥华的每一个夜晚。我们就在黑暗中坐着。我记得当时我还在好奇，我几乎分不清他们哪个是谁，但他们却像在白天一样，看我看得一清二楚。

大家都一言不发，我们就这么坐着，保持着沉默。我抬起头，看到星星一颗接一颗出现，像"定格"在空中的烟花表演。海奥华的大气分层与地球不同，所以这里的星星看上去是带颜色的，也比在地球上看到的要大得多。

我还是忍不住打破了沉默，很自然地问："地球在哪儿？"

他们好像一直就在等我问这个问题似的，全体起立。拉涛利像带着孩子一样抱着我，我们到了外面。在其他人的带领下，我们沿着一条宽阔大路走向海滩。在岸边潮湿的沙滩上，拉涛利把我放下了。

时间一点点流逝，长夜被一颗又一颗的星星照亮，就像一只巨人的手在点亮一盏大吊灯。

涛走到我旁边，然后用一种我差点儿认不出来是她的伤感语气，几乎是耳语一样小声说道："你看见那四颗星星了吗，米歇，就在天际线上空？这几颗星星几乎组成了一个正方形。右上角那颗绿色的，比其他的都要亮一些。"

"是的，我找到了——对，是正方形——找到了，绿色的那颗。"

"现在看正方形的右边，稍微高一点的地方。你会看到两颗红色的星星，靠得很近的那两颗。"

"看到了。"

"看着右面的那颗，然后再往上看一点点。有一个非常小的白色的星星，看到了吗？几乎看不见的那个。"

"应该是看到了……嗯。"

"在它左边高一点，还有个黄色的小星星。"

"嗯，找到了。"

"那颗白色的小星星就是照亮地球的太阳。"

"那地球在哪里？"

"从这儿是看不见的，米歇，我们离得太远了。"

我呆呆地望着那颗小得不能再小的星星。在布满大颗彩色宝石的夜空，那一颗是多么地微不足道。但就是这颗微不足道的星星，可能此刻正在温暖着我的家和家人，让植物萌芽生长……

"我的家"——这个词忽然显得如此陌生。"澳大利亚"——此刻我很难想象它是我们星球上最大的岛，特别是在连地球都难用肉眼看到的情况下。但是我已经知道，我们属于同一个星系，而宇宙中，像这样的星系，成千上万。

我们这些区区人类之身，又算什么呢？不比一个原子大多少。

第十三章　重返"家园"

烈日炎炎，屋顶上的片片镀锌铁瓦被烤得嘎吱作响，就连露台上，也同样是酷暑难耐。花园里，光影在欢快地交错，淡蓝的天空鸟儿嬉戏成群。而我，却在感伤。

我刚为这本书的第十二章画上句号。我答应了写书的请求，但一路写来困难重重。我想不起来所有细节，所以时常花好几个小时努力回忆涛说过的话，还有她想让我写的那些事。往往就在我束手无策的时候，记忆里模糊的片段一下子又全都清晰了——每个细节跃然眼前，就好像有个声音在我耳畔讲述，我只是在听写，不停地写，写到手开始抽筋。我的脑袋被画面塞满，有时候持续三个小时，有时候更长或更短。

写这本书的时候，每当脑海里挤满了文字，我便想要是我会速记该有多好——现在，这种奇怪的感觉又回来了。

"你在吗，涛？"我还是会问，但总是没有回答。"是你们中的一个吗？涛？毕阿斯特拉？拉涛利？拉提欧努斯？求你给我一点信号，一个声音也好。回答我啊！"

"你叫我？"

妻子听见我出声讲话，赶忙跑过来。她站在我面前细细打量。

"没有。"

"你怎么每隔一段时间就这样，自言自语的。这本书写完就好了，这样你就可以'回到地球'了，回到现实吧！"

她转身离去。可怜的莉娜。这几个月，她当然也不好过。这一切对她来说意味着什么呢？那天早上，她像往常一样起床，结果发现我在沙发上躺着，脸色惨白，呼吸困难，迫切需要睡眠。我问她看没看到我留的字条。

"看到了，"她说，"不过，你去哪儿了？"

"我知道你可能很难相信。我被外星人接走了，被带到了他们的星球。我会把一切说给你听，但是现在，让我睡吧，能睡多久就睡多久。我要上床去睡了——我躺在这里是不想吵醒你。"

"那，你的疲惫应该不是因为什么别的事吧？"她温柔的语气中透着无奈，我能感受到她的担心。不过，她还是让我去睡了，过了整整三十六个小时，我才睁开眼睛。醒来后，莉娜正弯腰看着我，就像护士看危重病人那样，满心焦虑。

"你没事吧？"她问，"我差点儿就要叫医生了。我从来没见你睡过这么长时间，一点儿醒的意思都没有——你做梦了，梦中还时不时喊几句。谁是'阿尔奇'，还是'阿奇'？还有'涛'？你能告诉我吗？"

我笑了，吻了她一下。"我会一五一十地告诉你。"我忽然意识到，天底下无数对夫妻之间应该都说过同样的话，但他们并没打算把事情从头到尾交代清楚。我真希望自己说的不是这种庸俗平常的话。

"好啊，我在听呢。"

"很好，你必须认真听好，我说的事情非常严肃——非常非常严肃。我不想讲两遍，把儿子叫来，我给你们两个一起讲。"

三个小时过后，我大体讲完了我的神奇旅行。对于这种事情，莉娜是家里最不相信的那个，但她从我的一些表情和语调中察觉到，我身上一定发生了真的很重大的事。两个人一起生活了二十七年，有些事情不会看错。

他们的问题像连珠炮一样朝我甩来，尤其是我的儿子，因为他一直相信别的星球上有高级智慧生命存在。

"你有证据吗？"莉娜问。我想到了涛的话——"他们寻找证据，米歇，总是要更多的证据。"这样的问题从我自己妻子的口中问出，让我略感失望。

"没有，没有任何证据，但是当你读完我必须写的这本书，你就会知道我说的都是真的。你不用'相信'——你自然会'知道'。"

"要是我跟朋友们说，'我丈夫刚从海奥华星回来'，你能想象会是什么情形吗？"

我让她不要跟任何人说起这件事，因为我接到的指令不是开口讲述，而是先写书。我也觉得这样更好，因为说出去的话会随风而逝，而写下来的字却会永载史册，任何情况下都是这样。

几天过去了，几个月又过去了，现在，这本书终于完成了，眼下只剩出版这一关。关于出版的事，涛让我放心，她说不会有什么问题。当时我们在返回地球的飞船上，我问了一个问题，她就是这么回答的。

"飞船"——这个字眼在我心中激起了多少浪花……

最后一晚，在沙滩上，涛指给我天空中那颗微小的星星，说那就是太阳，那个此刻让我汗流浃背的太阳。之后，我们乘着飞行台来到了星际基地——沉默了一路，很快就到了。一艘飞船已经做好起飞准备，正在等我们登舱。去基地的短暂途中，在一片漆黑里，我看到同伴们的气场不再像之前那样明亮闪耀。气场的颜色减退，与他们的身体贴得更近。我感到意外，但也没说什么。

登上飞船后，我还以为要去另一个地方，可能是到附近的星球执行一项特殊任务。涛什么也没对我讲。

我们按部就班地起飞，一切顺利。我看着这个金色的星球迅速变小，以为再过几个小时，或者一天，我就会回来。几个小时过去，涛终于开始对我说话了。

"米歇，我知道你已经注意到了我们的伤感。这的确是真的，因为有些离别的伤感多于其他。我和我的同伴们非常喜欢你，如果说伤感，那是因为旅程结束后我们必须分别。我们正在带你返回你的星球。"

我又感到胃部一阵刺痛。

"这么突然的离开，希望你别怪罪我们。我们这么做是不想让你感到遗憾，因为一个人离开喜欢的地方总是难免怅然若失——我知道你非常喜欢我们的星球，也喜欢跟我们待在一起。你很容易忍不住想，'这是我的最后一晚'或者'这是我最后一次看见这个或那个'。"

我低着头，完全无话可说。我们就这样沉默地坐着，坐了好一会儿。我感觉自己变重了，四肢和器官好像都在下坠。我慢慢把头转向涛，用眼神偷瞄她。她似乎更加伤感了，而且好像少了点什么。我突然意识到，是她的气场，她的气场不见了。

"涛，我怎么了？我看不见你的气场了。"

"这是正常的，米歇。圣贤涛拉们赐予你两种能力——看见气场和理解语言的能力，这都是辅助你学习的工具，但这两种能力都是有期限的。

"这期限就到刚才为止，但别因为这个难过；毕竟，你在一开始，加入我们当中以前，本来就不具备这两种能力，你带回去的是知识，能让地球上千百万人受益的知识。这不比理解语言或是看见你不能解读的气场更重要吗？毕竟，重要的是解读气场，而不是单纯的看见。"

我接受了她的说法，但还是感到失望，因为我早就习惯了这群人周身绽放的光彩。

"不必遗憾，米歇，"涛读着我的想法说道，"在你的星球，大多数人都没有灿烂的气场——而且差得很远。千千万万的地球人心心念念的都是和物质相关的事，他们的气场也非常暗淡；看到会让你失望的。"

我仔细看着她，清楚地意识到，很快我就再也看不到她了。她的体形虽然不小，身材比例却很匀称；亲切可爱的脸颊没有一点皱纹；嘴巴、鼻子、眉毛——都完美无瑕。突然，我潜意识里酝酿已久的一个问题几乎是不由自主地蹦了出来。

"涛，你们全都是雌雄同体，这是不是有什么原因？"

"是的，这很重要，米歇。你到现在才提出这个问题倒是出乎我的意料。

"是这样的，因为我们生存在更高级的星球，我们拥有的一切物质也都更高级，这你亲眼看到了。我们的各种身体形式，包括肉体，也必然是高级的。所以在肉体层面，我们进化到了可以进化的最高等级。我们可以让身体再生、永生或复活，甚至，有时候可以创造身体。但是我们的肉体里还存在着其他身体形式，比如星光体——事实上，共存有九种身体形式。此刻我们要关注的是液流体和生理体。液流体影响生理体，生理体又作用于肉体。

"在液流体中，你拥有六个重要点位，我们称之为卡若拉，你们星球上的瑜伽大师称之为脉轮。第一脉轮位于两眼之间鼻子上方一点五厘米，你可以将它想象成液流体的'大脑'；与之对应的是松果体，位于你大脑中的大后方，它们处于同一水平线上。其中一名涛拉就是将手指放在了这个脉轮上，才释放了你理解语言的能力。

"回到我们现在要讲的，在液流体的底部，就在生殖器官的正上方，是一个非常重要的脉轮，我们称之为穆拉哈拉（Mouladhara）[1]，你们的瑜伽大师称之为Sacred。在这个脉轮上方，和脊柱相接的地方，就是帕兰提斯（Palantius）[2]。

"帕兰提斯形似弹簧，呈螺旋状，只有在放松状态下才能触及脊柱底部。

"要想让它放松，需要两人发生性行为，而且这两人必须彼此相爱，在精神上互有共鸣。只有在这个时候，满足这些条件，帕兰提斯才能够延伸到脊柱，将一种能量和特殊的能力传递给生理体，然后对肉体发生作用。发生这种性行为的人，从性爱中感受到的愉悦要比普通人多得多。

"在你的星球上，当你听到深陷爱河的人说，'我们好像漫步云端'，'我们感觉轻飘飘的'，或者'感觉飘飘然'等类似的话，你就可以确信，这两人在身体和精神上和谐一致，是真的'天作之合'，至少当时是。

"地球上一些密宗教徒已经做到了这一点，但这对他们来说并不常见，因为他们的宗教仍旧充满荒谬的仪式和戒律，为达成这一目标造成了极大障碍。他们只见森林，却不见树木。

"让我们说回到这对相爱的情侣：因为真正的爱和绝对的契合，男人感受到的极大快感转化成了帕兰提斯的有益振动。所有这些幸福感都是通过完成性行为释放的。这种幸福感虽然

---

① 或为"Sacral"，也拼作"Muladhara"。（原文编辑注）
② 拼写不明。（原文编辑注）

男女有别，但过程是相同的。

"现在回到你的问题。在我们的星球上，通过雌雄同体的形式，只要我们想，就可以同时感受到男性和女性的幸福感。当然，这比单性别带来的性愉悦要丰富得多。而且，这样可以让我们的液流体保持最佳状态。我们的外表，毫无疑问，偏女性化一些——至少我们的面庞和乳房体现了这一点。米歇，难道你不认为，一般来讲，女性的脸比男性更美吗？比起相貌平平，我们肯定是更喜欢美丽动人。"

"你怎么看待同性恋？"

"同性恋，不论男女，都是一种神经官能症（如果不是荷尔蒙问题的话）。神经官能症患者不应该受到谴责，但像所有神经官能症患者一样，他们应该寻求治疗。米歇，不论何事，想想大自然的法则，你自然会得到答案。

"大自然赋予一切生物繁殖的潜力，这样不同的物种才得以延续。造物者凭其意愿，在所有物种中创造了雌雄两性。在人类身上，基于我刚才讲过的原因，他还增加了其他物种没有的特性。比如，女性在性高潮的时候会精神焕发，获得的各种性刺激将释放帕兰提斯，通过液流体为肉体带来极大改善。

"这种情况可以发生在一个月的很多天，女性也不会因此怀孕。而母牛每个月只有特定几个小时里才会接受公牛，不过是受到繁殖本能的驱使罢了。等到怀上小牛，它就不会再接受公牛的'挑逗'了。你可以就此比对一下大自然的这两种创造。人是一种相当特殊的生物，拥有九种身体形式，而母牛只有三种。显然，造物者是在思虑周全后，才在我们身体里加入了不只肉体这一种形式。有时候，在你的星球，这些特别的存在被称为'神圣火花'——这个比喻很恰当。"

"你对堕胎怎么看？"

"这是自然行为吗？"

"当然不是。"

"那你又何必问呢——答案你已经清楚。"

我记得涛好像是陷入了深思，一直看着我，沉默良久。然后她才接着说：

"近一百四十年来，从发明蒸汽机和内燃机的时代开始，你们星球上的人一直在加速自然的毁灭和环境污染。你们只剩下短短几年时间来控制污染，否则情况将不可逆转。地球上的一个主要污染物就是燃油发动机，可以说，燃油发动机完全可以用不产生污染的氢能源发动机替代。在有些星球，氢能源发动机被称作'清洁发动机'。你们的星球上已经有许多工程师造出了这种发动机的样机，但这些发动机必须通过工业生产才能取代汽油发动机。这种举措不仅能将目前内燃机废料产生的污染降低百分之七十，还能为消费者带来经济效益。

"大型石油公司一想到这种发动机被普及就胆战心惊，因为这将意味着他们石油销售额的降低，以及随之而来的财务危机。

"政府因为对石油大额征税，也会因此减少收入。米歇，你看，一切总归和钱有关。正因为这样，在你们想要为了全地球人的利益做出根本性改变的时候，总会受到整体经济和金融环境的压制。

"地球上的人甘愿被政治和经济联盟摆布、欺凌、剥削，任由自己被他们领进屠宰场，这些联盟有时候甚至还和知名的教派和宗教有关联。

"当这些联盟未能用狡猾的广告成功洗脑民众的时候，他们会试图通过政治渠道，然后是宗教渠道，或者把几种手段巧妙结合在一起，来达到他们的目的。

"想要为人类做点什么的伟大人物都直接被害死了。马丁·路德·金，还有甘地都是这样的例子。

"但是，地球上的人民不能再被愚弄下去了，不能再像羊群一样被领导者们领到屠宰场，何况这些领导者还是人民通过民主的方式选出的。人民占绝大多数，在一个有着一亿居民的国家里，让一千人左右的金融家群体主宰其他所有人的命运，实在荒谬——这群人就像屠宰场的屠夫一样。

"这群人完全、彻底地扼杀了氢能源发动机的商品化，导致此事再无人问津。他们对地球未来发生的事情毫不在意。他们抱着一己私心，只寻求个人所得，以为'无论将来发生什么'，自己都将在那之前死去。即便地球因为可怕的灾难从此消失，他们也会想当然地认为，那是他们死后的事情。

"但是他们在这里犯了一个很严重的错误，因为即将发生的灾难源自你们星球上日益恶化的污染，而且后果很快就会浮出水面——比你想象的要快得多。地球上的人决不能像被严厉禁止玩火的小孩子一样；孩子没经历过后果，就算禁止他玩火，他还是不会听，最后把自己烧伤。被烧伤后，他才会'知道'大人说的是对的。他再也不敢玩火了，但是接下来几天势必要忍受痛苦，这是他因为不听话付出的代价。

"不幸的是，在我们关注的情况里，后果可比小孩子的烧伤严重得多。你们面临的是整个星球毁灭的风险——如果你们不信任那些想要帮助你们的人，你们就没有第二次机会了。

"让我们感兴趣的是，最近地球上发起的生态运动正在获得声势和力量，地球上的年轻人正'牵动'其他明智的人一起抵制污染。

"解决方案只有一个，就像阿尔奇跟你说的那样——将个人团结成队伍。一个队伍只有壮大，才能强大。那些你们称作环境保护主义者的人正在变得越来越强大，并且会不断强大。但重要的是，人们要撇开仇恨、不满，尤其是政治和种族差异。这个队伍需要国际性的联合——不要告诉我那样太难了——因为地球上已经存在一个非暴力的大型国际组织——国际红十字会，而且已经有效运转了很长时间。

"重要的是，这个环境保护主义者队伍不仅要有避免环境遭受直接污染的计划，还要防止间接损害，比如烟带来的后果：车辆尾气、工厂排烟等等。

"大城镇和工厂经化学处理的废水同样有害，而且被排入了河流系统和海洋。从美国飘来的烟导致的酸雨，已经让加拿大四十多个湖如死水一潭。源自法国工厂和德国鲁尔地区的污染，让同样的事情也正在北欧上演。

"还有一种污染同样不容小觑，但却常常被人们忽略。就像圣贤涛拉告诉你的那样，噪音是最有害的污染之一，因为噪音会扰乱你的电子，让你的物理分区失衡。我还没给你讲过这些电子，看得出来，你不太能跟上我的思路。

"正常的人类星光体由大约四十万亿亿[1]电子组成。这些电子的寿命大约有一百万亿亿[2]年。它们诞生于创世之初，存在于你的星光体中。当你死去，百分之十九的电子会重新汇入宇宙的电子中，直到大自然要求形成一个新的身体、新的树木或者新的动物，重新踏上使命，而剩下的百分之八十一则会回到你的高级自我。"

"我还是没太懂。"我打断了涛的话。

"我知道，但我会帮助你理解。星光体不是你想的那种纯精神。在地球上，人们普遍认为精神是虚无的。这是错误的。星光体由几万亿个电子组成，与你的身体形状相匹配。每个电子都有'记忆'，每个电子可储存的信息相当于一般市镇图书馆书架上的所有书中的内容。

"我看到你在瞪大眼睛看着我，但事实真是如我所说。这些信息是加密的，就像间谍用的微型胶卷，里面储存了所有工业设施的图纸，小到能穿过袖扣。只不过这些电子远比袖扣要小得多。地球上的一些物理学家现在已经认识到这个事实，但

---

① 　$4.0 \times 10^{21} = 4\ 000\ 000\ 000\ 000\ 000\ 000\ 000$ 个电子。（原文编辑注）

② 　$10^{22} = 10\ 000\ 000\ 000\ 000\ 000\ 000\ 000\ 000$ 年。（原文编辑注）

公众在很大程度上还不知情。你的星光体可以通过这些电子，经由大脑通道与高我之间发送和接收信息。信息在你毫无察觉下就完成了传输，这还要多谢大脑里的微弱电流与电子之间的默契配合。

"因为星光体是由高我派到你的肉体里的，你的高我从星光体那里收集信息也完全符合自然规律。

"跟所有电子组成的东西一样，星光体，也就是高级自我的工具，运转起来非常精密。在你清醒时，星光体能够将十分紧要的信息发送给高我，但是高我需要的远不止于此。

"所以，在睡梦中，星光体会离开你的肉体，回到高我的怀抱，可能是传递高我需要的信息，也可能是从高我那里接收信息或指令。你们法国有个古老的谚语，'人睡一觉，自有妙招'。这种说法也是源自日常的经验。经年累月，人们发现，他们常常在早上醒来时找到解决问题的办法。

"有时情况是这样，有时不是。如果'办法'对高我有利，那你可以确信，高我自然会把办法呈现给你——如果不是这样，那你只是空等一场。

"现在，有些人通过非常先进的特殊练习能够让星光体与肉体分离，然后他们将会看到一条明亮的、银蓝色的线连接在他们的肉体和星光体之间，就像你自己看到过的那样。他们的星光体在脱离肉体期间也同样可见。构成星光体和创造这条线的可见效果的，同样是这些电子。

"我能看出，你明白了我的意思，也抓住了要点。最后，我还是解释一下噪音的危害。噪音会对星光体里的电子发动直接攻击，用无线电术语可以说是造成了干扰。如果你看电视的时候发现一些白点，那就说明有小的'干扰'。同样，如果有人在你家隔壁操作电力工具，你的屏幕会出现很大的干扰，图像也会完全变形。

"星光体的情况也是一样，但可惜的是，你无法像看电视那样明显察觉；而且，更严重的是噪音会损害你的电子。然而，人们却会说：'哦，我们已经习惯了。'可以说，你的大脑会'绷紧'，你的心理会启动自我防御机制，但星光体却不会；干扰会侵入电子——这无疑会对你的高我造成灾难性的后果。

"你耳朵听到的声音显然非常重要。有的音乐让你身心愉悦，而有的虽然动听，却对你没有任何影响，或者还可能让你躁动不安。你可以做个实验：播放一段你喜欢的小提琴、钢琴或者风笛曲的轻音乐，声音调到最大。你的鼓膜会感觉难受，但这种难受会亚于你内在所承受的痛苦。你们地球上的很多人都认为噪音污染是可以忽视的隐忧，但实际上，摩托车排气管的噪音比它排放的有害气体的危险要大三四倍。尾气影响到的是你的喉咙和肺，而噪音影响的却是你的星光体。

"但是，没有人能拍到星光体的照片，所以，人们根本不在乎星光体怎么样！

"你们地球人都喜欢证据，那么就让他们想想：地球上有一些诚实的人说自己见过鬼魂——我说的不是那些江湖骗子。

"实际上，他们看到的是那些没组成星光体的那百分之十九的电子。这些电子会在人死后三天与肉体分离。确实，由于某些静电作用，这些电子可以显现出和肉体相同的形状。有时候在被大自然重新利用之前，它们是'闲着'的，但它们仍然保留着记忆，会回到熟悉的地方，在那里'出没'——那些它们爱过或者恨过的地方。"

"恨过的?"

"是的，如果我们要去关注这个话题，你需要写的就不是一本书了，而是两本。"

"你能看到我的未来吗？你肯定能。更难的事情你都能做到。"

"你说得没错。我们已经'预览'了你的一生，一直到你现在的肉体死亡的时刻。"

"我什么时候会死?"

"你明知道我是不会告诉你的，为什么还要问呢？知道未来是件很不好的事，那些去算命的犯了双重错误。首先，算命先生可能是个骗子；其次，预知未来本身就违反了自然规律，因为如果不是这样，知识就不会从'遗忘之河'中抹去了。"

"很多人相信占星术，听从黄道十二宫的指示。这件事你怎么看?"

这个问题，涛没有回答，但她笑了……

回来一路和去程差不多。我们没有在中途停下，但我能再次欣赏到那些恒星、彗星、行星以及各种缤纷的色彩。

当我问涛是不是仍然通过平行时空回去的时候，她给出了肯定的回答。我好奇为什么，她解释说，这是最好的方式，因为这样她们就不用管目击者的反应了。

离开地球九天后，我被重新放回自己的花园，而且依旧是在午夜。

后记 [①]

　　我三年前完成这本书的手稿，现在附上这篇后记。在这三年里，我想尽办法，却没能让这本书出版，直到我遇见 Arafura 出版社，敢于出版这样一个不同寻常的，而且是独一无二的故事。

　　这段时间我备受煎熬。与我的预期相反，涛没有给我任何信号。我跟她们没有任何联络，无论是心灵感应还是现实接触，什么都没有。只有那一次，我在凯恩斯看见一个奇怪的幻影，这肯定是为了证明她们还是在看着我，但我没收到任何信息。现在我才明白，出版商迟迟没有出现这件事，本来就在她们计划之中。所以，经过一些自然的连锁反应，涛只用两个月，就让我的书吸引到了最适合的出版商的注意。

　　她们——涛和她的人——本意就是如此，因为三年前，这个世界还没有做好接收讯息的准备，而如今，一切准备就绪了。乍一看，这事可能蹊跷，但我并不意外。我太了解她

---

① 在这本书里，作者不被允许发表自己的意见。因此，他写下这篇后记来专门表达自己的想法。（原文编辑与作者联络后的解释）

们了，她们能够精确把握事件发生的时机，如果她们觉得再等几秒才能制造出最佳效果，那么就会一秒不差地等下去。

这三年间，我给几个朋友和熟人看了我的手稿，正是在这期间，我彻底领悟了她们想让我写这本书的意图，还有她们为什么把我"亲身"带到她们的星球。我坚持说"亲身"这个词，因为读者最常见的反应是，"你肯定是做梦了，你肯定是做了一连串的梦"。

无论反应如何，每个读了手稿的人都被其中的内容深深吸引。读者大致可分为三类：

第一类，也是大多数人，说他们还是不相信我去了另一个星球，但是他们承认，这本书打动了他们。不管怎样，他们说有没有发生并不重要，重要的是书中潜藏的深刻讯息。

第二类是先前持怀疑态度的人，他们将这本书连读三遍之后，确信我的故事是真实的，这些读者是对的。

第三类人原本进化程度就很高，他们一开始就知道，这是个真实的故事。

我在这里要给读者一句忠告。这本书必须反复读，至少三遍。在大约十五个读者中，每个人都有话说，也非常仔细地向我提出了问题。我的一个朋友是法国一所大学的心理学教授。显然，她已经读了三遍，而且还把这本书放在床头桌上随时翻看。我太能理解她了！

但有一位朋友的反应（还好只有这一位）让我感到不安。比如，他问我，飞船是不是用螺栓或铆钉组装的，海奥华上有没有电线杆，等等。我强烈推荐他重读手稿。他的另一句"名言"是说，这本书应该增加更多飞船或其他星球之间用导弹和致命武器作战的内容。"读者爱看这个。"他说。我不得不提醒他，这不是科幻小说。我认为我的朋友不能真正理解这本书，那他干脆还是读点别的更好：他还没有准备好。但不幸的是，这样的人不止他一个。如果你，我亲爱的读者，期待看到太空战争、血腥、性和暴力、星球爆炸和打跑怪物这些让人大饱眼福的题材，那很抱歉，你浪费了时间和金钱，你应该去买本科幻小说。我在序言里就提醒过你了。我奉劝你，既然你已经知道这不是科幻小说，那么就应该换一种思维方式，用客观积极的态度重新阅读，这样你将不会浪费时间。反正钱已经花了，而且你将收到人生最大的赏赐——精神上的奖励，而不是物质上的——这难道不是最重要的吗？

那些已经读过我手稿的人，我收到了关于宗教的各种反馈，尤其是基督教。我觉得我有必要对此做出回应。如果你信教，尤其是基督教，在读到"《圣经》修正"这一部分的时候，特别是被钉死在十字架上的基督的真实身份，如果这让你感到震惊，我很抱歉；但我必须强调，我写这本书绝不是为了批评任何宗教，这些也不是我的个人观点，而是出自圣贤涛拉，细节都是由涛"口头传授"给我的。

他们要求我一字不差地记录他们给我解释的这些事情，不得有任何改动。我照他们说的做了。

我和涛还有许多其他对话并未写入书中。相信我，这些人在方方面面都进化得比我们更高等。我还了解到比这卷书中的内容更不可思议的事情，但她们不允许我讨论那些，因为我们还远远不能理解。不过，我想借这篇后记，发表我的个人观点。

我必须给读者几条警示。

我听到过一些对这本书的评价，这些评价可一点儿都不吸引我："他以为自己是新基督"，"他是个大师，我们要听他的教条"，或者"你应该开个静修所，肯定能经营得不错"，或者还有，"你应该建立一个新宗教"，等等。

我得为他们辩解几句，这是因为他们许多人只是听说了我的冒险之旅。他们都没有真正读一读这本书。我只想强调，这本书必须反复读好几遍才行。为什么人们如此渴望听人家说像上帝和创世这种大事，而不是远离人群的喧嚣，静下心自己认真阅读呢？记住，"口中话随风而逝，纸上字方得永存"。

他们为什么想要通过这本书的内容建立一个新教派或宗教呢？地球上的宗教已经成百上千，也都没做得有多好，不是吗？

罗马天主教在十字军东征时期以上帝和宗教的名义与穆斯林开战。

西班牙天主教因为阿兹特克人（他们的文明在当时非常先进）不信奉天主教就对他们奸淫掳掠。事实上，阿兹特克人有自己的宗教，不过他们用上千人为神献祭，所以也好不到哪儿去。不知道你是否记得，一百万年前，巴卡拉替尼人在北非搞分裂的那些人也是一样。

祭司想让人民服从他们的统治，所以缜密研究了这些宗教，这样才能一直手握权力和财富。

无论哪个宗教，说到底都像政治——永远充满领导者的自负和对权力的欲望。基督骑着驴，死在十字架上，一个宗教就诞生了，结果驴变成了一辆劳斯莱斯……梵蒂冈是地球上最具权势富贵的地方之一。

在政治上，没有诚意的政治家有很多，他们在骄傲中膨胀。他们渴望被仰慕，渴望获得财富和权力，只有这样才能满足。

那成百上千万被他们骗了的人呢，这些人满足吗？

涛告诉我，这本书不仅是为了给地球上的居民以启示，更是为了擦亮他们的双眼——让他们觉醒，看看周围发生的事。我们让自己被一群腐败的政治家牵着鼻子走，这些政治家用娴熟的手腕让我们相信我们是自由和民主的，而从宇宙法则的角度上看，我们不比一群羊自由多少，涛和她的人对此十分担忧。我们可能偶尔会偏离政治家的轨道，以为自己是自由的，但那不过是幻想，最后进了屠宰场自己都不知道。

民主只是政治家的烟幕弹，其实大部分政治家只拜三个神——权力、荣誉和金钱。但是，他们害怕群众的力量，就像阿尔奇（见第十章）展示的那样，人民团结在一起，真的能获得他们想要的结果……

许多国家的领导人，虽然是通过所谓的民主方式选举上位，但他们一旦掌权，就为所欲为。法国政府就是一个典型的例子，他们仍然在太平洋开展核试验，用放射源污染我们仅剩的大型自然资源，也就是海洋……

有些人整天嚷着制度必须改革，但没有丝毫行动。每个人都在抱怨我们的刑罚体系很差。当然很差，因为法律似乎总是偏向骗子。既然觉得差，那就做点什么啊！

还记得巴卡拉替尼星上的刑罚体系吗？它难道不像阿兹特克人的制度一样吗？非常高效，所以很受用。

光说"制度不好，他们应该改改"是不够的。他们——你说的他们是谁？议会，国家首脑，那些人都是人民选举出来的，你们选出来的。想要改变制度，就必须改变法律，同时要改变领导人。你们必须迫使代表你们的政治家们改变效率低下的法律，效率低下的制度，彻底改变。政治家通常都太过懒散，不会自行承担这项任务。每项法律都需要大量的工作和责任，这对他们来说往往要求过高，因为，就像我说的，他们很多人身在其位，只为谋求名誉和俸禄。顺便也提一下，如果你想吸引好的政治家，就先把他们的薪水降到跟郊区银行经理一样的水平，那样你就会发现申请人数锐减，而那些仍要应征的将会是真诚的，真正想要为人民做事的人。

投票选举这些政治家的人是你们，你们很多人都受够了他们——他们没做到你们想让他们为国家做的事。有一天，时机成熟时，公民必须强迫他们履行职责：兑现他们在选举前向大多数选民许下的承诺。

在没有其他办法的时候，普通居民可以迫使政治家尽忠职守——他们必须如此。

注意，我们讨论的不是无政府状态，而是纪律。国家需要纪律和规范，不是极权主义政权，而是信守承诺的民主。如果打破承诺，你们就有权做出行动，政治家掌权时让几百万人失望，一直愚弄人民，直到下届选举。这实在是太可恶了。

这些显赫的政治家如果不像现在这样，把百分之八十的精力都放在内部党派争斗上，肯定能把本职工作做得更好。

有人会对你说："我们能做什么呢？我们无能为力。"他们错就错在这儿！

普通人可以，也必须强迫人民公投选出的政府，完成人民选举他们要完成的任务。

普通人的力量是无穷的。就像阿尔奇说的（见第十章）那样，人类的智慧赋予他们一样最强大的武器，那就是非暴力行为在人民中产生的连动效果。这是一种非暴力的力量，也是最佳的形式，因为暴力只会滋生更多暴力。基督说，"凡动刀的必死在刀下"……

甘地也是凭一己之力阻止了可怕的流血事件。蒙巴顿伯爵意识到，如果他向加尔各答派出五万精兵，会引发一场大屠杀，但是甘地，他一个人，就通过非暴力的手段避免了一场屠杀。

阿尔奇的星球一度用所谓的"抛锚"车来挡住道路；这样

的车有一万多辆。警队知道他们是故意的，但却束手无策。当消防队或救护车不得不通过的时候，人们会把车挪到一边，给他们让路，等他们通过后，人们再把车挪回原处。这就是非暴力运动的力量，它像涟漪般无声扩散，又如同星星之火，顺势燎原。他们也不动，也不吃，也不喊，他们只是沉默——用沉默对抗法律和秩序的力量。显然，他们说他们很乐意清理道路——但没有修理工，又有什么办法呢？国家陷入瘫痪。他们没有摇旗呐喊，只有沉默的反抗。

他们等待着对手的回应，那些人正在谎言和欺骗中越陷越深。政府已经收到信函，非常清楚他们的要求，也知道他们为什么会在那里。发信人署名是"公民先生"……

就像阿尔奇说的，当十万人都安静躺在停机坪、铁轨或者街道上，然后对警察说，"我想回家，带我回家，我生病了，请带我回家"，警察不能无缘无故就把催泪瓦斯对准一群生病的人，是吧？

凭借群体强大的连动效果，人民无需任何暴力，就使整个国家陷入了停滞。

他们的举动产生了立竿见影的效果。"金融大亨"在商界掌控大权并且和腐败的政治家沆瀣一气的人开始发慌，因为他们面临在市场上损失无数的钱财（股票市场崩溃，金价大起大落）。

街上的人因为罢工每损失一分钱，他们就要损失成千上万。所以，哪怕是看在钱的分儿上，他们也不得不做点什么，人民由此取得胜利。

你是慢慢被框住的。这就是我们的外星朋友担心的事。你是个人，不是机器。就现在，醒醒吧！

简单举个例子，你可曾想过，如果超市突然停电，新的收银台和记录价格的新条形码系统忽然无法工作，会是什么样子？结账员甚至不能把货品的价格相加——大部分商品都是靠条形码的，这样几乎不可能算出价钱。你脑海里有没有闪过一个念头，如果不对照列表，条形码系统让你这样的消费者根本无从知道一罐烘焙豆子的价钱？但对照清单的工作量可不小。所以你越来越不在意花了多少钱，就在不知不觉间，你的钱就被金融家握在了手里。

我认识一个可爱的小店主，他的收款机器出了问题。正在修理的时候，我就来了。他卖给我两件东西，每件一美元三十八美分。他花了大概三分钟才在纸上算出总数，并收下了我给他的五美元，然后找给我两美元三十四美分，这只是因为他早已失去了做简单加法的习惯，就连在纸上都算不明白。像他一样依赖机器的人数不胜数。人们相信信用卡和计算机，这是个错误，因为在不知不觉中，他们不再为自己动脑思考了，而是让金融家替他们做加法运算。不知不觉中，他们就不再"自我掌控"了。

咱们一起来做个小实验，你就明白我在说什么了。

准备好了吗？好的，前文中，我为你做了个加法，解释说我买了两美元七十六美分的商品，然后店家从我给的五美元里找给我两美元三十四美分的零钱。还好你不是那个店家，不然你就损失了十美分。我是故意的，就是要让你措手不及。如果，在读这一段的时候，你停下来去计算金额，那么说明你没那么容易被牵着鼻子走。如果你是第二类人，根本不去计算，那你最好现在就改变态度。你是一个活生生的人，你的体内有神的一部分，要为此感到骄傲，不要再像羔羊一样任人摆布。

你已经读到了这本书的结尾，这本身就是一件很美好的事。真的吗？是的，因为这说明你关心的不只有眼前的牛排、薯条、汉堡、泡菜和啤酒。你已经很不错了！

我接下来要说的事情，直接面向的是世界各地成百上千万的年轻人。涛让我写的，当然，还有我刚增加的所有内容，都同样适用于年轻人，但是我想为年轻人特别增加一条。

我的朋友，你们很多人可能已经丧失希望，没有工作，感到无聊，或者蜷在拥挤的城镇，为什么不从根本上改变你的生活方式呢？与其滞留在不健康的环境中，不如组织起来，走上一条完全不同的道路。

我在这里特指澳大利亚，因为我不知道其他国家具体有什么样的资源；但是，其中的基本原则，无疑是放之四海皆准的。

聚集起来，组织起来，让政府租给你们可以耕种的土地，租期九十九年（确实有这样的土地，相信我）。这样，你们就可以建立集体农场，自给自足。你们将心满意足地向周围的人证明你们不是在"混日子"，你们甚至比一个国家做得还好。

你们甚至可以用自己的规则和内部纪律建立一个"郡"，但同时也对你们所在国家法律法规保持尊重。

我相信，一个好的政府会乐意把你们"推向正轨"（既然钱无论怎样都会浪费掉，那么干脆这次把钱花在一项伟大的事业上）。

当然，你必须负起责任，因为所有贬低你的人会随时准备打击你，因为他们认为你是"没救的人"。就我自己而言，我对你有百分之百的信心，我相信，你们，年轻一代，一定会建立一个更好的世界，这个世界会更清洁，更有灵性。这难道不是涛拉传达给你们的讯息吗？

因此，你必须证明自己能承担责任，并制定你们自己的规则。首先要远离毒品，因为你是知道的，毒品会干扰你的灵体，灵体是你真正的自我，而且你根本不需要毒品。即使你们有谁的朋友掉入毒品的陷阱，如果他们想的话，也能在你的帮助下走出来。你面前责任重大，不仅要帮助同伴，还要沿着新的轨迹重新规划你的生活。你将由此发现难以言喻的快乐。从物质的角度，你们会"返璞归真"，而且是第一批认真这么做的人。你们为了生存都需要什么呢？空气、水、面包、蔬菜和肉。

你可以靠自己实现这一切，而不需要再借助化学产品。以色列的"基布兹"就在顺畅运转。你们甚至可以运作得更好，因为，澳大利亚是一个文化多元的国家。这不是谁比谁好的问题；这是好好生活，尊重自己的问题。然后在精神和娱乐方面，你们会有自己的迪斯科。知道吗，广袤郊野的迪斯科跟城镇里的一样好玩！你们会有自己的图书馆，自己的剧院，在剧院里还能创作和表演自己的戏剧。

你们可以有象棋、乒乓球、网球、保龄球、桌球、足球、篮球、射箭、击剑、帆板、骑马、冲浪、钓鱼和各种娱乐项目……有些人可能喜欢传统的跳舞，其他人可能喜欢武术。你们要避免容易产生太多敌意的暴力游戏。

你会发现，在大自然中，你们有数不清的事情可做，远比任何城镇的某个街角上的事情多。

瑜伽对你们的身心健康大有裨益。我想再次强调这一点，尤其是通过脉轮的呼吸练习。每天早晚各三十分钟的瑜伽练习堪称完美。

你们是新的一代，你们很多人都已经明白，你们必须跟从大自然和环境的脚步，而不是反其道而行之。

当你们出于善意保护树木的时候，很多违背自然规律的蠢货会批评你们。他们贬低你，管你们叫"绿色分子"或者"嬉皮士"。你们要向全世界证明，主要向你们自己证明，你们能说到做到，因为当你们开始操办集体农场时，你们就能更多地保护环境；你们甚至能创造森林。从你们的群体中选出一些有责任感的人，不是老板或大师，而是有责任感的人，通过民主选举的方式推举他们为顾问。我相信你们一定能够向整个世界证明，你们能比那些阴暗政治家领导的国家做得更好，我以宇宙的名义，感谢你们所做的一切。

涛告诉你（见第九章），宗教和政治是社会上两个最严重的弊病。

因此，如果你想要把出版商的信箱塞满来信，说你想让我回答问题，或者建议我成为你的大师或创造一种宗教，还请三思。那样的话，你就违背了我的意愿，也违背了涛拉们和涛的意愿，你将一无所获。

涛告诉你："人最伟大的神殿就在他的内心。在那里，以高级自我为媒介，他可以通过冥想和专注，在任何时候和创造者——他的创造者，进行交流。"

别跟我说什么建造庙宇、教堂、宫殿、静修所或其他什么场所。

将目光投向内心，你会注意到，你拥有一切和"他"交流所需的工具，因为当初把这些工具放到你身体里的，也是"他"。

最后，作为结尾，我想说：我是遵照涛和涛拉们的指示写这本书的，作为他们谦卑的仆人，我想最后一次提醒你们，无论有什么宗教，你相信或者不相信哪种宗教，都绝不会改变伟大神灵、上帝、创世者——随你怎么称呼他——所建立的规则。

任何宗教、信仰、书籍，即便是这本书，也不会影响他在宇宙中设定的真理和秩序。

百川自源头来，终有入海之时，即便宗教、教派或者几十亿人都信之其反，事实终究是事实。

唯一真实不变的，是创世者的法则，他一开始就想要的宇宙法则，他的法则。任何人都不能改变，绝不可能。

M. J. P. Desmarquet

1993年4月于澳大利亚凯恩斯

附录

本书所获赞誉

我在20世纪90年代就读过这本书，三十年过去了，我意识到，这本书中所蕴含的真理和智慧比我最开始领略到的还要多。这本书非常经得住时间的考验，它对于当下的意义和实用性超出以往。浩瀚宇宙中，人类并不孤单。对心态开放的读者，我会毫不犹豫推荐这本书。

邓肯·罗兹（Duncan Roads），*NEXUS*杂志编辑

《海奥华预言》是我读过的最好的有关地外文明的书籍之一。书中海奥华金色星球的居民已经拥有了值得我们称赞的更加重视价值观的生活。如果我们想在我们的蓝色星球上生存，我们应该效仿他们，改变我们好战的恶习。

菲利斯·高德（Phyllis Galde），美国《命运杂志》（*Fate Magazine*）编辑、出版人

人类在内心深处相信，在我们之外存在其他世界，这一点在历史的长河中不断得到证明，最初始于天使和信使，或者说"监视者"来访的故事。近代以来，像奥利弗·勒奇（Oliver Lerch）那样凭空消失是这类故事的根本要素。当船只和飞机突然开始在百慕大三角和龙三角消失的时候，大量货物和成百上千的人都随之消失，种种推论到达了新的高度——外星人劫持、平行宇宙、时间和空间弯曲。《海奥华预言》的作者另辟天地，第一次以身临其境的方式为我们描绘了平行宇宙的细节。读者可以怀疑米歇·戴斯玛克特对于他笔下信使的诠释，但同时读者也应该接受这本书在外星接触者著作中的独特地位。

吉安·J. 库埃萨（Gian J. Quasar），纪实文学作家

环绕宇宙的科幻旅行，真是一场奇妙之旅！这本书里包含我们在濒死体验描述中经常看到的对宇宙法则的讨论。与我们特别相关的一点是，"地球上真正的危险，按'重要性'排列，金钱第一，政客第二，记者和毒品第三，宗教第四。跟它们相比，核武器的危险根本不值得一提"。要记住，这本书完成于1989年，后记写于1993年，这些简直是对我们现状的预言。这本书本身非常值得一读，但对于我来说，后记才真正将一切串联起来。他说得很在理，而且是对于地球非常实在的观察。作者并没有以自我为中心，所以我倾向于认为，这可能是对他亲身经历的真实准确的描述。写得好！

朱迪·隆（Jody Long），律师、作家

这本书给我们分享了宇宙的灵性方面的知识，也提醒我们，用最好的方式去学习和进化才是灵魂的永恒追求。"宇宙法则规定，不管住在哪个星球，人的主要义务就是发展自己的精神和灵性。"

这本书还讲到了颜色的神奇作用，虽然我们不能理解全部宇宙的复杂性，但我们知道，颜色会对我们的身体和精神产生不可思议的影响。在《颜色的力量》（The Power of Colors）一书中，我写到了颜色如何用于诊断、治疗和疗愈。我们生活在地球的一个重要阶段，为了我们自己，也为了整个宇宙，是时候认识我们的精神能力了，这样才能在各方面取得进步。

诺亚·戈德希尔什（Noah Goldhirsh），精神治疗师、资深演说家

《海奥华预言》这本书令人着迷，也发人深省。作者米歇·戴斯玛克特生动地描绘了他在海奥华上令人陶醉的经历。

海奥华是一个格外美丽的星球，有着非凡的技术和高度发达的文化。这本书会让你不禁发问："我们在地球上所取得的成就究竟能够达到什么样的高度？"

米歇有机会近距离观察到地球历史上最先进的文明。他看到了这些文明的荣耀崛起和末日般的倒塌。他给我们传递的终极讯息非常明显：地球很宏伟，人类的精神进化最为关键，爱、和平、同情和其他高尚的品格在全宇宙范围内都是值得尊敬的。我们可以接受来自那些具有更高知识层次和更伟大经历者的教导，但是，我们仍需要向自身寻求真相和答案。

《海奥华预言》会让你为提升个人生活和人性充满动力。这本书是对行动的召唤。你是否想阻止地球走向不可挽回的毁灭之路？你是否愿意为了子孙后代让地球走在可持续发展的道路上？如果是这样，我极力推荐《海奥华预言》，它绝对是一本必读的书。不过，不管出于什么理由，你能拿起这本不同寻常的书就已经非常了不起了。

杰夫·派克曼（Jeff Peckman），作家

这本书读起来像是纯科幻小说，但谁知道呢？真相往往比虚构更令人感到陌生。

外星人给作者讲述了地球历史的另一个版本，为金字塔的起源和用途、《圣经》中神奇事件和其中古代伟大人物的不俗

解释抛出了线索。他们谴责了我们崇尚物质主义的做法和遭到腐败的社会，特别警告我们要提防政客和宗教。他们对地球和地球上各种生命的毁灭表达了极度关切，并声称已经介入，防止我们走向全体覆灭。有些读者可能会被他们口中的历史和关于宗教的评论所冒犯，但对于大部分保持开放心态的读者来说，这是一本引人入胜和令人愉悦的书。

黛安·亨尼西·鲍威尔（Diane Hennacy Powell），医学博士

米歇和充满智慧的外星人的相遇让我们想起《爱丽丝漫游奇境》和《镜中奇遇》的故事，还有布威·利顿《未来种族》（*The Coming Race*）和《塞莱斯廷预言》（*Celestine Prophecy*）的影子。外星人带他旅行的过程中，讲述了地球的历史。在这种假说中，原子战争几乎毁灭了之前的全部文明，而且耶稣其实是被这些高等外星人移植到圣母玛利亚体内的。多年以来，一直有传言说尼古拉·特斯拉就是这种高等智慧的后代。类似《海奥华预言》这样的传说和书籍会激发我们的想象，让我们人类不仅认识到自身的潜力，还对更加光明的未来心怀希望。

马克·J. 塞费尔（Marc J. Seifer）博士，科学家

非凡的经历总会发生。这本书按照时间顺序，细致记录了作者米歇·戴斯玛克特踏上奇妙旅程的特殊经历。在这场旅行中，他为在地球上生活的我们分享了许多真相。

　　书中最强大的讯息就是发展精神的重要性，以及我们已经具备了最大程度开发自身潜能所需的一切。我们不需要膜拜的场所或通道，只需要怀抱着探索可能性的意愿和开放的心态。这是永不过时的讯息，也是实现真正幸福、有意义和自由人生的关键。

　　这本书也呈现了讲述非凡经历面临的两个巨大挑战。首先，想让任何不具备类似经历（比如被外星人劫持或到地外旅行）的人对亲历者分享的经历感同身受是很有挑战的。对于大部分读者来说，阅读这本书需要打破思想的边界，即便是那些本来就有非凡经历的人。第二个挑战便是，一旦像米歇那样造访了非凡之地，再融入地球生活是很吃力的。对于那些知道可能存在着更美好的现实的人来说，地球看起来像是个格外令人费解和残酷的地方。

　　但是，"知道"也可以成为一种催化剂。这本书向我们发出了邀请，让我们通过"知道"来积极共创更美好的地球。

尼可·格鲁尔（Nicole Gruel）博士，作家这是一个写得好、讲得也好的故事，让我琢磨了好几天。我知道我没有全部答案，所以，我保持开放的心态。但书中列举的有些"事实"与我所了解的知识显然是矛盾的。书中并未给出任何证据，却声称拥有"真相"和让人"知道"。在我看来，如果没有证据，人如何"知道"？我选择相信我的个人经历，而不是在没有可信证据的情况下盲目相信与我个人经历和知识相悖的任何建议的"事实"。这本书拓宽了我的思路，激发了我的想象，这一点总是好的。

帕特里夏·多伊尔（Patricia Doyle），作家

《海奥华预言》是一本充满了智慧的好书。

本书包罗万象，涉猎甚广。内容涉及史前文化、平行世界，对金字塔、百慕大的揭秘，黄种人的起源，核武器的危害，生命的意义，等等。

你可以把《海奥华预言》当作一本科幻预言小说去读，我相信你会受益匪浅；如果你相信书中的内容，一定会另有启示。

郑永佳，阳光翻译中心创始人，加州法庭认证中英翻译